キラキラ共和国

반짝반짝 공화국

Original Japanese title: KIRAKIRA KYOUWAKOKU
ⓒ 2017 Ito Ogawa
Original Japanese edition published by Gentosha Inc.
Korean translation rights arranged with Gentosha Inc.
through The English Agency (Japan) Ltd. and Danny Hong Agency.
Korean translation copyright ⓒ 2018 by Wisdomhouse Mediagroup Inc.

반짝반짝 공화국

오가와 이토 장편소설

권남희 옮김 　キラキラ共和国

위즈덤하우스

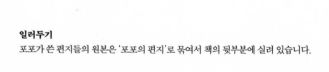

일러두기
포포가 쓴 편지들의 원본은 '포포의 편지'로 묶여서 책의 뒷부분에 실려 있습니다.

포포
에도시대부터 대필을 가업으로 이어온 츠바키 문구점의 십일 대 대필가. 본명은 하토코다. 미츠로와 결혼하면서 모리카게 가의 일원이 됐다.

미츠로
아내와 사별하고 딸 큐피와 함께 고향인 가마쿠라에 내려와 식당을 차렸다. 과거의 아픔을 딛고 다시 찾아온 행복을 만끽하는 중이다.

큐피
미츠로와 미유키 사이에서 태어난 딸. 두 사람 결혼의 1등 공신으로 포포를 무척 따른다.

바바라 부인
포포의 옆집에 사는 온화한 노부인. 포포에게 가족과 같은 의지처가 되어준다.

빵티
초등학교 교사인 포포의 친구. 대필 의뢰를 통해 남작과 인연을 맺게 됐다.

남작
선대의 친구이자 빵티의 남편. 겉보기엔 무뚝뚝하지만 속은 따뜻한 상남자다.

선대
츠바키 문구점의 십 대 대필가이자 포포의 할머니. 사랑하는 손녀에게 제때 제대로 진심을 표현하지 못해 오해만 쌓인 채 죽었다.

미유키
미츠로의 전부인이자 큐피의 엄마. 무차별 살인 사건에 휘말려 죽게 됐다.

봄
쑥 경단

인생에는 어지럽도록 빠르게 바뀌는 순간이 있다.

미츠로 씨가 나를 업어준 지 일 년이 채 지나지 않아서 우리는 혼인신고를 했다. 처음 만났을 무렵에는 '큐피의 아빠'라는 간접적인 관계였던 것이, '모리카게 씨'라는 고유명사가 되고, 어느새 '미츠로 씨'가 됐다. 미츠로 씨, 하고 마음속으로 중얼거릴 때마다 내 가슴에는 달콤한 꿀이 터지는 것 같아서, 그 사람과 얼마나 잘 어울리는 이름인가 하고 새삼 감탄한다(일본어로 꿀을 '미츠'라고 한다─옮긴이). 아마 부모님이 갓 태어난 그에게 꿀처럼 쾌청하게 살기 바란다는 따스한 바람을 담아 지은 이름이리라. 그러나 부를 때는 좀 쑥스러워서 "모리카게 씨"라고 부른다. 미츠로 씨는 나를 "포포 씨"라고 부르기도 하고 "포포짱"이라고 부르기도 하고, 가끔 "하토코"라고도 했다가 "하토짱"이라고도 했다가, 술이 들어가면 "하토퐁", "하토피" 등 여러 가지다.

　나와의 거리가 그때그때 늘었다 줄었다 하는 바람에 미츠로 씨는 미츠로 씨대로 흔들릴지 모른다. 우리는 지금 하치만궁을 뒤로하고 바다 쪽을 향해 참배길(와카미야대로의 가운데 부분으로 차도보다 한 칸 높게 만든 보도. 니노도리이(붉은 색의 신사 문)부터 쓰루가오카하치만궁까지 약 500미터에 이르는 길로 '단카즈라'라고 한다—옮긴이)을 걷고 있다. 미츠로 씨 얼굴을 정면으로 보기는 좀 부끄러워서 눈이 마주치지 않도록 하면서 몰래 옆얼굴을 훔쳐 본다. 가만히 보고 있어도 미츠로 씨는 알아차리지 못한다.

　오늘부터 이 사람이 바로 내 남편이다. 남편이 된 미츠로 씨는 훨씬 더 잘생겨 보인다. 미츠로 씨의 코는 놀이터의 미끄럼틀처럼 멋있다.

　아마 그때, 큐피가 장난으로 '데이트'란 말을 꺼내지 않았더라면 나와 미츠로 씨는 이런 관계가 되지 못했을 것이다. 설마 내가 누군가의 아내가 될 줄이야, 일 년 전은커녕 삼 개월 전만 해도 거의 상상하지 못했다. 큐피가 나와 모리카게 씨를 이어주었다.

　고마워, 하는 마음을 담아 큐피가 아프지 않을 정도로 손을 꼭 잡아주었다.

정말 많은 관광객이 하치만궁을 향해 걸어왔다. 그 탓에 세 식구는 좀처럼 나란히 손을 잡지 못했다. 큐피와 미츠로 씨를 놓치지 않아야 하는데.

지금 이 순간 참배길에서뿐만 아니라 인생이라는 끝없는 길에서도 그렇다. "근데 뭔가 좀 싱거워졌네." 능숙하게 인파를 헤쳐 나가면서 나는 미츠로 씨에게 말을 걸었다. "뭐가?" "이 참배길."

이 길은 미나모토 요리토모가 마사코 씨의 순산을 기원하며 만든 것이다. 아내가 무사히 출산하기를 바라는 마음으로 이렇게 긴 길을 만들다니, 마사코 씨는 남편에게 얼마나 많은 사랑을 받은 걸까. 다만 이번에 보수공사를 하며 벚나무를 다시 심어서 참배길에는 맥없고 빈상인 벚나무밖에 없다. 게다가 지면을 콘크리트로 덮어서 뭔가 평범한 길을 걷는 기분이다. "비가 내려도 물웅덩이가 생기지 않는 점은 좋을지 모르겠지만."

내가 말했다. 미츠로 씨는 미리 내일 모레의 저녁놀을 바라보는 듯한 시선으로 성큼성큼 걸어갔다. 선대가 죽고 난 뒤에 보수공사를 해서 다행이었다. 만약 이런 모습을 봤더라면 화가 나서 시장한테 장문의 항의 글을 썼을 것이다. 선대에게 참배길은 특별한 길이었다. 내가 어릴 때는 바다 쪽을 향해 참배길을 걷는 것조차 허락되지 않았다. 선대는 하치만궁 쪽으로 엉덩이를 돌리면 안 된다고 잔소리를 해댔다. 그래서 하치만궁을 향해 바다를 등지고 참배길을 걸은 적은 있어도 이런 식으로 하치만궁을 등지고 바다 쪽으로 걷는 일은 한 번도 없었다. 그러나 내 버진로드(결혼식장에서 신부가 입장하는 길—옮긴이)라고 하면 하치만궁도 용서해줄 것이다. 게다가 하치만궁 쪽으로 엉덩이를 돌리면 안 된다는 규칙를 만든 건 선대이고, 선대는 이미 세상을 떠났으니까 이제 그런 규칙도 지워야 한다.

나는 미츠로 씨와 큐피를 만나서 겨우 이렇게 생각하게 됐다. 선대의 속박이라고 하면 말이 지나칠지도 모르지만, 어쨌든 그런 거미줄 같은 것에서 나를 구해준 사람이 미츠로 씨와 큐피다.

"아, 잠깐 렌바이(가마쿠라시 농협연합판매소—옮긴이)에 들렀다 갈까?"

미츠로 씨가 돌아보면서 말했다.

"좋아요."

"그럼 싱글벙글빵도!"

졸려 보였던 큐피가 갑자기 쌩쌩한 목소리로 말했다. 큐피는 오늘 초등학교에 입학했다. 익숙하지 않은 것을 많이 해서 좀 피곤한 눈치다. 나도 오늘부터 학부모 1학년생이 됐다.

"싱글벙글빵 먹고 싶은 사람?"

내가 묻자, 세 명 전원이 저요, 하고 힘차게 손을 들었다. 우리 사이에서는 파라다이스 어레이의 팥빵을 그렇게 불렀다.

"그렇지만 지금부터 제브라에 갈 거니까 싱글벙글빵은 내일 간식이야."

내가 다짐을 시키자, 뾰로통해진 큐피가 오바큐(만화 '요괴Q타로'의 주인공. 커다란 입에 입꼬리가 내려와 있다─옮긴이)처럼 아랫입술을 쑥 내밀었다. 나와 만난 일 년 동안 키가 제법 많이 자랐다.

렌바이는 아침, 정확하게는 이른 아침이 절정이어서 저녁 무렵에는 채소가 거의 남아 있지 않다. 괜찮을까, 걱정했더니 미츠로 씨가 마늘을 한 통 들고 돌아왔다. 단골집이 많이 늘었는지 아는 사람들에게 인사하는 모습이 믿음직스러웠다. 싱글벙글빵 세 개도 무사히 샀다.

"따듯해!"

큐피가 웃는 얼굴로 종이에 싸인 갓 구운 싱글벙글빵을 안아들었다.

렌바이에서 가까운 줄 알았더니 제브라까지는 제법 걸어가야 했다. 길이 좁아서 큐피를 사이에 끼고 세로로 한 줄로 서서 오리 가족처럼 뒤뚱뒤뚱 걸었다.

제브라는 미츠로 씨가 큐피의 유치원 친구 엄마에게 들은 맛집이다. 가마쿠라에서 오래 산 나도 안고쿠론사(安國論寺) 근처에 그런 가게가 있는 줄 몰랐다. 싹싹하고 서글서글한 미츠로 씨는 큐피 친구의 엄마들과도 잘 어울렸다.

"안녕하세요."

머뭇머뭇 문을 열자, 인상 좋은 여주인이 웃는 얼굴로 맞아주었다.

"예약한 모리카게입니다."

긴장하면서 이름을 말했다. 오늘부터 나는 아메미야 하토코(雨宮鳩子)가 아니라, 모리카게 하토코(守景鳩子)가 됐다. 큐피와 미츠로 씨 팀에 나도 동료로 합류한 것 같아서, 기쁘기도 하고 쑥스럽기도 했다. 아직 모리카게 하토코라는 이름에 익숙하지 않지만, 비가 숲이 되어서 비둘기는 기뻐할 것 같다(아메미야의 '아메'는 '비'라는 뜻, 모리카게의 '모리'는 숲을 뜻하는 '모리'와 발음이 같다. 하토코의 하토는 비둘기라는 뜻이다—옮긴이).

이른 시간에 예약해서 아직 가게에는 아무도 없었다. 큐피와 내가 나란히 앉고, 미츠로 씨가 맞은편에 앉았다. 주방에는 마담의 남편으로 보이는, 정말 맛있는 요리를 만들 것 같은 남성이 서 있었다.

"맥주는 프리미엄 몰츠랑 가마쿠라 지역맥주 두 종류가 있는 것 같아."

메뉴를 보면서 내가 말하자, 미츠로 씨는 으음, 하고 잠시 생각하더니,

"오늘은 축하하는 날이니 스파클링 와인을 마시자."

하고 호기롭게 말했다. 나는 아직 미츠로 씨의 은행 잔고가 얼마 있는지, 매달 어느 정도의 생활비로 사는지 그런 걸 하나도 모른다. 그러나 상황으로 보아, 그리 사치를 부릴 형편은 아니란 건 알고 있다. 그런 생각이 내 표정으로 은근히 전해졌는지,

"괜찮아, 오늘은 특별한 날이니까."

미츠로 씨가 맑은 보석 같은 눈으로 나를 바라보았다. 삼십 대 후반의 미츠로 씨 머리에는 드문드문 새치가 나기 시작했다.

"그러네."

정말로 오늘은 특별한 날이다. 큐피가 초등학교에 입학했고, 우리는 혼인신고를 했다. 이제부터는 가족이 되어 함께 걸어간다. 신생 모리카게 가의 생일이다. 그런 기념일을 성대히 축하하지 않을 수 없다.

어른은 스파클링 와인으로, 큐피는 계절 과일이 듬뿍 들어간 스카쉬로 건배했다.

"큐피, 초등학교 입학 축하해."

나와 미츠로 씨는 소리를 모아서 천천히 말했다. 그러자,

"아빠, 포포짱, 결혼 축하해."

큐피가 우리의 열 배 정도 큰 소리로 외쳤다.

설마 그런 말을 할 줄은 생각지도 못해서 나는 깜짝 놀라 주위를 둘러보았다. 다른 손님은 아직 없지만, 주방의 셰프와 카운터

옆에 서 있던 마담이 밝은 표정으로 마치 처음부터 알고 있었던 것처럼 조그맣게 박수를 쳐주었다.

"고맙습니다."

샴페인 잔을 한 손에 든 채, 나와 미츠로 씨는 소심하게 감사 인사를 했다. 그리고 우리 세 식구는 한 번 더 마주 보았다.

"앞으로 잘 부탁합니다. 아직 부족한 점이 많아서 두 사람에게 폐를 끼칠지도 모르지만."

오늘 저녁은 어디까지나 큐피의 입학 축하여서 이런 전개가 될 줄은 생각지도 못했다. 그러나 방금 가게의 셰프와 마담이 우리를 축복해주는 모습을 보니, 미츠로 씨와 결혼한 기쁨이 스파클링 와인의 거품처럼 가슴속에서 끓어올라, 눈물이 되어 넘쳤다. 훌쩍거리고 있으니,

"거품이 사라지잖아."

하고 미츠로 씨가 슬쩍 손수건을 건네주었다. 언제나 이렇다. 중요한 순간에 나는 꼭 손수건을 잊어버린다. 오늘 손수건에서는 카레가 아니라 미츠로 씨 냄새가 났다.

"건배."

기다리다 지친 큐피의 목소리가 울렸다. 큐피는 무거운 잔을 계속 들고 있었던 것이다. 스카쉬는 제철 과일이 잔뜩 들어 있는 우아한 보석 상자 같았다. 그리고 나도 축하 스파클링 와인을 조용

히 삼켰다.

미츠로 씨가 메뉴를 펼치면서 말했다.

"여긴 말이야, 무엇을 먹어도 맛있대. 중화요리도 있고, 이탈리안도 있으니까, 각자 먹고 싶은 것으로 주문하자."

그리 술이 세지 않은 미츠로 씨가 이미 잔의 반 이상을 비웠다.

메뉴를 보니 정말로 맛있는 게 많았다. 마담이 주문을 받으러 와서 미츠로 씨부터 차례대로 좋아하는 것을 주문했다.

"제브라 샐러드와 슈마이(돼지고기나 새우 등을 넣고 얇은 피로 싸서 쪄낸 중국 딤섬의 일종―옮긴이), 자가제 오일사딘(오일에 절인 정어리―옮긴이)."

큐피는,

"까르보나라!"

나는 이것저것 다 끌려서 갈등하던 끝에 겨우 결단을 내렸다.

"새우와 쇠귀나물볶음 양상추쌈, 그리고 야채가 듬뿍 든 게살 앙가케(전분을 넣어서 걸쭉하게 만든 소스―옮긴이) 덮밥. 그리고 슈마이는 세 개 주세요."

조금 전까지 눈물을 흘렸는데 거짓말처럼 즐거운 기분이 됐다.

모리카게 부녀를 알게 된 뒤로 나는 밥을 먹는 기쁨을 알게 됐다. 물론 그때까지도 맛있는 걸 먹는 건 좋아했다. 그러나 같은 요리여도 혼자 묵묵히 먹는 것과 좋아하는 사람들과 왁자지껄하면서 먹는 것은 맛이 다르다. 좋아하는 사람과 맛있는 요리를 먹는 것만큼 행복하고 사치스러운 시간은 세상에 없을 것이다.

"내일은 결혼 알림장을 써야지."

첫잔을 비우면서 내가 말하자,

"나도 도울래요."

큐피가 나섰다.

"아, 지금 큐피, 나라고 했어."

나는 엉겁결에 미츠로 씨 쪽을 보았다.

"어제까지는 자기를 큐피짱이라고 했잖아."

미츠로 씨도 놀랐다.

"오, 초등학생이 되니 이제 나라고 하는구나."

내 경우는 어땠더라, 하나도 생각이 나지 않는다. 나도 자신을 하토짱, 포포짱이라고 불렀던 시절이 있었을까. 선대에게 물으면 가르쳐줄지도 모르지만, 그건 이제 불가능하다.

문득 생각나서 마음속으로 선대에게 말을 건넸다.

나, 결혼했어요. 그리고 갑자기 엄마가 됐어요.

그러자 바로,

아, 그러냐.

건성으로 대답하는 선대의 목소리가 하늘에서 내려온 것 같은 기분이 들었다.

선대가 아직 살아 있었다면 미츠로 씨를 어떻게 평가할까. 의외로 미츠로 씨라면 까다로운 선대와도 자연스럽게 잘 어울려서 마음에 들어 했을지도 모른다.

요리는 평판대로 훌륭했다. 어느 것이나 두말할 필요 없이 맛있었다. 가정요리는 아니지만, 요리사가 여봐란듯이 만들어서 "어떠냐!" 하는 외식의 맛과도 다르다. 큐피 같은 아이부터 할머니, 할아버지에 이르기까지, 누구나 순수하게 맛있다고 느낄 만한 보편적인 맛이었다. 큐피는 거의 혼자서 까르보나라를 다 먹었다.

"배불러."

"그러고 보니 오늘은 너무 많이 주문한 것 같네."

"다 못 먹으면 싸달라고 하자."

볼록한 모양의 질냄비에는 아직 게살 앙가케 덮밥이 남았다.

만약 미츠로 씨 혼자였다면, 나는 결혼하지 않았을지도 모른다. 하지만 큐피가 있어서 미츠로 씨와 결혼했다. 이것만은 확실하다.

나는 큐피와 가족이 되고 싶었다. 그리고 나와 미츠로 씨 결혼을 누구보다 강력히 바란 것은 다름 아닌 큐피였다.

"조금씩, 알겠지?"

나는 좀 취했을지도 모른다. 그러나 정신은 말짱했다.

"조금씩?"

내가 뭔가 중요한 얘기를 한다는 것이 여섯 살의 큐피에게도 전해진 모양이다. 큐피가 진지하게 나를 바라보았다.

"응, 조금씩 엄마랑 딸이 되어가자고. 갑자기 열심히 하면 도중에 지치니까 서로 무리하지 말고."

이것은 결혼이 결정된 뒤로 줄곧 생각했다.

분명히 선대는 애를 썼다. 나와의 거리를 어떻게든 줄이고자 애를 쓰고, 애써서 '선대'가 돼주었다. 그러나 나는 고통스러웠다. 그래서 애쓰지 않기로 했다. 억지로 큐피의 엄마가 되려고 하지 말자. 저절로 그렇게 되어 있을 때까지 조금씩 거리를 좁히자, 그렇게 생각했다.

셰프가 정성껏 만든 요리를 남기고 싶지 않아서, 위(胃)의 빈틈에 오일사딘을 꾹꾹 밀어 넣었다. 쌉쌀한 봄바다 냄새가 났다.

"올 여름에는 다 같이 바다에 가자."

그때는 옆집 바바라 부인도 같이 가자고 해야지. 혼인신고 얘기는 아직 바바라 부인에게 하지 않았다.

물론 결혼생활이 쉽지 않다는 것쯤은 알고 있다. 앞으로 힘든 일이 산처럼 있을 것이다. 결혼 따위 하지 말걸 그랬다고 생각하는 날도 올지 모른다. 큐피에게 싫어, 라는 말을 듣고 침울해하기도 하고, 미츠로 씨와 싸워서 아침까지 우는 일이 없을 거라고 단언할 수도 없다.

그러나 오늘 같은 날이 있어서 극복할 수 있을 것 같다. 스카쉬에 듬뿍 든 과일처럼 오늘은 인생의 포상 같은 하루였다.

"가게도 붐비기 시작했고, 슬슬 졸릴 테니 그만 갈까."

화장실에서 돌아온 미츠로 씨가 그대로 돌아갈 준비를 했다. 테이블의 접시에는 아직 요리가 약간 남았지만, 거의 다 먹었다.

"잘 먹었습니다."

두 손을 가슴 앞에 모으고 눈을 감으면서 중얼거리자, 큐피도 진지한 얼굴로 잘 먹었습니다 하고 인사했다. 역시 일 년 전의 큐피와는 다르다. 초목이 자라듯이 큐피도 하늘을 향해 활짝 잎과 가지를 펼치고 있다.

"미츠로 씨."

가게를 나와서 장난스럽게 불렀다. 그렇게 소리 내어 부른 것은 처음이다. 취기를 빌려서 미츠로 씨 팔에 스윽 팔짱을 꼈다.

좋은 밤이었다. 바닷바람이 누군가의 오래된 상처를 달래듯이 부드럽게 불어왔다. 평소 바다 쪽으로는 별로 올 기회가 없었는데, 바다도 참 좋구나 생각했다.

버스를 타고 가마쿠라궁에 내려서 우리가 가족이 된 것을 보고했다. 평소에는 도리이 아래에서 절만 했지만, 오늘은 계단을 올라가 신전 앞에서 세 사람이 나란히 하나 둘 셋 하고 각자 새전을 던졌다. 그리고 함께 종을 울리고 절을 두 번 한 뒤 짝짝, 하고 손뼉을 치고 합장하여 기도했다. 그리고 다시 한 번 절을 하고 천천히 계단을 내려왔다.

"잘 자."

도리이 앞에서 두 사람과 헤어졌다.

나는 왼쪽으로, 미츠로 씨와 큐피는 오른쪽으로 걸어갔다.

오늘 밤 정도는 같이 보내는 편이 좋으려나, 하는 생각도 했지만, 나는 내일도 츠바키 문구점을 열어야 하고, 미츠로 씨에게도 가게가 있다. 언젠가는 같은 지붕 아래 살고 싶지만, 당장은 서로의 집에서 보낼 생각이다. 이름하여, 두 지붕 한 가족. 일단은 부담 없는 범위에서 서로의 집을 오가기로 했다.

"잘 자."

모퉁이를 돌 때, 한 번 더 돌아보며 두 사람에게 인사했다. 아니나 다를까, 역시 두 사람은 아직 그곳에 서 있었다. 금방이라도 사라져버릴 것 같은 불안한 가로등 아래에서 미츠로 씨가 열심히 손을 흔들었다.

다음 날, 토요일 오후 내내 결혼 알림장을 만들었다.

내용은 오전에 가게를 보면서 대충 생각했지만, 실제로 형태를 만들려고 하니 아득했다.

이유는 알고 있다. 활판 인쇄를 직접 하기로 했기 때문이다.

작년 연말에 후계자가 없어서 폐업하는 지인의 인쇄소에서 극히 일부지만, 활자를 물려받았다. 그 활자를 실제로 사용해보기로 한 것이다.

하지만, 말이 쉽지 어려운 일이었다.

활자를 줍는 것이 이렇게까지 힘든 작업인 줄은 상상도 하지 못했다.

옛날 사람들은 이렇게 꾸준한 작업을 거듭해서 책을 인쇄했구나. 그 사실을 생각하니 인쇄 일을 했던 모든 사람들에게 엎드려 절이라도 하고 싶었다. 나 같으면 한 페이지는커녕 한 줄도 완성하지 못하고 죽는 소리만 했을 것이다. 어찌나 끈기가 필요한 작업인지.

먼저 필요한 활자를 줍는다. 다음에 그 활자를 문장대로 늘어놓고, 마지막에 잉크를 찍어서 종이에 인쇄한다. 다만 활자가 너무 작아서 오래 작업을 계속하다 보면 점점 눈이 침침해진다. 게다가 평소 보는 문자와는 좌우 반대로 되어 있어서 알아보기 어렵다.

처음에는 한자도 섞으려고 했지만, 보통 일이 아니어서 한자까지 모으면 내년까지 해야 할 것 같았다.

결과적으로 히라가나뿐인 인사문이 됐다. 그것도 군더더기 글은 최대한 빼버려서 문장이 어딘지 심심했다.

뭔가 유머가 없네, 하고 고민하고 있는데, 드르르륵 미닫이문이 열리고, "포포짱, 간식 먹어요" 하고 큐피가 신나게 들어왔다. 어느새 시간이 그렇게 된 것 같다. 황급히 작업하던 손을 멈추고, 현관 앞까지 큐피를 맞이하러 갔다.

"간식, 또 하토사브레여도 괜찮아?"

내가 묻자, 큐피가 빙그레 웃는다.

하토사브레는 곧잘 문방구를 사러 오는 이웃 부인이 아르바이트 면접 때 사용할 딸의 이력서를 써준 답례로 가장 큰 포장인 48개짜리 깡통을 준 것이다. 혼자서는 다 먹지 못해서 난감할 때, 큐피가 든든한 지원군이 돼주었다. 깡통을 다 비우면, 큐피의 문방구를 담는 용기로 쓸 계획이다.

"자, 먹자."

컵에 차가운 우유를 찰랑찰랑 따라서 큐피 앞에 내밀었다. 큐피가 혼자 놀러 오게 된 뒤로, 나는 냉장고에 언제나 우유를 준비해 두었다. 큐피는 하토사브레를 차가운 우유에 적셔 먹는 것을 아주 좋아한다.

"한 입 줄래?"

한 개를 다 먹진 못하겠지만, 달콤한 것을 한 입 먹고 싶었다. 큐피가 아앙, 해서 아기새가 된 기분으로 입을 크게 벌리고 기다리니, 날개 쪽을 한 조각 떼어서 입에 넣어주었다.

하토사브레는 맛있었다. 부드럽고, 제대로 수제 맛이 난다. 메이지 시대에 발매된 당초에는 하토사부로라는 이름이었다니 재미있다. 사부로라면 엔카 가수의 이름이 아닌가.

"그럼 그릴 종이 있어요?"

눈 깜짝할 사이에 하토사브레를 해치운 큐피가 입 언저리에 부스러기를 묻힌 채 두 손을 내밀었다. 이면지는 잔뜩 모아두었다. 선반에서 가져와 한 장 건네자, 큐피는 재주 좋게 종이를 접기 시작했다. 완성된 것은 종이비행기였다.

하지만 좀처럼 날질 않았다. 큐피가 악전고투하는 모습을 보고 있으니, 나도 종이비행기를 만들어보고 싶어졌다. 아마 만드는 법은 몇 가지나 될 것이다. 내가 어린 시절에 만든 것은 직사각형 종이를 세로로 놓고, 먼저 한복판에서 접은 뒤 한 번 펼쳐서 아래쪽 양끝을 세모로 접는 방법이었다.

만들다 보니 저절로 생각이 났다. 이것도 아닌데, 저것도 아닌데 하고 접었다 폈다를 되풀이하다 보니 종이비행기가 완성됐다.

"됐어, 봐!"

끝이 날카로워서 국산 여객기 같은 종이비행기다.

"멋있어요!"

큐피에게서도 칭찬을 들었다.

힘차게 공중으로 밀듯이 던지자, 슈웅 불단 쪽으로 날아갔다. 아주 우아한 비행이다.

그 비행기를 이번에는 큐피가 날렸다. 그 모습을 보고 있으니,

갑자기 아이디어가 떠올랐다.

종이비행기에 결혼 소식을 인쇄해서 종이비행기째 보내는 것이다. 뜬금없는 자신의 아이디어에 혼자 흥분했다.

어느 날, 우편함에 종이비행기가 들어 있다면 기쁘지 않을까. 상대는 아마 놀랄 것이다. 받는 사람이 아주 조금이라도 즐거운 기분이 든다면 작지만 우리의 마음이 담긴 선물이 될 것이다.

실은 좀 전에 혼자서 묵묵히 활자와 격투하면서, 그냥 메일로 보낼 걸 그랬나 하고 후회하고 있었다. 메일이라면 이렇게 세세한 작업을 하지 않아도 금세 메시지를 보낼 수 있다. 효율적이고 돈도 들지 않는다. 이런 무모한 짓을 하는 자신이 새삼 바보 같다고 한탄했다. 그러나 지금은 그런 자신이야말로 바보였다고 한탄하고 있다.

결혼 안내장 같은 건 살면서 몇 번씩 보내는 게 아니다. 그러니까 확실하게 대필가로서 솜씨를 발휘하고 싶었다.

이 봄에 저희는 가족이 됐습니다.
작은 배를 타고 셋이서 바다로 나아가겠습니다.
부디 따뜻한 눈으로 지켜봐주세요.01

전용 홀더가 없어서 짧은 문절마다 활자를 묶어서 마스킹테이프로 모았다. 그것을 종이비행기를 펼쳤을 때, 딱 좋은 위치에 오도록 분산해서 눌렀다. 인자에 사용하는 것은 잘 마르지 않는 특별한 유성 잉크다.

처음에는 '가족이 됐습니다'가 아니라, '결혼했습니다'라는 문장을 생각했다. 하지만 '결혼했습니다'라고 하면 나와 미츠로 씨만의 얘기가 되고, 큐피가 빠진다. 어디까지나 큐피를 포함하여 가족 셋의 출항이다. 그래서 다시 생각하다 '가족이 됐습니다'라는 표현으로 바꾼 것이다.

잉크가 바싹 마르면 종이접기 요령으로 종이비행기를 만든다. 다만 그대로는 아무래도 날개가 넓어서 지저분한 비행기가 되므로, 마지막에 두 부분을 스테이플러로 찍기로 했다.

스테이플러도 최근에는 침을 사용하지 않는 타입이 등장해서 그걸 사용한다. 침을 사용하면 손가락을 찔리거나 다칠 우려가 있어서, 나는 되도록 침을 사용하는 스테이플러는 사용하지 않는다.

보내는 사람 이름은 각자 쓰기로 했다. 그다음은 종이비행기가 행방불명되지 않도록 만일을 위해 보내는 사람 주소도 써야 한다.

종이는 조금이나마 힘이 있고 선명한 노란색 A5 용지를 썼다. 눈부실 정도로 노오란 태양빛이다. 노란색은 희망을 느끼게 하는 색이기도 하다.

내가 산 기억이 없는 것으로 보아 노란 종이는 선대가 어딘가에서 발견하여 보관하고 있었던 것이리라. 종이가 어느 정도 두께가 있어서 긴 여행에도 잘 견뎌줄 터다. 이 무게라면 규격 외 우편의 가장 싼 요금이 적용되니까, 120엔짜리 우표를 붙이면 이 모양대로 우체통에 넣을 수 있다.

우표 통을 보니 130엔짜리 우표가 있었다. 해마다 국제 펜팔 주간에 발매되는 우타가와 히로시게(에도시대 말기의 우키요에 화가—옮긴이)의 도카이도(東海道, 도쿄와 교토를 연결하는 도로—옮긴이) 53역의 풍경 시리즈다. 무엇보다 바다와 산의 색이 아름다웠다. 가족의 출발을 알리는 데는 안성맞춤인 우표다. 10엔을 더 내지만, 언제나 신세를 지고 있는 우체국에 보내는 고마움이라고 해두자.

작업에 몰두하다 보니 어느새 저녁때가 됐다. 내일은 일요일. 츠바키 문구점의 휴일이어서 매주 토요일 밤은 미츠로 씨의 아파트에서 함께 보내는 것이 암묵적인 규칙이 되어가고 있다.

먼저 미츠로에게 견본을 보여주고, 괜찮다고 하면 그쪽에서도 안내장 만들기를 계속할 수 있도록 필요한 것을 도구 상자에 전부 챙겨 넣었다. 갓 틀을 짠 활자는 물론, 잉크 패드며 우표, 종이, 스테이플러, 그리고 만일을 위해 이름을 쓸 만년필도 갖고 간다.

조용하다 싶었더니, 큐피는 밖에서 종이비행기를 날리며 놀고 있었다.

"이제 슬슬 아빠한테 갈까."

뒤에서 부르자, 자기가 종이비행기가 된 것처럼 양팔을 펴고 타다다닥 달려왔다. 얼마 전까지만 해도 추워 하고 몸을 떨었던 것이 거짓말 같다. 바바라 부인 집 정원의 올벚나무도 슬슬 만개하겠지.

큐피와 글리코 놀이(가위바위보를 하며 계단을 올라가는 놀이—옮긴이)를 하면서 미츠로 씨 집으로 향했다.

큐피만 자꾸 이겨서 점점 모습이 보이지 않게 됐다. 그래도 가위, 바위! 하고 큰 소리로 외치면서 글리코를 계속했다.

내게는 이런 식으로 노는 것이 허락되지 않았다. 그래서 지금 큐피와 함께 어린 시절을 다시 경험해보고 있는지도 모른다.

그냥 가면 십 분 남짓 거리인데, 글리코를 하면서 삼십 분에 걸쳐 천천히 갔다. 미츠로 씨와 큐피가 사는 오래된 다세대주택은 언덕길 도중에 있다. 그곳 1층에서 미츠로 씨가 카페를 운영한다.

아직 경영 상태는 어렵다. 주인이 고령이어서 임대료가 파격적인 탓에 이끌어나가긴 하지만, 고마치쯤에 있는 가게였다면 옛날에 망했을 것이다. 그래도 미츠로 씨가 대단하다고 생각하는 것은 일일이 비관적이 되거나 한숨을 쉬지 않는다는 것이다. 온화한 낙관주의라고 하면 좋을까. 의외로 이런 사람이 정글 오지에서도 담담하게 그곳에 있는 것만으로 먹고 살아갈 수 있을지도 모른다.

아직 영업 중이어서 카운터에 있는 미츠로 씨에게 눈인사만 가볍게 했다. 오늘은 젊은 여성 2인조와 남성 손님이 한 명 있었다.

바깥 계단으로 2층에 올라가서 미츠로 씨에게 받은 열쇠로 문을 열고 안으로 들어갔다. 작은 주방에 작은 욕실과 작은 화장실이 달린 원룸 방이다. 이층침대에서 자고 싶다는 큐피의 소원을 들어주기 위해 두 사람은 이층침대의 위아래에서 잔다.

역시 오늘도 불단 문은 닫혀 있었다. 침실에 있는 장롱 위에 작은 불단이 있다. 언제나 그런 건지, 아니면 내가 와서 미츠로 씨가 배려를 하는 것인지는 모른다. 문이 닫힌 불단에 손을 모으는 것도 뭔가 이상해서 결국 손을 모으지는 않고, 마음속으로만 실례하겠습니다 하고 인사한다.

큐피가 그림책을 읽어달라고 해서 책장에서 책을 한 권 뽑아들고 읽기 시작했다. 많은 고양이가 나오는 이야기였다. 조금 어려운 내용이어서 큐피가 지루해하지 않을까 표정을 엿보니, 진지한 눈빛으로 고양이 그림에 빠져 있다.

읽는 도중 큐피가 내 몸에 기댔다. 부드럽고, 따듯하고, 약간 달콤한 냄새가 난다. 큐피는 금방 만든 화과자 같다.

밤에 가게 문을 닫은 미츠로 씨 카페에서 세 식구는 늦은 저녁을 먹었다. 봄은 뱅어의 계절이다. 하얀 밥에 쏟아질 듯이 듬뿍 삶은 뱅어를 올려서 먹는다. 국물은 달걀을 풀어서 끓인 맑은 장국. 미츠로 씨가 점심 때 팔고 남은 닭고기로 경단을 만들어주었지만,

뱅어만으로 충분해서 젓가락이 가지 않았다.

일 년 전의 큐피는 뱅어 덮밥에 마요네즈를 뿌려서 먹었다. 하지만 아이의 건강을 생각해서 미츠로 씨와 의논하여, 시판 마요네즈에서 수제 마요네즈로 바꾸었다.

수제 마요네즈라고 하면 만들기 어려울 것 같지만, 실제로 해보면 아주 간단하다. 재료는 달걀노른자와 식용유와 식초, 거기에 소금으로 간을 맞추기만 하면 된다. 그것을 시판 마요네즈 통에 일부러 옮겨서 큐피에게 먹였다. 그 편이 안심이 됐다. 식용유는 건강을 생각해서 언제나 올리브오일을 사용한다.

미츠로 씨와 사귄 뒤로 내 생활은 조금씩 변했다. 특히 달라진 것은 식생활로, 그때까지는 거의 외식을 하다가 직접 만들고 있다. 혼자 식사할 때도 예전 같으면 지갑만 들고 자전거를 타고 쌩 나갔지만, 요즘은 먼저 냉장고를 열어본다. 그리고 후다닥 파스타를 삶고, 소스를 끼얹어서 집에서 먹는다. 미츠로 씨나 큐피를 만나기 전의 나라면 생각할 수 없는 일이다.

그 편이 경제적인 것도 있다. 하지만 나는 큐피의 건강을 제일로 생각하게 됐다. 큐피에게 안심하고 안전한 음식을 먹이고 싶다.

요리 솜씨는 아직 부족하지만, 전과 비교하면 월등하게 진보했다. 어쨌든 나는 큐피가 맛있게 밥 먹는 모습을 보는 것만으로 가슴이 벅차다. 극단적인 얘기지만, 그것만으로 배가 부르다.

뒷정리를 하면서 미츠로 씨에게 결혼 안내장을 의논했다. 결혼식을 올리지 않으니, 안내장만은 제대로 보내고 싶다며 미츠로 씨 쪽에서 먼저 말했다.

종이비행기 아이디어는 마지막에 얘기했다. 어쩌면 반대할지도 모른다고 약간 걱정했기 때문이다. 미츠로 씨는 가끔 이상한 부분에서 보수적이다. 99퍼센트는 유연하게 대응하지만, 나머지 1퍼센트에 대해서는 완고할 정도로 고집을 부린다. 그래서 안내장은 사각 봉투에 넣어야지, 하고 말할지도 모른다고 생각했다. 그러나 그런 걱정은 쓸데없었다.

"전부 프로에게 맡기겠습니다."

미츠로 씨는 남은 밥에 삶은 뱅어를 넣고 비벼서 솜씨 좋게 주먹밥을 만들며 조용하게 말했다. 남은 밥은 주먹밥을 만들어서 다음 날 아침에 구워 먹는 것이 모리카게 가의 전통이다.

"미츠로 씨, 나, 큐피, 순서로 이름을 씁시다."

일단은 만드는 대로 서명을 하기로 했다. 혼인신고서에 사인할 때부터 어렴풋이 깨달았지만, 미츠로 씨는 그 외모랄까 분위기에 어울리지 않게 상당히 악필이다.

"아빠 글씨, 지저분해."

내가 지적할 것도 없이 큐피가 얼굴을 찡그렸다.

"미안, 미안."

미츠로 씨는 순순히 사과했지만, 아무리 매수를 거듭해도 비슷한 서명이 이어졌다. 그러나 글씨에 그 사람의 전부가 반영될 리 없다. 그것은 카렌 씨 건으로 나도 충분히 알고 있다.

그때, 카렌 씨는 자신의 글씨를 '더러운 글씨'라고 했지만, 그렇지 않았다. 글씨는 깨끗하다느니 더럽다느니 하는 표면적인 문제가 아니라, 얼마나 마음을 담아서 쓰는가가 중요하다. 혈관에 피가 흐르듯이 필적에 그 사람의 온기나 마음이 담기면 그건 분명 상대에게 전해진다. 나는 그렇게 믿고 있다.

"한 글자, 한 글자, 마음을 담아서 쓰면 괜찮아."

나는 '子(자)'를 천천히 쓰면서 중얼거렸다.

미츠로 씨에게 쓴소리를 한 큐피는 늠름하게 자기가 아끼는 연필로 '하루나'라고 썼다. 이제 거울 글씨가 아니다.

미츠로 씨와 의논하여 초등학교 들어가기 전에 열심히 연습한 성과였다. 이따금 거울 글씨가 튀어나오지만, 전만큼 자주는 아니었다. 자기 이름은 이제 완벽하게 바른 방향으로 쓴다.

교정을 해야 할지 그대로 둘지는 미츠로 씨와 진지하게 얘기를 나누었다. 미츠로 씨는 어린 시절, 왼손잡이였던 것을 억지로 오른손잡이로 고친 경험이 있었다. 그래서 지금도 가끔 오른쪽인지 왼쪽인지 알 수 없어서 혼란스럽다고 한다. 그래서 큐피의 거울 글씨도 자연스럽게 고쳐지기를 기다리고 싶다는 것이 미츠로 씨 생각이었다.

그러나 나는 반대했다. 왼손잡이는 자기만 곤란할 뿐 남에게 피해를 주진 않지만, 글씨는 상대에게 뭔가를 전달하기 위한 수단이다. 전달되지 않으면 의미가 없으니까, 거울 글씨도 지금 고치는 편이 좋지 않을까. 그것이 내 의견이었다. 나중에는 미츠로 씨도 수긍하여 큐피는 히라가나를 바르게 쓰는 법을 배웠다.

미츠로 씨 이름 아래 내 이름을 썼다. '鳩(하토, 비둘기라는 뜻―옮긴이)'라는 글씨를 쓸 때마다 선대가 이 이름에 담은 마음을 상상한다. 비둘기는 어쩌면 날개에 뭔가를 부탁받고 나르는 건지도 모른다. 그렇게 생각하니 하토코라는 이름이 사랑스러워졌다. 내 이름을 이렇게 느낀 것은 처음이었다.

모든 안내장에 서명을 마친 미츠로 씨는 가게에 가서 폐점 준비를 했다. 나머지는 나와 큐피가 할 수 있는 데까지 할 생각이다.

큐피가 열심히 종이비행기를 접어주어서 작업은 뜻밖에 빨리 진행됐다. 잇따라 노란 종이비행기가 탄생했다.

하지만 거기서부터가 또 힘들었다.

받는 사람 이름을 쓰고 나서 우표를 붙일지, 우표를 붙인 뒤 받는 사람 이름을 쓸지 고민이다. 제일 마지막에 우표를 붙이는 편이 무난하긴 하다. 만약 우표를 먼저 붙이면 받는 사람 이름을 틀렸을 때, 우표를 다시 떼는 수고가 늘어난다.

그래도 선대는 언제나 우표를 먼저 붙였던 사실을 떠올렸다. 그 편이 받는 사람 이름을 쓸 때 균형을 잡기 쉽고, 받는 사람 이름을 틀리면 안 된다는 긴장감이 생기기 때문이라고 했다.

"어떡할까."

옆에 있는 큐피에게 말을 걸었더니,

"배고파졌어요."

건전지가 다 된 인형처럼 큐피가 테이블에 픽 엎어졌다.

"미안, 미안."

완전히 작업에만 몰두해서 시간이 가는 걸 잊었다. 큐피에게 뭐가 먹고 싶은지 묻자, 빵!이라고 대답했다.

"좋아! 그럼 베르그펠드에 빵 사러 가자!"

미츠로 씨가 평소 사용하는 자전거 안장의 위치를 낮추고, 큐피에게는 헬멧을 씌워주었다. 큐피는 이제 큰 자전거 뒤에 타지 않고 자기 자전거를 탄다.

"차 조심해."

버스길을 가는 편이 빠르지만, 교통량이 많으니 조금 멀리 돌아서 에가라천신 앞을 지나 뒷길을 달렸다. 몇 번이고 돌아보면서 큐피가 무사히 오는지 확인했다. 큐피에게 만에 하나 무슨 일이 생기면 나도 살아갈 수 없다. 큐피가 걱정돼서 만개한 벚꽃을 올려다볼 여유 따윈 없었다.

베르그펠드 옆의 소시지 가게에서 게살크림크로켓 두 개와 햄과 소시지를 사고, 베르그펠드에서 버거 빵 두 개와 소프트롤 두개, 작은 토스트, 그리고 미츠로 씨가 좋아하는 프레첼을 샀다.

내게 베르그펠드는 어린 시절, 동경하던 가게였다. 선대가 달콤한 과자, 특히 양과자를 먹지 못하게 해서 더 그런 마음이 컸다.

그중에서도 하리네즈미(고슴도치 모양의 초코릿으로 코팅한 프루트 케이크—옮긴이)는 오랫동안 짝사랑의 대상이었다. 지금 생각하면 부끄러워서 미칠 것 같지만, 초등학생인 나는 곧잘 학교에서 돌아오는 길에 밖에서 물끄러미 진열장을 바라보았다. 그 시선의 끝에는 언제나 초콜릿을 입힌 하리네즈미가 있었다.

"포포짱, 하리네즈미 있어요."

전에 큐피에게 그런 얘길 했더니, 가게 앞을 지날 때마다 하리네즈미가 보이면 가르쳐준다.

어른이 된 뒤에 겨우 입에 넣은 하리네즈미 케이크는 상상했던 맛과 달랐다. 그러나 하리네즈미를 보면 이내 사고 싶어져서, 좀처럼 다른 케이크를 고르지 못하는 것이 지금 나의 고민거리다.

"오늘은 괜찮아. 우리 이따가 간식 만들 거잖아? 그렇지만 큐피가 먹고 싶으면, 케이크도 사자."

이렇게 하자는 대로 해도 되나, 이렇게 다 들어주는 건 친엄마가 아니어서일지도 몰라, 그런 생각이 문득 뇌를 스쳤다. 그러나 엄하게 대한다고 친엄마가 될 수 있는 것도 아닐 것이다. 이미 선대가 몸소 증명하지 않았는가.

"간식 만들 거니까 오늘은 괜찮아요."

잠시 생각한 뒤, 큐피가 대답했다. 일요일 오후는 함께 간식을 만들기로 되어 있다. 나는 어린 시절의 내가 하고 싶었던 것을 큐피에게는 최대한 하게 해주기로 결심했다.

미츠로 씨의 집으로 돌아간 뒤, 재빨리 샌드위치를 만들었다. 냉장고에 남아 있던 포테이토 샐러드를 꺼내, 오이를 썰고 양상추를 올렸다. 게살크림크로켓은 갓 튀긴 것을 사서 그대로 테이블에 내놓았다. 소시지는 프라이팬에서 바삭하게 구우면 완성이다. 다음은 각자 좋아하는 것을 끼워서 먹는다.

나는 샌드위치용으로 구운 버거 빵을 펼쳐서 소스를 끼얹은 게살크림크로켓만 끼웠다. 바삭한 튀김옷 사이에서 바다 냄새가 나는 화이트소스가 걸쭉하게 얼굴을 내민다.

"맛있다."

탄식하듯이 내가 말하자,

"맛있어."

큐피도 두 다리를 파닥거리면서 신음했다. 큐피는 버거 빵에 구운 소시지를 끼워서 핫도그로 먹었다.

결국 우표를 먼저 붙이기로 했다. 나를 생각하면 마지막에 붙이는 쪽이 편하겠지만, 상대를 생각하면 먼저 붙여서 받는 사람 이름을 균형 있게 쓰는 쪽이 아름다운 종이비행기가 된다. 내가 주소와 이름을 틀리지 않고 쓰면 된다고, 게살크림크로켓 샌드위치를 먹으면서 간단한 사실을 깨달았다.

"큐피, 우표 붙이는 걸 부탁해도 될까?"

다 먹고 난 뒤, 어질러진 테이블을 치우면서 묻자,

"네에!"

큐피는 힘차게 손을 들었다.

일단은 내가 한 장, 우표 붙이는 위치 시범을 보였다.

큐피는 견본을 보면서 신중하게 한 장씩 우표를 들고 혀에 올렸다. 우표 뒤에 묻은 성분은 초산비닐수지와 폴리비닐알코올이라고 하는 것으로, 독성은 없다고 한다. 나도 어린 시절, 우표를 낼름 핥아서 붙이는 걸 좋아했다. 그래서 큐피의 마음은 이해한다. 하지만 어른이 된 지금은 그렇게 맛있다고 생각하지 않고, 한두 장이라면 몰라도 몇 십 장이나 핥는 것은 역시 몸에 나쁜 영향이 생기지 않을까 불안해진다.

"너무 핥지 않는 편이 좋지 않을까?"

일단 말해보았지만, 큐피에게는 들리지 않는 것 같다. 에이, 육아는 됐어, 하고 포기하는 것도 중요하다고 전에 미츠로 씨가 얘기했다. 그래서 나도 에이, 됐어, 하고 넘겼다.

그건 그렇고 우표를 고안한 사람 참 대단하다. 우표를 사용하여 세계에서 최초로 우편제도를 확립한 것은 영국이다.

그때까지 우편요금은 받는 쪽이 내야 했다. 하지만 요금이 너무 비싸서 가난한 사람들은 우편물이 와도 돈이 없어서 받지 못하고 그대로 돌려보냈다고 한다.

그런 사람들은 보내는 사람과 사전에 암호 등을 정해놓고 봉투를 뜯지 않아도 해에 비춰 보는 것으로 보낸 사람의 메시지를 받는 꼼수를 썼다. 이를테면 동그라미가 있으면 잘 있다, 가위표가 있으면 상태가 안 좋다는 식이다. 그러면 굳이 우편요금을 내지 않아도 된다.

그러나 기껏 우편물을 배달했는데 돈을 받지 못하면 영업이 되지 않는다. 이 문제를 어떻게든 해결하려고 일어선 사람이 롤랜드 힐이었다. 지금이야 '근대 우편제도의 아버지'라고 불리는 롤랜드 힐이지만, 원래는 서민이었다고 한다. 이 사람이 바로 우편요금 선납제도를 생각한 인물이다. 이렇게 해서 1840년, 영국에 우표를 사용한 우편제도가 확립됐다.

그리고 영국 유학중에 그 제도를 보고 감명을 받은 마에시마 히소카라는 사람이 일본에 돌아와서, 일본에도 같은 제도를 확립시켰다. 1엔짜리 우표의 초상인 그 할아버지가 마에시마 히소카 씨다. 일본에서 근대 우편제도가 시작된 것은 1871년, 지금부터 백오십 년도 전의 일이다.

"롤랜드 힐 씨와 마에시마 히소카 씨한테 감사해야겠네."

나는 마지막 종이비행기에 우표를 붙이면서 중얼거렸다. 인제 받는 사람 이름과 주소를 써서 우체국 창구에 갖고 가면 사람의 손에서 손으로 건네져, 상대방의 우편함까지 종이비행기가 날아간다. 그 과정을 상상하는 것만으로 가슴이 두근거렸다.

빵티가 흥분한 얼굴로 츠바키 문구점에 온 것은 벚꽃잎이 주저 없이 흩날리는 저녁 무렵이었다.

"나 드디어 레이디 바바를 목격했어!"

빵티는 빠르게 말했다.

"어머, 어디서? 나도 보고 싶어! 지금 가마쿠라에 와 있어? 혹시 요코하마 아레나에서 공연이 있다거나?"

나는 엉겁결에 몸을 내밀었다. 뭐니뭐니 해도 가가님은 한때 내 인생의 스승이었다.

"고마치도리를 걸어가고 있었거든. 그런데 포포, 착각한 거 아냐? 가가가 아니라 바바야. 최근 목격 정보가 많이 들려오지만, 나도 드디어 봤어, 레이디 바바."

"레이디 바바?"

"응, 레이디 바바. 뒷모습은 레이디 가가와 똑같지만, 앞에서 보면 할머니라고. 응? 포포 정말로 몰라? 가마쿠라에서 지금 제일 핫한 화제인데."

빵티가 의외라는 눈으로 나를 보았다.

"미안, 나 정보에 어두워서."

변명하듯이 작은 소리로 말했다.

"가가님이라면 꼭 만나고 싶었는데."

나는 재주가 없어서 간구로(머리카락을 금발로 탈색하고 피부를 검게 하는 스타일—옮긴이)밖에 되지 못했지만, 사실은 가가님처럼 되고 싶었다. 좋아하는 옷을 입고, 좋아하는 화장을 하고, 하고 싶은 대로 누구의 눈도 신경 쓰지 않고 살고 싶었다. 그걸 실천하고 있는 것이 레이디 가가, 본명 스테파니 조앤 안젤리나 제르마노타였다.

"포포가 가가 팬이었다니 상상이 안 되네."

빵티가 눈이 동그래졌다.

지금의 나만 아는 사람이 보면 상당히 동떨어진 느낌일 거란 건 알고 있다. 그러나 내게는 아직 특별한 존재다.

불량소녀 시절, 어디에도 내가 있을 곳이 없어서 고민하며 거리를 헤맬 때, 귀에 꽂은 이어폰에서 큰 소리로 흘러나왔던 것은 언제나 가가님 노래였다. 가사의 의미 따위 몰라도, 이 노래는 내 노래라고 아무 의심도 없이 믿었다.

그래서 만약 만날 수만 있다면 당신의 노래에 구원을 얻었다고, 한마디여도 좋으니 가가님에게 전하고 싶었다.

그러나 가마쿠라에 출몰한 것은 진짜 레이디 가가가 아니라, 레이디 가가를 닮은 레이디 바바라고 한다.

"한번 볼 만한 가치는 있어. 어떤 의미에서 진짜보다 대단할지도 몰라."

빵티는 그렇게 역설하지만, 아무리 뒷모습이 닮았다고 해도 알맹이가 다른 바바 따위 나는 전혀 흥미가 없다.

"어차피 가짜잖아."

엉겁결에 내뱉듯이 말하고 말았다.

"아, 그것보다 도착했어, 종이비행기. 결혼 축하해!"

빵티가 느닷없이 화제를 바꾸었다.

"놀랐어?"

괜히 쑥스러워서 무심하게 대답했다.

"놀랐다고 해주고 싶지만, 예상대로 전개됐다는 느낌이야. 미츠로 씨와 몰래 연애한다고 생각했을지 모르겠지만, 아가씨, 다 보였어요."

그랬나. 과연 가마쿠라, 벽에 귀가 있고 문종이에 눈이 있어 숨길 수가 없는 지방이다.

"저는 한 아이의 엄마가 됐습니다."

능청스런 어조로 내가 말하자,

"선배님."

빵티가 의미심장한 발언을 했다. 놀라서, 어엉? 하고 바라보자,

"지금 임신 3개월."

목소리를 바짝 낮추어 내 귓가에서 속삭였다.

"축하해!"

나도 모르게 빵티의 몸을 꽉 껴안았다. 그래서 오늘은 평소보다 빵티의 포동포동함이 눈에 띈 건지도 모른다.

남작과 빵티의 아이라니, 대체 어떻게 생긴 아이가 나올까. 나와 미츠로 씨의 결혼보다 빵티의 임신 쪽이 훨씬 빅뉴스다.

"그런데 한동안은 모두에게 비밀이야."

빵티가 검지를 입 앞에 대며 내 눈을 빤히 보았다.

"아무한테도 말하지 않을게."

나는 약속했다. 아무한테도는 미츠로 씨나 큐피도 포함됐다. 대필가의 중요한 임무는 철저히 비밀을 엄수하는 것이라고, 선대에게 배웠다. 그 가르침은 지금도 내 깊은 곳에 단단히 뿌리내리고 있다.

소년이 츠바키 문구점에 나타난 것은 세상이 황금연휴에 들어가기 직전, 어느 맑은 날 오후의 일이다.

"안녕하세요."

뱃속 저 밑에서부터 샛길로 새지 않고 쭉 뻗어나온 듯한 곧은 목소리가 들렸다. 얼굴을 드니 야구모자를 쓴 소년이 서 있었다.

"처음 뵙겠습니다. 저는 스즈키 다카히코라고 합니다. 대필 상담을 하고 싶어서 기타가마쿠라에서 왔어요. 저기, 아메미야 하토코 씨가 틀림없나요?"

인상보다 훨씬 야무졌다. 머지않아 변성기가 올 것 같은 목소리였다.

얼굴도 팔다리도 볕에 보기 좋게 그을렸다. 그래서 나는 처음에 다카히코의 눈이 보이지 않는다는 사실을 전혀 눈치채지 못했다. 하지만 다카히코는 시력을 이미 잃었다. 좀 전에 다카히코가 무언가를 찾듯이 책상 모서리를 만지는 모습을 보고 그렇다는 걸 알아차렸다.

"이쪽으로, 앉으세요."

나는 의자를 내밀었다.

하지만, 앉으세요, 라고 해도 과연 의자가 있는 자리를 알까. 이럴 때 어떻게 도와주어야 좋을지 알 수 없었다. 갑자기 몸을 건드리면 되레 놀랄지도 모른다.

"음, 그냥 소리가 나는 쪽으로 걸어가면 되니까 괜찮아요."

나의 동요가 전해진 것 같다. 다카히코가 침착하게 말했다.

상품이 놓인 선반과 선반 사이를 천천히 걸어서 다카히코가 내 쪽을 향해 왔다. 의자에 앉을 때만 살짝 도와주었다.

"고맙습니다."

다카히코는 아주 예의 바른 소년이었다.

"마실 걸 준비해올게. 다카히코는 차가운 것과 따뜻한 것 어느 쪽이 더 좋은지?"

다카히코는 잠시 생각한 뒤에 딱 부러지는 어조로 말했다.

"물을 주시겠어요? 계속 걸어와서 목이 좀 마릅니다."

뭔가 어른하고 이야기하는 기분이 들었다.

"얼음은 넣을까?"

"두세 개, 넣어주시겠어요?"

다카히코가 물에 입을 댄 뒤에야 나는 새삼스럽게 물었다.

"저기, 어떤 의뢰일까?"

다카히코는 눈을 똑바로 보고 말했다.

"엄마한테 편지를 쓰고 싶어요. 이제 곧, 어머니날이어서 카네이션과 함께 편지를 보내고 싶어서요. 저는 눈이 거의 보이지 않아요. 읽는 건 점자를 사용하고, 뭔가를 전하고 싶을 때는 말로 전해요. 그래서 글씨를 쓰지 못해도 평소에는 그리 곤란하지 않답니다. 그런데 엄마한테는 평범한 아이처럼 편지를 써보고 싶어요."

다카히코만 봐도 다카히코의 어머니가 얼마나 그를 사랑으로 키웠을지 전해졌다.

"다카히코는 어머니한테 어떤 편지를 쓰고 싶어?"

나의 질문에, 으음, 하고 중얼거린 뒤,

"매일 도시락을 싸주셔서 고맙습니다. 그, 그리고⋯⋯."

다카히코가 거기까지 말하고 말을 흐렸다.

"그리고 또오?"

다정하게 묻자, 잠시 후에 다카히코가 묘하게 머뭇거리면서 말했다.

"엄마가 우리 엄마여서 좋았다고."

나도 모르게 울음을 터트릴 뻔했다. 말을 마친 다카히코의 얼굴이 빨개졌다.

엄마가 우리 엄마여서 좋았다.

보통 인생의 마지막이나 부모를 잃은 뒤에야 겨우 그런 생각이 들지 않는가. 나도 선대가 우리 할머니여서 좋았다고 생각한 것은 선대가 세상을 떠난 뒤였다. 다카히코는 이 어린 나이에 벌써 그런 소중한 사실을 깨달았다.

"어머니는 다정하셔? 어떤 어머니인지 가르쳐줄래?"

다카히코 같은 소년이 아들이라니, 어머니는 얼마나 좋을까.

"엄마는 화를 내면 굉장히 무서워요. 그렇지만 평소에는 다정하고, 여름이 되면 강에 송사리를 잡으러 데려가주기도 하고, 또

바비큐를 먹으러 가기도 하고. 그렇지만 아무리 내 눈이 보이지 않는다고 해도, 갑자기 뺨에 뽀뽀하는 건 좀 참아줬으면 좋겠지만."

다카히코가 뾰로통해졌다. 분명 어머니는 이런 다카히코가 사랑스러워서 갑자기 뽀뽀를 하는 것이리라.

"눈은 어떤 느낌이야?"

이런 질문을 해도 다카히코라면 괜찮을 거라는 확신이 있었다.

"해의 밝기와 밤의 어둠은 느낄 수 있어요. 그래서 밝은 곳에 있으면 세상이 밝아져요. 엄마는 너무 볕에 있으면 일사병에 걸리지 않을까 걱정하지만, 나는 태양 아래 있는 게 좋아요."

다카히코의 말대로, 다카히코에게는 태양 아래서 자란 듯한 거침없는 건전함이 있었다.

"다카히코, 한 가지 제안이 있어."

등을 곧게 펴고 말했다. 다카히코에게는 전부 보일 것이다. 아무것도 보이지 않는다는 것은 전부 다 보이는 거라고 말할 수 있을지도 모른다. 그러니까 허리를 편 내 모습도 마음의 눈에는 비칠 게 틀림없다.

"내가 대필하는 건 가능해. 그렇지만 이번에는 다카히코가 직접 써보면 어떨까? 내가 도와줄게."

무엇보다 다카히코 본인의 글씨가 선물이 될 거라고 생각했다.

"제가요? 제가 편지를?"

다카히코에게는 예상 밖의 제안이었던 것 같다.

"물론 다카히코가 직접 쓸 수 없는 건 내가 책임지고 도와줄 거야. 그렇게 긴 편지는 아니니, 조금 연습하면 다카히코도 쓸 수 있어."

잠시 후, 다카히코는 알겠습니다, 하고 조용히 대답했다.

이날은 편지에 쓸 내용을 정하는 작업을 했다. 다카히코의 희망 사항은 되도록 한자를 사용하는 것과 글씨를 작게 쓰는 것이었다. 히라가나를 크게 쓰는 건 가능한 것 같다. 그러나 그렇게 쓰면 어린아이가 쓴 것 같아서 싫다고, 초등학교 6학년인 다카히코는 주장했다.

나이에 어울리는 편지를 써서 엄마에게 멋있는 자신을 보이고 싶다는 다카히코의 용기에 나는 완전히 그의 팬이 돼버렸다.

다카히코는 내일 한 번 더 츠바키 문구점에 와서 같이 연습한 뒤 편지를 쓰기로 했다.

다카히코를 배웅한 뒤, 멍하니 밖을 보고 있었다.

나뭇가지 사이로 떨어지는 햇볕 속에서 나비가 날고 있다. 나는 것이 즐겁고 기뻐서 어쩔 줄 모르겠다는 듯이 나비는 팔랑팔랑 허공에서 춤을 춘다. 설마 자신이 누군가에게 보여지고 있다는 건 눈곱만치도 생각하지 않고, 그저 열심히 춤을 추는 모습이 아름다웠다.

지금 이곳에 살고 있는 행복을 온몸으로 나타내고 있다.

나비도, 다카히코도, 큐피도 마찬가지다. 다들 생명체로서 살아가고 있다.

츠바키 문구점에는 편지지 세트 코너가 있다. 전에는 없었지만, 작년 가을부터 조금씩 어른을 대상으로 한 상품도 진열하게 됐다. 물론 그중에는 초등학생도 좋아할 만한 귀여운 편지지 세트도 있지만, 대부분은 어른 취향 디자인을 준비해두었다.

다들 직접 편지를 쓰게 되면 대필가인 당신 일거리가 없어지지 않을까? 하고 언젠가 붓펜을 사러 온 마담 칼피스가 말한 적이 있지만, 그런 걱정은 필요 없다. 그보다 나는 세상에서 우체통이 없어지는 쪽이 무섭다. 아무도 편지를 쓰지 않게 되면 우체통도 철거될지 모른다. 휴대전화의 보급으로 공중전화 숫자가 슬금슬금 줄어드는 것처럼.

다카히코는 어떤 편지지를 고를까. 귀여운 것일까, 아니면 심플한 것일까. 상상하면서 먼지떨이로 상품 위에 먼지를 털었다.

선대의 벽장에서 나온 앤티크 지구본은 비매품으로 가게에 장식해놓았지만, 꼭 사고 싶다고 어떤 손님이 간청하여 지금은 이곳에 없다. 빈 공간에는 유리펜과 잉크를 진열했다. 츠바키 문구점

상품 중에서 가장 비싼 것이 이 유리펜이다. 젊은 일본인이 만든 것으로 자태가 시원스러워서 볼 때마다 등이 쭉 펴진다.

"안녕하세요."

어제와 거의 같은 시간에 다카히코가 왔다.

츠바키 문구점 입구에 서서 야구모자를 한 번 벗은 뒤 예의 바르게 인사를 했다. 그리고 갑자기,

"이거, 받아주세요."

진달래 가지를 하나 내밀었다.

"집 마당에 피어 있었어요. 냄새로 알았어요. 색은 무슨 색이에요?"

"아주 예쁜 분홍색."

"아, 잘됐다."

다카히코가 빙그레 웃었다. 이런 예쁜 짓을 하니, 점점 더 다카히코의 팬이 될 수밖에. 기온이 더 올라가서 더웠을 것이다. 다카히코의 관자놀이에서 땀이 뚝뚝 떨어졌다.

"정말 고마워. 얼른 시원한 물 갖고 올게."

다카히코를 일단 의자에 앉게 한 뒤, 서둘러 냉장고에서 시원한 물을 갖고 왔다. 받은 진달래는 컵에 꽂아서 부엌에 놓아두었다.

"먼저 편지지를 고를까."

물을 단숨에 마신 다카히코에게 말했다.

오전 중에 미리 가게에 있는 편지지 세트 중에서 이번에 사용할 만한 것을 골라두었다. 그것을 다카히코 앞에 늘어놓았다.

다카히코의 손에 전달해서 한 장씩 종이의 질감과 크기를 확인하게 했다. 그림과 괘선의 유무는 되도록 구체적으로 설명했다.

다카히코는 기억력이 좋아서 한 번 설명한 것은 전부 완벽하게 외웠다.

다카히코가 마지막까지 망설인 것은 왼쪽 위에 세 마리의 새 일러스트가 그려진 조금 불규칙한 모양의 편지지와 뒷면이 지도인 독일 편지지였다.

한 번 더, 다카히코가 독일 편지지에 손바닥을 올렸다. 마치 그곳에서 뭔가 소중한 것을 감지한 듯한 몸짓이었다.

"이거 옛날에 실제로 지도로 사용했던 종이겠죠? 어떤 장소의 지도인지 가르쳐주시겠어요?"

다카히코가 엄숙한 목소리로 말했다.

"음, 강하고 산이 실린 것 같아."

내가 지도를 보면서 대답하자,

"산?"

편지지에 손바닥을 올린 채, 다카히코가 얼굴을 들었다. 그리고 다카히코는 실제로 산을 만지는 것처럼 황홀한 표정을 지었다. 그리고 결단했다.

"이걸로 할게요. 엄마, 등산을 좋아했어요. 외국 산에도 올라간 적이 있다고 그랬어요. 그런데 제가 태어난 뒤 좀처럼 올라가지 못했대요. 저는 더 많이 여행을 다녔으면 좋겠는데. 이쪽은 새가 세 마리밖에 없어서 여동생이 삐칠지도 모르니까."

그렇게 말하면서 다카히코는 새 일러스트 편지지를 가볍게 만졌다.

"저희 집은 네 식구여서 역시 새는 네 마리가 있는 편이 좋을 것 같아요. 이걸로 괜찮아요?"

"물론."

나는 말했다. 이렇게도 꼼꼼하게 여러 사람의 마음을 생각해서 편지지를 고르다니……. 어쩜 이렇게 신사인가. 나는 다카히코의 연습용으로 편지지와 같은 크기의 종이를 몇 장 준비했다.

그리고 다카히코를 밖의 책상으로 안내했다. 그 편이 쓰기 쉽지 않을까 하고, 평소에는 안에 두고 사용하는 오래된 책상을 밖으로 끌어내서 준비해두었다.

"아아, 여기 빛이 있다."

다카히코가 양쪽 손바닥으로 빛을 감싸듯이 오므리면서 중얼거렸다.

아무것도 아닌 것처럼 가볍게 말했지만, 그것은 마치 시인의 언어처럼 아주 깊은 의미를 가진 말 같았다.

다카히코는 손바닥의 빛을 껴안듯이 감싸면서 싱글벙글 웃었다. 정말로 해를 좋아하는구나. 해 아래서라면 뭐든 보이는 느낌이 들지도 모른다.

히라가나와 가타가나, 기본적인 한자는 아버지가 가르쳐주었다고 한다. 목욕탕 교실이었다고 다카히코는 말했다. 목욕하러 들어가서 아빠가 먼저 다카히코의 등에 글자를 쓰고, 그걸 외웠다고 한다. 그러니까 다카히코가 편지지에 편지를 쓰는 것도 그리 어려운 건 아니다.

처음에는 다카히코의 손에 살며시 내 손을 포개고 같이 써서 연습했다. 이제 쓸 내용은 다카히코의 머릿속에 들어 있다.

네 장이나 연습하자, 다카히코는 거의 혼자 힘으로 글씨를 쓸 수 있게 됐다. 쓰는 동안에 점점 글씨가 커져서 그럴 때만 살짝 조언해주었다.

"이제 진짜 편지지에 써볼까?"

내가 묻자, 다카히코는 고개를 끄덕였다. 해가 지기 전에 다 쓰게 하고 싶다. 나는 한 번 더 연필을 깎았다. 그리고 끝을 약간 뭉툭하게 해서 다카히코의 오른손에 쥐어주었다.

"됐지?"

다카히코의 어깨에 살며시 손바닥을 올리자, 다카히코는 긴장한 얼굴로 심호흡을 두 번 되풀이했다. 나는 그대로 다카히코의 어깨에 손을 올리고 있었다.

손바닥으로 다카히코에게 응원을 보냈다. 그리고 다카히코가 길을 헤맬 것 같을 때만 연필을 잡은 다카히코의 손에 살며시 자신의 손을 올렸다.

다카히코는 눈두덩 위로 일일이 확인하듯이 한 글자씩 정성껏 쓰고는 해 쪽으로 얼굴을 향했다. 아버지가 목욕탕에서 다카히코의 등에 써준 글씨의 필적을 기억의 밑바닥에서 불러들이고 있을지도 모른다.

그 모습은 마치 다카히코가 태양의 신과 독특한 말로 대화를 하는 것 같았다.

엄마에게

언제나 맛있는 도시락을

만들어주어서

정말 고마워요.

엄마가 우리 엄마여서

기뻐요.

엄마, 앞으로는 산에

많이 올라가세요.

그리고 한 가지 부탁이 있어요.

나는 내년에 중학생이에요.

뺨에 뽀뽀는

졸업하고 싶어요.

다카히코 드림02

연필을 놓는 순간, 다카히코의 어깨가 천천히 내려앉았다. 연습 때는 좀처럼 잘 쓰지 못했던 '나(僕)'와 '바라다(願)'와 '업(業)' 같은 복잡한 한자도 실전에서는 아주 잘 썼다.

"다카히코, 굉장히 예쁘게 썼어."

머릿속으로 종이 크기와 문장의 양을 꼼꼼하게 계산했을 것이다. 아래가 극단적으로 남지도 않고, 적당한 위치에 이름이 잘 들어갔다.

"다카히코의 이름, 멋지네."

내가 칭찬하자, 다카히코는 그저 쑥스러운 듯이 미소 지었다.

편지지를 두 번 접어서 봉투에 넣었다.

"자, 여기."

내가 건네자,

"얼마예요?"

다카히코가 의자에서 일어나면서 물었다.

그러나 이런 일에 가격을 매길 수는 없다. 오히려 내 쪽이 다카히코에게 감사의 마음으로 답례를 하고 싶을 정도다.

"그럼 편지지 값만 받을게. 100엔, 아니, 50엔 주세요."

"그런……."

다카히코가 놀랐다.

"엄마한테 예쁜 카네이션을 선물해드려."

내가 말하자,

"감사합니다."

다카히코는 순순히 그렇게 말하고 지갑에서 50엔짜리 동전을 꺼냈다. 동전 구멍에 리본을 걸어서 메달을 만들고 싶을 만큼 명예로운 일이었다.

나는 예전에 딱 한 번, 선대에게 어머니날 선물을 한 적이 있다. 지금 큐피와 마찬가지로 초등학교 1학년 때였다.

스시코 아줌마에게 받은 세뱃돈으로 빨간 카네이션을 산 것이다. 나는 당연히 선대가 기뻐해주리라 기대했다. 하지만 결과는 난리도 아니었다.

카네이션을 받은 선대는 꽃을 잠깐 보더니 이렇게 말했다.

"나는 패랭이꽃이 더 좋아. 넌 어머니날에 카네이션을 선물합시다, 이런 꽃집 전략에 넘어간 것뿐이야. 바보가 꾀 하나 느는 것처럼 말이지."

그리고 포장된 카네이션을 내 손에 되돌려주면서 이렇게 덧붙였다.

"도로 갖다줘. 그런 천박한 꽃을 돈 주고 사다니 아깝게. 게다가 어차피 시들어버릴걸."

그 후로는 운 기억밖에 없다. 근처 꽃집까지 나는 울상으로 걸어갔다. 그리고 울면서 사정을 설명했다.

가게 주인도 심상치 않은 분위기를 이해했는지 카네이션 값을 돌려주었다. 지금도 그 꽃집 앞을 지나면 그때의 쓴 기억이 떠올라 가슴이 찌릿해진다.

하지만 그때 선대가 내 뒤를 따라왔던 건 몰랐다. 이탈리아 펜팔 친구인 시즈코 씨에게 보낸 편지에 그 이야기가 쓰여 있었다.

그때, 그런 말을 하고 후회했다고 선대는 썼다. 카네이션을 받을 줄은 생각도 못했던 것 같다. 놀라서 그만 쓸데없는 말을 해버렸지만, 사실은 기뻤다, 그 기쁨을 얼버무리느라, 쑥스러움을 감추느라, 엉겁결에 한 말이었다고 한다.

결국 선대에게 카네이션을 선물한 것은 인생에서 단 한 번뿐이었다.

그 후 나와 선대는 해마다 어머니날이 올 때마다 마치 그런 날 따위 애초에 없는 것처럼 모르는 척하고 보냈다.

그런 일이 있어서 나는 어머니날이 싫었다. 세상이 어머니날, 어머니날 하고 난리법석일 때마다 나만 홀로 남겨진 기분이 들었다. 어머니날에 카네이션을 보내지 못하는 사람의 마음은 존재해서는 안 되는 건가.

하지만 실은 아주 멋진 날이란 걸 다카히코가 가르쳐주었다.

황금연휴에는 정신없이 바빴다. 가마쿠라는 해마다 그렇지만, 올해는 특히 관광객이 많았다.

츠바키 문구점에도 손님이 북적거렸다. 평소에는 파리 날리는 집이 어떻게 된 걸까. 끊임없이 손님이 들어와서 이것저것 많은 물건을 골랐다.

기쁜 반면, 평소에는 천천히 흘러가는 츠바키 문구점의 시간이 태풍의 소용돌이에 말려든 것 같은 불안도 있었다. 게다가 서로 바빠서 미츠로 씨를 만나지 못하는 것이 안타까웠다. 그만큼, 매일 밤 긴 전화를 해서 좋았지만.

근처에 사는데도 마치 원거리 연애를 하는 것 같다.

바바라 부인이 불쑥 츠바키 문구점에 나타난 것은 황금연휴 마지막 날 저녁 무렵이었다. 다들 내일부터 출근을 하니, 가마쿠라의 열광적인 흥청거림도 안정되기 시작했다.

최근 며칠 너무나도 많은 사람을 대해서 뺨과 눈언저리에 약간 근육통이 생겼다. 머리도 지쳐서 달달한 레몬티라도 마시려고 준비할 때였다.

"포포, 있어?"

바바라 부인의 다정한 목소리가 울렸다.

"지금 나가---요."

급히 포트에 2인분의 물을 끓였다.

차 도구를 갖추어 서둘러 가게로 돌아오자, 풍성한 원피스를 입은 바바라 부인이 서 있었다.

"오랜만이에요."

정말로 오랜만이었다.

요전에 바바라 부인을 만난 것은 아직 겨울일 때였다. 추운 날 같이 오마치까지 기시면을 먹으러 갔다. 그 후 나도 결혼을 결정하는 등 정신없었고, 바바라 부인은 바바라 부인대로 한참동안 집을 비웠다.

"미안해, 너무 오랜만이지."

"아뇨, 아뇨. 또 남자친구랑 여행 가셨나 했어요."

"흠, 뭐 그런 거지. 그런데 이번에는 나홀로 여행이었어."

"네? 혼자요? 멋져요!"

내가 말하자, 바바라 부인이 주머니에서 천천히 종이비행기를 꺼냈다.

"이거, 봤어."

난기류 속을 날아왔는지 날개가 조금 찢어졌다. 그리고,

"축하해. 행복해야 돼."

바바라 부인이 따뜻하게 말했다.

"감사합니다. 행복하게 살겠습니다."

나는 꾸벅 절을 했다.

어떤 사람의 축복보다 바바라 부인에게 그런 말을 들으니 가장 울컥했다.

"포포라면 분명히 잘 살 거야."

인생의 쓴맛 단맛 충분히 맛보았을 바바라 부인이 그렇게 말해주었다. 미츠로 씨, 큐피와 함께 행복한 가정을 만드는 것이 바바라 부인에게 최대한 은혜를 갚는 길이라고 생각했다.

"홍차 끓였어요."

티컵에 홍차를 따라서, 바바라 부인 앞에 내밀었다.

그리고 언제나처럼 이런저런 얘기를 나누었다.

미츠로 씨와 큐피와 가족이라는 연결고리로 묶인 것도 물론 좋지만, 바바라 부인과의 관계도 똑같이 소중하다. 결혼한 뒤에도 선대가 남긴 이 낡은 집에 계속 사는 것은 그런 이유도 있다.

"포포, 피곤하지?"

돌아갈 무렵, 바바라 부인이 물었다.

"그럴지도 모르겠어요."

그걸 인정하고 나니 한꺼번에 몸이 무거워졌다.

"프랑스 사람들이 곧잘 싸바(Ça va)? 하고 상대한테 묻잖아. 건강해? 하는 말인데, 대부분 위(Oui), 라고 대답하지. 그런데 정말로 건강하지 않을 때는, 농(Non), 이라고 솔직하게 말해도 된대. 그야 그렇겠지. 늘 건강한 사람은 없을 테니."

"잘 지내세요? 인사하는데, 아뇨, 하고 대답하는 건 용기가 필요하겠지만, 말하고 나면 자기는 편해질지도 모르겠네요."

"어쨌든 피곤할 때는 자는 게 제일이야. 무리하면 꼭 그 대가가 돌아오니까, 나는 이제 무리하지 않기로 마음먹었어. 포포, 맛있는 홍차, 고마워. 나도 피곤해서 집에 가서 자야겠어."

바바라 부인이 나가길 기다렸다는 듯이 밖에서 아줌마의 목소리가 들렸다. 밖을 내다보니, 야생동백꽃 넝쿨 아래에서 아줌마가 어정쩡한 자세로 이쪽을 빤히 보고 있었다.

올해 들어 가끔 얼굴을 보이는 이 동네의 고양이다. 아줌마라고 이름을 붙인 사람은 미츠로 씨다.

"아줌마, 어서 와."

나는 얼른 부엌에 뛰어가서 냉동실에 있는 국물용 멸치를 들고 왔다. 그리고 아줌마 쪽으로 손을 내밀었다.

경계심이 많은 아줌마는 좀처럼 다가오지 않았다.

할 수 없이 문총(文塚, 시문 등의 원고를 묻어서 세운 무덤—옮긴이) 앞에 국물용 멸치를 갖다 놓자, 한참 후 아줌마가 닌자처럼 재빠르게 멸치 한 마리를 물고 갔다.

여러 곳에서, 여러 이름으로 부르며 먹이를 주는 모양이다. 배가 상당히 불룩하다.

아줌마가 밤을 알리러 온 것 같다.

서둘러 가게 문을 닫고, 그대로 소파에서 몸을 웅크렸다. 잠은 바로 찾아왔다.

여–름–도– 다–가오네– 하–치주 하치야

들–에–도– 산–에도– 어–린잎–이 무성하네–

(하치주하치야: 24절기 중 하나로 입춘을 1일째로 하여 88일째 되는 날—옮긴이)

하치주하치야 며칠 뒤인 토요일 오후, 학교에서 돌아온 큐피와 어린 찻잎을 따기로 했다. 글쎄, 정원에 차나무가 있었다. 그 사실을 선대가 시즈코 씨 앞으로 보낸 편지를 보고 알았다. 그래도 어느 나무인지 줄곧 모르고 지냈다.

차나무를 가르쳐준 사람은 미츠로 씨다. 미츠로 씨는 시고쿠의 산골에서 나고 자라서 자연에 관한 지식이 풍부하다. 차나무가 있으니, 기왕이면 신차(新茶)를 만들어보자고 생각했다.

"위쪽의 세 잎 달린 것만 따줘."

각자 바구니를 들고, 새잎을 땄다.

겨울 동안에 영양을 비축한 새잎에는 많은 성분이 있어서 불로장수차라고 한다. 지금까지 차는 사는 것이라고만 생각했다.

다만 싹이 난 지 얼마 되지 않은, 말하자면 아기 찻잎을 따는 것은 좀 마음에 걸렸다. 창처럼 말린 잎과 그 아래에 활짝 펼쳐진 잎은 너무나 부드럽고, 해님 아래 나온 기쁨을 온몸으로 표현하듯이 반짝거렸다.

그런 어린잎을 나와 큐피는 빠짐없이 땄다. 내가 찻잎의 엄마였다면 슬펐을 것이다. 그래서 마음속으로 미안해, 고마워, 하고 되뇌었다.

손동작 놀이를 좋아하는 큐피는 아까부터 찻잎 따기 노래를 흥얼거렸다. 찻잎 따기 노래의 손동작은 큐피에게 배워서 마스터했다. 그러나 손동작을 외우는 데만도 벅차서 가사까지는 좀처럼 머리에 들어오지 않았다.

"이제 슬슬 그만할까."

내 바구니도, 큐피의 바구니도 어린잎으로 가득해졌다.

부엌으로 돌아와서 선대의 편지에서 차 만드는 법을 확인했다. 집에 차나무가 있다는 것도 몰랐을 뿐만 아니라, 선대가 직접 차를 만든 사실도 전혀 몰랐다.

시즈코 씨에게

이쪽은 하루하루 바람이 차가워지더니, 슬슬 녹차꽃이 피는 계절이 됐습니다. 시즈코 씨는 녹차꽃을 보신 적이 있나요? 나는 녹차꽃을 아주 좋아한답니다. 가을이 되면 하얗고 작게, 동백나무처럼 꽃을 피우지요.

맛있는 차를 만들기 위해서는 잎이 중요하니까, 꽃은 잘라내는 편이 좋다고 합니다. 하지만 나는 좀처럼 그러질 못하겠어요. 귀여워서, 그만 더 응석을 받아주게 돼요.

이탈리아에도 차나무가 있나요? 만약 발견한다면 꼭 만들어보세요. 발효시키는 데 수고스럽지만, 홍차도 만들 수 있답니다. 그러나 나는 일본인이어서 역시 녹차파네요.

잊어버리기 전에 만드는 법을 메모해두겠습니다.

내년 봄, 기회가 있으면 꼭!

직접 길러서 만든 신차 맛은 각별하답니다.

≪차 만드는 법≫

1. 1창2지(찻잎이 한 개는 창처럼 말려 있고, 한 개는 반쯤 말렸고, 또 한 개

는 펴져 있는 것을 말함—옮긴이)를 딴다.

2. 씻지 않고 나무 찜통에서 소량씩 찐다(대체로 30초에서 1분 정도).

3. 좋은 향이 나기 시작하면 불을 끄고, 바구니에 펼쳐놓고 부채로 부
   친다.

4. 프라이팬에 아무것도 두르지 않고 볶는다(약불로 천천히).

5. 어느 정도 수분이 날아가면 도마로 옮겨서 양손으로 비빈다(화상에
   주의!).

6. 4와 5를 번갈아가며 되풀이해서 완전히 수분을 날린다.

7. 건조시켜서 완성.

가시코 드림03

선대가 쓴 순서대로 찌고 볶고 비볐다. 비비는 작업은 역시 뜨
거워서 큐피는 견학을 했다. 손바닥이 새빨개지는 걸 참으면서 찻
잎을 으깨듯이 비볐다.

도중에 지겨워졌는지 큐피는 줄넘기를 한다고 밖으로 나갔다.
그 소리를 들은 바바라 부인이 큐피를 불러서, 지금은 바바라 부
인의 집에서 놀고 있다. 바바라 부인과 큐피는 사이가 아주 좋다.

"쎄쎄쎄!"

또 손동작 놀이를 하는 것 같다. 나는 두 사람의 노래에 맞추어

프라이팬의 찻잎을 나무주걱으로 저었다. 차는 상당히 바슬바슬해지고, 어느새 집 안에 그윽한 향으로 가득했다.

내일은 쑥을 따서 큐피와 쑥 경단을 만들기로 약속했다. 수제 전차(煎茶)는 그때까지 보류다.

다음 날, 미즈로 씨 집에서 아침을 먹고 난 뒤 큐피와 둘이서 쑥을 따러 갔다. 쑥은 찾을 것도 없이 즈이센사(瑞泉寺) 쪽으로 향하는 언덕길 도중에 잔뜩 나 있었다. 되도록 갓 싹이 난 싱싱한 쑥을 골라서 땄다.

그리고 이번에는 우리 집으로 돌아와서 나폴리탄 스파게티를 만들어 먹었다. 오후부터는 큐피와 쑥 경단을 만들기 시작했다.

질냄비에 팥을 삶으면서 옆에서는 쑥을 삶았다. 김이 점점 짙은 초록색이 됐다. 봄을 농축한 것 같은 상큼한 향이 팽창했다. 숲속에 있는 것 같았다.

이따금 열어놓은 창으로 부드러운 바람이 불어왔다. 뒷산에는 휘파람새가 한가로이 지저귀고 있다. 아직 미성과는 거리가 멀지만, 여름을 맞이할 무렵에는 제대로 울 것이다.

어린이용 앞치마에 삼각 수건을 두른 큐피는 아까부터 기분 좋게 콧노래를 흥얼거렸다. 에델바이스다. 큐피는 즐거울 때나 기쁠 때, 꼭 이 노래를 흥얼거린다. 본인은 아마 자각하지 못할 것이다.

무의식적으로 부르는 것 같다. 어쩌면 큐피의 엄마가 큐피가 어릴 적에 불러주었을지도 모른다.

나는 큐피의 에델바이스를 들으면서, 체에 건진 쑥을 꼭 짜서 큼직하게 썰어 절구에 넣었다.

"도와줄래?"

큐피에게 절구를 잡아달라고 말을 건네자,

"내가 할래요."

하고 절구봉을 들었다. 콩, 콩, 콩, 하고 큐피는 마치 떡을 찧듯이 양손으로 절구봉을 들고 찧었다. 뭐든 자기가 해보고 싶은 나이다. 거기에 찹쌀가루와 연두부를 넣고 도중부터 직접 손으로 섞는다.

팥이 다 익기를 기다린 뒤, 둘이서 경단을 만들었다. 양쪽 손바닥을 비비듯이 하며 굴린다. 마지막에 조금 평평한 모양으로 해서 가운데를 엄지로 쏙 누른다. 그렇게 하면 속까지 잘 익는다.

뜨거운 물에 경단을 넣자, 잠시 후 물 위로 둥둥 떠올랐다.

큐피가 또 자기도 하고 싶다고 해서 발판에 올려주고 그물 국자를 건넸다.

"떠오르면 건져."

내가 말하자, 큐피는 진지한 시선으로 냄비 속을 바라보았다. 작년 여름, 금붕어 뜨기를 할 때와 비슷한 얼굴을 하고 있는 것이

웃겼다.

이런 식으로 일요일에 종일 붙어서 함께 보내는 일도 점점 줄어들겠지. 친한 친구가 생기면 친구와 노는 쪽이 더 즐거워질 것이다. 이제 과자 안 만들어! 혼자 만들어, 하고 내팽개치는 날이 올지도 모른다.

나도 그랬다. 그래서 지금 이 순간을 당연하게 생각하지 않고, 항상 신에게 감사하는 마음으로 보내고자 한다.

바바라 부인을 불렀지만, 외출 중인 것 같아서 둘이서만 간식을 먹기로 했다.

어제 만든 차를 찻주전자에 넣고 조심스럽게 뜨거운 물을 부었다. 우러나는 동안에 쑥 경단을 하얀 접시에 담았다. 학 무늬가 있는, 모토하치만(元八幡)에서 설에 주는 작은 접시다.

쪼르르륵 하고 찻주전자에서 찻잔에 차를 따르자, 표현할 수 없는 깊은 향이 피어올랐다. 공기까지 연한 녹색으로 물들었다.

"좋다."

내가 탄식처럼 중얼거리자,

"좋네."

큐피도 똑같이 눈을 게슴츠레 뜨고 황홀해했다. 둘이서 감격스러워하며 잘 먹겠습니다, 하고 말했다.

일단은 녹차를 한 모금 마셨다.

뇌리에 떠오른 것은 선대가 좋아한다고 썼던 녹차꽃이었다. 전차는 마치 꽃 같은 맛이 났다. 은근히 달짝지근하고 각이 없는 동그란 맛이다.

"맛있네."

감탄하며 중얼거리자,

"경단도 맛있어."

입안 가득 쑥 경단을 씹으면서 큐피가 중얼거린다.

"꼭꼭 씹어서 먹어."

엄마 같은 말투가 됐다. 큐피가 흙장난하는 요령으로 끈질기게 반죽을 잘한 것 같다. 쑥 경단은 탄력이 있었다. 이렇게 간단히 만들 수 있다는 것이 믿어지지 않을 만큼, 복잡한 맛을 풍겼다. 강한 대지의 숨결 그 자체였다. 녹차도 쑥 경단도 이렇게 가까운 곳에서 재료를 손에 넣을 수 있다니 놀랍다.

저녁 무렵, 큐피는 배낭에 미츠로 씨에게 줄 쑥 경단 선물을 넣어서 자박자박 작은 발걸음으로 돌아갔다.

내일부터 또 일주일이 시작된다. 아직 일요일은 끝나지 않았는데, 벌써 다음 일요일을 학수고대하고 있다. 한 주 동안 다음 간식은 무엇으로 할지 생각하는 것도 즐겁다.

미츠로 씨와 결혼하길 잘했다.

우편함에서 우표가 없는 봉투를 발견한 것은 다음 날 아침의 일이었다. 언제나처럼 바깥을 청소하고, 문총에 새 물을 떠놓은 뒤, 문득 우편함 쪽을 보니 안에 뭐가 들어 있었다. 혹시, 하고 꺼냈더니 역시 큐피에게서 온 거였다.

큐피와의 펜팔은 한동안 계속됐지만, 최근 반년 정도 쉬고 있다. 참지 못하고 그 자리에 선 채로 뜯었다. 토끼 스티커를 곱게 뜯으니 안에서 수제 카드가 나왔다.

포포짱

사랑해요.04

사랑이라는 말, 어디서 배웠을까. 옆에는 종이접기로 만든 카네이션이 붙어 있었다.

나도 모르게 눈물이 쏟아졌다. 나를 '엄마'라는 장르에 넣어주는 것이 기뻤다. 아하, 어제가 어머니날이었구나.

너무 기뻐서 큐피에게 받은 카드를 자랑이라도 하듯 불단 옆에 장식해놓았다. 이제 이것만으로도 살아갈 수 있다. 아주 약간의 반찬만으로도 밥을 배부르게 먹을 수 있듯이, 이 카드만 있으면 아무리 괴로운 일이 있어도 이겨낼 수 있다. 그렇게 생각했다. 이 카드는 내 인생 최강의 반찬이라고.

문득 보니, 바바라 부인 집의 수국에 벌써 색이 들고 있었다. 멍하니 있을 틈이 없다. 눈을 부릅뜨고 있지 않으면, 인생의 셔터 찬스를 놓칠지도 모른다.

여름
이탈리안 젤라토

요코스카선 선로변에 하얀 접시꽃이 피었다. 내가 어린 시절에는 더 많은 꽃이 피어 있었다. 어떤 할머니가 해마다 예쁘게 가꾸었다. 하지만 할머니의 모습이 보이지 않게 된 뒤로 꽃의 숫자가 줄었다. 그래도 하얀 접시꽃은 할머니가 세상을 떠난 뒤에도 이렇게 해마다 기특하게 꽃을 피운다.

과감하게 6월부터 츠바키 문구점 정기 휴일을 하루 늘려서, 월요일도 쉬기로 했다. 즉, 토요일 오후부터 일요일, 월요일까지 휴일이다. 물론 그만큼 수입이 줄 테니 여유롭진 않겠지만, 집주인이니 어떻게든 꾸려나갈 수 있을 것이다.

주말에는 미츠로 씨하고 큐피와 함께 있고 싶고, 쇼핑을 하려고 해도 가마쿠라는 사람이 많아서 꼼짝을 할 수 없다.

월요일에는 손님도 그리 오지 않고, 다른 가게도 월요일이 휴일인 곳이 꽤 있다.

게다가 휴일이라고는 하지만, 놀고만 있는 건 아니다. 집안일을 하기도 하고, 가게 문제를 생각하기도 하고, 대필 일에 집중할 시간도 필요하다.

최근 대필을 의뢰하는 신규 손님이 늘어났다. 이래 봬도 할 일은 태산처럼 있다.

월요일 아침, 자전거를 타고 개점과 동시에 시마모리 서점에 달려갔다. 새 붓을 사기 위해서다.

역 앞 시마모리 서점은 책방이지만, 한 모퉁이에 문구 코너가 있다. 문구점 주인이 문구를 사러 가는 것도 웃긴 얘기지만, 츠바키 문구점에 붓펜은 있어도 붓은 준비해놓지 않았다. 확실한 이유는 모르겠지만, 어느 시기부터 선대가 단호히 붓을 치워버렸다.

서둘러 사러 온 데는 이유가 있다. 오늘부터 큐피가 붓글씨 공부를 시작한다.

내가 여섯 살 되던 해 6월 6일부터 붓글씨를 시작했듯이 큐피도 붓으로 글씨를 써보고 싶다고 했다. 내가 붓글씨 쓰는 모습을 보면서 흥미가 생긴 것 같다.

나는 딱히 큐피에게 붓글씨를 가르칠 생각은 없었다.

오히려 발레나 수영이나 주산이나 구몬 등 뭐든 원하는 걸 하길 바랐다. 하지만 큐피 자신이 붓글씨를 하고 싶어 했다. 큐피에겐 오늘이 여섯 살의 6월 6일(일본에서는 6세 되는 해 6월 6일에 예체능 등을 배우기 시작하면 빨리 숙달한다는 풍습이 있다—옮긴이)이다.

기껏 역 앞까지 자전거로 온 김에 좀 더 가서 유코한에서 도시락을 샀다. 전에는 단독 건물에서 영업했지만, 근처 맨션의 1층으로 장소를 옮겼다.

이곳을 가르쳐준 것은 바바라 부인이다. 유코한은 월, 화, 수밖에 영업하지 않아서, 오늘 당당하게 사러 왔다. 이전까지는 이따금 바바라 부인이 사온 것을 나눠 먹었다.

돼지고기 생강구이에 고등어 파래튀김, 닭고기와 애호박 케첩볶음, 채소 조림. 양배추 토마토 크림치즈 샐러드란 것도 있다.

커다란 접시에 담은 여러 가지 요리를 보고 있으니 나도 모르게 배가 꼬르륵거렸다. 공복에 이렇게 잘 차린 음식을 보는 것은 잔인하다. 너무 종류가 많아서 어느 것으로 할지 정하기 어려워, 메뉴에서 '주인 마음대로'를 선택하여 담아달라고 했다.

기노쿠니야에 들러서 교반차를 한 봉지 사고, 그대로 하치만궁 쪽으로 향했다. 모르는 사이에 새로운 가게가 꽤 늘었다.

집에 도착한 뒤, 아침에 끓인 교반차를 다시 데워서 도시락을 먹었다. 먹으면서 오늘 중에 완성해야 할 대필을 생각했다.

그 여성이 츠바키 문구점에 나타난 것은 지난주 금요일 문 닫을 즈음이었다. 한눈에 봐도 바로 대필 손님이란 걸 알 만큼, 요코 씨의 얼굴은 긴장돼 있었다. 아니, 정확하게는 무서운 얼굴이었다. 무표정 속에서 아지랑이처럼 고요한 분노가 흔들렸다.

"남편한테 편지를 쓰게 하고 싶어요."

무표정한 채로 요코 씨는 말했다.

딱히 어느 곳이 아니라, 그저 우주의 캄캄한 어둠을 바라보고 있는 듯한 멍한 시선이었다. 요코 씨의 남편은 얼마 전에 세상을 떠났다고 한다.

"하여간 정말로 못된 남편이었어요. 가정은 하나도 돌보지 않고 자기가 좋아하는 일만 했죠. 아직 어린아이가 있는데 회사 아르바이트생한테 손을 대서 해고되고, 그때부터 내가 파트타임 일로 가계를 지탱했어요. 그러다 결국 교통사고로 자기만 먼저 가버린 거예요. 끝까지 정말로 나쁜 사람이었어요."

요코 씨는 담담하게 얘기했다. 이따금 호소하는 듯한 눈으로 나를 바라보았다.

"나, 하나도 울지 않았어요. 남편이 죽었는데. 사실은 나도 슬퍼하고 싶어요. 그렇지만 남편에 대한 분노가 사그라지지 않아서 슬퍼할 수도 없어요. 눈앞에 남편이 나타난다면 실컷 패주고 싶을 정도예요."

요코 씨의 마음을 상상하니 너무나 안타까웠다.

"남편한테 어떤 편지를 쓰게 하고 싶으세요?"

나는 요코 씨의 마음을 흩트리지 않도록 조심스럽게 물었다.

"사과했으면 좋겠어요. 그 사람이 제대로 자신의 잘못을 인정한다면 그것만으로 충분해요. 이제 곧 사십구재가 다가와요. 그때까지 해결하지 않으면, 나는 제대로 살아가지 못할 것 같아요. 지금도 너무 괴로워서 밤에 잠을 잘 수 없어요."

요코 씨는 정말로 괴로운 것 같았다.

"남편 사진은 갖고 계세요?"

내가 묻자, 이게 있었어요, 하고 요코 씨는 봉투에서 여권을 꺼냈다.

"남편 사진이 별로 없어서 영정도 이걸로 했어요."

일로 해외에 출장이 잦았던 걸까. 페이지를 넘기니 도장이 잔뜩 찍혀 있었다.

마지막의 '소지인 연락처'에는 미간에 살짝 주름을 지으면서 쓴 듯한 꼼꼼한 글씨로 주소와 이름, 전화번호가 있었다. 그 아래, '비상 연락처'에는 요코 씨의 이름이 있었다.

"이 부분만 복사해도 될까요?"

내가 조심스럽게 묻자,

"필요 없으니까 두고 갈게요."

요코 씨가 내팽개치는 듯한 투로 말했다.

"알겠습니다. 그럼 맡아두겠습니다."

그리고 잠시, 남편과 처음 만난 계기 등을 물었다. 요코 씨는 끝까지 차에 입을 대지 않았다.

너무 분노한 탓에 원래의 요코 씨 모습이 꼼짝 못하고 경직된 것처럼 느껴졌다.

나는 이 편지를 오늘 중에 써야 한다. 한시라도 빨리 요코 씨를 분노에서 해방시켜 주기 위해.

"다녀왔습니다!"

큐피가 학교에서 돌아왔기에 나는 일단 머릿속을 전환했다.

"어서 와."

현관에 나가니, 노란 모자를 쓴 큐피가 문턱 한복판에 서 있다. 와인레드 색 책가방은 큐피에게 아직 많이 크다.

"학교는 어땠어?"

내 물음에,

"오늘은 나시고렝이 나왔어요!"

큐피에게 요즘 최고의 즐거움은 급식 시간이다.

다다미방에 긴 책상을 꺼내고 붓글씨 준비를 갖추었다. 둘이 나란히 정좌를 하고, 일단은 먹 가는 연습부터 시작했다.

붓 이외의 도구는 전부 내가 쓰던 것을 물려주었다. 좋든 싫든 선대와 붓글씨를 쓰던 게 떠오른다. 큐피가 그 시절 내 모습과 포개졌다.

"마음을 차분하게 하고 먹을 가는 거야."

평소에는 내가 무슨 말을 해도 장난만 치더니, 오늘은 묵묵히 먹을 가는 작업에 몰두했다. 아직 아이여서 힘이 부족해, 먹은 좀처럼 검어지지 않았다. 도중에 몇 번이고 도와줄까, 하고 말했지만, 자기가 하겠다고 고집스럽게 먹을 쥐었다. 겨우 검어졌을 무렵에는 큐피의 오른손이 완전히 새까맣게 물들었다.

일단 손을 씻고 다시 정좌한 뒤, 드디어 붓을 들었다. 붓만은 새 것이 좋다고 생각해서 새로 사왔다. 큐피 뒤에 무릎을 세운 자세로 앉아, 큐피의 오른손에 내 오른손을 가볍게 포갰다. 거기서부터 단숨에 동그라미를 그렸다.

선대는 이렇게 가르쳐주는 법이 없었다. 처음부터 작은 동그라미를 연습했다. 그러나 나는 붓글씨 종이 가득 차게 그리는 동그라미를 좋아한다.

시원하고, 성취감이 있다. 게다가 어떤 사람이 그려도 그럴 듯해 보이는 점이 동그라미의 좋은 점이다.

손만 대줬을 뿐인데 큐피는 훌륭하게 동그라미를 마스터했다.

"천재네."

내가 칭찬하자, 점점 큐피의 콧김이 거칠어졌다. 나도 옆에서 오랜만에 붓글씨를 써보기로 했다.

먼저 종이에 이름을 써보았다.

모리카게 하토코[05]

앞으로의 인생에서 몇 천 번, 몇 만 번을 쓰겠지. 그때마다 조금씩 모리카게 하토코로서의 윤곽이 짙어질 것이다.

물론 불안도 있다. 그도 그럴 것이 미츠로 씨와 만난 건 우연이다. 우연히 미츠로 씨가 하는 카페에 들어갔다가 알게 됐다. 이런 식으로, 눈앞에 있는 것만으로 행복을 쌓아가도 되는 걸까. 하지만 그렇다고 온 세상 사람과 만나고 얘기하고 데이트해서 '세상에서 제일'인 사람을 고르는 건 불가능하다. 내 경우는 우연이 필연이 되어, 지금 이렇게 큐피와 붓글씨를 쓰고 있다.

작은 붓으로 바꿔서 이번에는 조그맣게 이름 쓰는 연습을 했다.

글씨 쓰는 데 몰두하고 있는데, 문득 달콤한 향이 어깨를 가볍게 쳤다. 어느 집 정원에 치자꽃이 핀 것 같다.

"좋은 향이 나네."

그렇게 말하면서 큐피 쪽을 보니, 종이 위에 터무니없는 짓을 해놓았다. 글쎄, 동그라미 속에 눈과 코를 그리며 놀고 있었다.

모리카게
하루나
모리카게
하루나06

"아이고······."

여기에 선대가 없길 다행이다. 이런 걸 봤다가는 호되게 야단맞았을 터다.

"싱글벙글빵이야."

큐피가 만면에 미소를 띠고 있다. 큐피도, 그리고 종이의 싱글벙글빵도 아주 표정이 좋다. 싱글벙글빵은 그야말로 지금 큐피의 마음을 나타내고 있을 것이다.

"그래, 좋아."

장난치면 안 돼, 라든가 붓은 갖고 노는 게 아냐, 라고 말하려면 얼마든지 할 수 있지만, 그런 잔소리를 해봐야 아무도 행복해지지 않는다. 보면 볼수록 큐피의 싱글벙글빵에는 힘이 있어서, 금방이라도 웃음소리가 들릴 것 같다. 이 싱글벙글빵은 지금밖에 그릴 수 없다. 게다가 동그라미, 즉 원상(圓相)은 훌륭한 선화(禪畵)다. 우주와 세계 전체, 진리와 깨달음의 경지를 나타낸다고 한다.

큐피의 싱글벙글빵을 보니, 나도 동그라미를 그리고 싶어졌다.

새 종이를 펼치고, 붓에 먹물을 듬뿍 머금게 했다. 그리고 눈을 감고 시계 방향으로 천천히 원을 그렸다. 눈을 뜨니 종이 가득 동그라미가 그려져 있다.

"오늘 붓글씨 공부는 여기까지 합시다."

일어서니, 오랜만에 한 탓인지 다리가 저렸다. 평소 대필 일은 츠바키 문구점의 가게용 책상이나 부엌 식탁에 앉아서 쓴다. 그래서 다다미에 정좌하는 느낌을 잊고 있었다. 큐피는 아무렇지 않은 얼굴로 걸었다. 큐피의 싱글벙글빵을 현관 앞에 마스킹테이프로 붙였다. 외출했다 돌아왔을 때, 제일 먼저 이 웃는 얼굴이 맞아주면 기쁠 것 같다.

또 어디선가 치자향이 났다. 사뿐사뿐 발소리를 내지 않고 단아하게 흘러온다.

붓글씨 공부 후, 큐피와 간식을 먹으며 차를 마셨다. 오늘 아침, 회람판과 함께 하세의 지카라모치(하세 역에 있는 지카라모치야라는 창업 350년 된 노포에서 파는 떡—옮긴이)를 나눠주었다. 빨리 상하니까, 많이 있을 때는 이렇게 이웃에 복 나눔을 한다.

그 후, 큐피는 미츠로 씨 집으로 돌아갔다. 미츠로 씨에게도 지카라모치를 선물로 전해주었다. 복 나눔으로 받은 것을 또 복 나눔 했다.

식탁을 정리하고, 대필 도구를 전부 늘어놓았다. 요코 씨의 남편이 남긴 여권 마지막 페이지를 다시 한 번 넘겼다. 꼼꼼하게 쓴 글씨에서 남편의 성품을 상상했다.

두 사람은 학생 때 결혼을 했다고 한다. 같은 동아리로 학년은 요코 씨 쪽이 위였던 것 같다. 자기도 모르는 사이에 남편은 요코 씨에게 응석 부리는 버릇이 생겼을지도 모른다. 요코 씨가 잠자코 견뎌주니 허용하는 것으로 착각하고 계속 응석을 부렸을 것이다.

사고가 났을 때, 차에는 여자도 함께였다고 한다. 남편을 동정할 여지는 없었다.

자기만 먼저 죽어버렸어요. 너무하다고 생각하지 않아요?

요코 씨의 말을 떠올릴 때마다 참담한 기분이 든다.

어떻게든 해야 한다. 요코 씨의 몸을 칭칭 옭아매고 있는 가슴속 분노 덩어리를 녹여서, 슬픔의 눈물을 이끌어낼 수 있도록.

이대로라면 요코 씨의 인생이 너무 안타깝다. 그런 괴로움을 짊어지고 살기 위해 태어난 것은 아닐 터다. 게다가 줄곧 화가 나 있는 엄마와 함께 있는 자식도 가엾다.

시행착오를 되풀이하다, 겨우 진짜 편지를 쓴 것은 해가 이미 저물기 시작한 뒤였다. 필기구로 고른 것은 뱅커스다. 예전에 은행에서 자주 사용하던 펜이다.

요코, 잘못했어. 변변찮은 남편이어서 미안해.

이런 결과가 되어, 정말로 정말로 미안해.

사과하고 용서받고 할 일이 아니지만, 지금 몹시 후회하고 있어.

남편다운 일도, 아빠다운 일도 무엇 하나 하지 못했네.

그래서 벌을 받았나봐. 정말로 한심해.

부탁이야. 지금 당장이라고는 하지 않겠지만, 언젠가 재혼하길 바라.

그리고 이번에야말로 행복한 결혼생활을 했으면 좋겠어.

나와는 정반대의 좋은 반려자를 만나길 기도할게.

그리고 언젠가 웃으면서 딸과 내 뒷담화를 해주길.

나를 실컷 욕해줘.

마지막으로 지금까지 정말로 고마웠어.

이런 나를 마지막까지 버리지 않은 데, 진심으로

감사하고 있어. 고생만 시켜서 정말로 미안해.07

펜을 내려놓았다. 이 펜은 이미 단종됐다. 이제 손에 넣을 수 없다. 생명도 마찬가지다. 한 번 죽으면 두 번 다시 돌아오지 못한다.

편지 끝에 아이 러브 유라는 말을 넣을지 말지 마지막까지 망설였다. 그리고 결국 넣지 않았다. 만약 내가 요코 씨 입장이라면 이제 와서 그런 말을 들어봐야 되레 허무해서 분노가 더 타오를 것 같았다.

요코 씨는 눈물을 흘리며 슬퍼하고 싶어 한다. 너무 부자연스러워도 안 되고, 너무 고조되면 오히려 감정이 식어버린다. 나는 이 편지를 읽고 요코 씨가 단 한 방울이라도 눈물을 흘리게 되길 기도했다.

가마쿠라에는 올해도 지네가 드문드문 나오기 시작했다. 자랑은 아니지만, 가마쿠라는 지네의 보고다. 정말인지 거짓말인지 정확하진 않지만, 가마쿠라는 일본 제일의 지네 밀집지대라고 한다. 습기가 많아서 지네에게 최고의 낙원이다.

하지만 지네를 발견해도 절대로 밟아서는 안 된다. 밟으면 동료에게 도움을 청하는 신호를 보내서, 오히려 지네가 몰려든다. 그리고 지네는 기본적으로 쌍으로 생활한다. 즉, 지네 한 마리가 있으면, 다른 한 마리도 어딘가 가까이에 있다고 생각하면 된다.

그래서 바로 꺼낼 수 있는 장소에 지네 전용 큰 핀셋을 준비해두는 게 필수 사항이다.

선대는 민첩하게 젓가락으로 집어서 산 채로 소주병에 담가 지네주를 만들었다. 지네에게 물렸을 때, 특효약이 되기 때문이다.

보통은 뜨거운 물을 붓거나 뜨거운 물에 담가서 숨을 끊는 것이 일반적이다. 그 해의 상황에 따라 지네가 대량 발생하기도 하고, 비교적 적기도 하고 기복은 있지만, 기본적으로 이 시기에는 지네를 조심해야 한다.

신발을 신을 때는 안에 지네가 없는지 확인하고, 빨래를 걷을 때도 옷 속에 섞여 있을 수 있으니 털어낸 뒤 바구니에 넣는다. 지네에게 물린 뒤에는 늦다.

이런 일을 작년에도, 그리고 올해도, 미츠로 씨에게는 성가실 정도로 말했다. 그런데 결국 미츠로 씨가 지네에게 물려버렸다.

겨냥한 곳은 엉덩이였다. 아침에 속옷을 입는데 갑자기 엉덩이에 통증이 느껴지더니, 안에서 지네가 기어 나왔다고 한다. 상상만 해도 소름끼쳤다. 그러나 엉덩이가 아니라 앞쪽을 물렸더라면 더 비참한 결과가 됐을 터다. 불행 중 다행이다.

전화기 너머로 미츠로 씨가 몸부림쳤다. 할 수 없이 나는 선대가 만든 지네주를 병에 조금 덜어서 그걸 갖다주러 미츠로 씨 집까지 경보를 하다시피 총총걸음으로 갔다.

지네주는 생긴 게 징그러워서 지금까지 몇 번이나 버리려고 했지만, 역시 남겨두길 잘했다. 선대에게 감사해야 한다.

상처에 지네주를 바르면서 미츠로 씨에게 잔소리를 했다. 상처는 빨갛게 부어올랐다. 그러나 큐피가 아니라 미츠로 씨가 물려서 그나마 다행이었다. 본인한테 말하면 슬퍼할지 모르지만. 큐피는 오늘도 씩씩하게 급식을 먹으러 갔다.

"부끄러워. 그렇지만 아파."

미츠로 씨는 민망한 차림 그대로 몇 번이나 같은 말을 했다. 이런 모습을 새색시에게 보여주는 건 미치도록 부끄러울 것 같다.

그러나 결혼이란 원래 부끄러운 부분을 상대에게 드러내는 것인지도 모른다. 만약 엉덩이를 지네에게 물린다면 나 역시 의지할 사람은 미츠로 씨밖에 없다. 그러니 이럴 때는 피차일반이다.

미츠로 씨에게 지네주를 배달하고, 바로 집으로 돌아왔다. 가게를 열 시간이 다 됐다. 미츠로 씨가 이웃이어서 다행이었다.

다만, 이 지네 사건은 나중에 생각하면 예고에 지나지 않았다. 왜냐하면 그날 오후, 츠바키 문구점에 지네보다 몇 배 더 강한 상대가 나타났기 때문이다.

그 여자가 들어왔을 때, 나는 엄청나게 불쾌한 기분이 들었다.

마침 전날 매상 전표를 계산하고 있을 때여서, 바로 얼굴을 들지 못하고 하던 일을 맺을 때까지 전자계산기를 두드리고 있었다. 뭔지 모르게 기분이 찜찜하네, 생각하면서 얼굴을 들자 진열대 너머에 은발 여자의 뒷모습이 보였다. 한눈에 레이디 바바란 걸 알았다.

내가 보고 있다는 것을 느꼈는지 레이디 바바가 이쪽을 돌아보았다.

정말로 앞에서 보는 인상과 뒤에서 보는 인상이 달랐다.

뒷모습은 십 대 소녀 그 자체인데 앞에서 보면 나이를 꽤 먹은 아주머니였다. 가끔 전철 등에서 미니스커트를 입고 젊게 꾸민 중년 여성을 보지만, 레이디 바바는 명백히 젊게 꾸미기의 범주를 넘어섰다.

어안이 벙벙해 있자, 레이디 바바가 또각또각 하이힐 소리를 울리며 내 쪽으로 다가왔다. 그리고 내 앞에 서더니 갑자기 이렇게 내뱉었다.

"돈 좀 빌려줘."

순간, 영문을 알 수 없었다.

"돈, 이요?"

보아하니 지갑을 잃어버려서 곤란한 느낌도 아니다. 진짜인지 아닌지는 모르겠지만, 루이비통 핸드백은 제대로 어깨에 걸려 있다. 심장이 쿵쿵 뛰었다. 레이디 바바 이외에 손님이 아무도 없어서 다행이었다.

레이디 바바가 몸을 움직이자, 싸구려 향수 냄새에 점점 속이 울렁거렸다.

"천 엔 정도라면 빌려드릴 수 있습니다만."

일단 손님이니 나도 나름대로 대응에 신경 썼다. 정말로 돈이 없어서 곤란한 거라면 돌아갈 교통비 정도는 주는 편이 좋을 것이다.

그러자,

"무슨 바보 같은 소리 하는 거야! 천 엔으로 뭘 하라고. 어린애

용돈도 아니고."

레이디 바바가 마구 퍼부었다.

어쩌면 이것은 경찰을 부르는 편이 좋을지도 모른다. 이대로 상대하다 칼부림이 난다면 그야말로 큰일이다.

"잠깐 기다려주세요. 음료수라도."

그렇게 말하고 내가 일어서려고 할 때였다.

"너, 내가 누군지 몰라?"

레이디 바바가 내게 얼굴을 바짝 갖다대고 물었다. 그 기세에 엉겁결에 얼굴을 돌렸다. 레이디 바바의 속눈썹이 마스카라를 발라서 톳처럼 보였다.

잠자코 있으니, 레이디 바바는 계속했다.

"엄마 얼굴도 모르다니 못된 딸년이네."

"엄마? 무슨 말인지 모르겠지만, 난 엄마가 없습니다."

애써 냉정을 되찾았다. 그러나 마음속으로는 동요가 퍼졌다.

"그러니까 말이야, 배 아파서 너를 낳은 건 바로 나라니까. 잊으면 곤란해. 그 엄마가 돈을 빌려달라고 하잖아."

"웃기지 마세요. 돈 같은 것, 빌려줄 수 없어요. 돌아가세요."

나는 전직 불량소녀였던 것을 떠올리며, 온몸의 용기를 긁어모아 말했다. 하지만 슬프게도 레이디 바바의 기세에는 발끝에도 미치지 않았다. 목소리가 대놓고 들떴다.

"뭐야, 착한 척하고. 나한테서 도망갈 수 있을 거라고 생각하지 마! 이 불효녀 같으니."

레이디 바바는 가게를 나가더니, 분풀이로 루이비통 백으로 힘껏 야생동백꽃 줄기를 내리쳤다. 그래도 성이 풀리지 않는지, 이번에는 힐 뒷굽으로 문총을 냅다 걷어찼다.

그러나 동백꽃도 문총도 꿈쩍도 하지 않고 당당했다.

공포로 떨고 있는 것은 나뿐이었다.

그건 그렇고, 레이디 바바가 우리 엄마……?

물론 증거가 있는 건 아니다. 돈을 우려내려고 엉터리 소리를 했을지도 모른다. 얼굴도 나와 별로 닮지 않았다.

하지만 나는 도중에 깨닫고 말았다. 레이디 바바의 목소리가 선대와 똑같다는 것을. 믿고 싶지 않았지만, 지금 막 레이디 바바가 한 말이 마냥 허풍은 아닐지도 모른다.

한참 동안 멍한 상태로 굳어 있었다. 아무리 생각해도 결론이 날 리 없다. 머리를 세게 얻어맞은 듯한 충격이 가시지 않았다. 선대 이외에 가족의 존재 따위 생각한 적도 없었다.

무엇보다 나는 나를 낳은 사람의 이름도 모른다.

그리고 나는 그제야 깨달았다.

선대는 지켜주었다.

저 레이디 바바의 마수로부터 나를 숨겨주었다. 이제 와서는 그렇게밖에 생각할 수 없었다.

그러나 레이디 바바가 엄마일지도 모른다고, 아무한테도 말할 수 없다. 지금 그 사람은 온 가마쿠라의 웃음거리다. 창피해서 절대로 말하지 못한다.

단지 레이디 바바는 돈에 궁색한 모습이었다. 과대망상이라고 웃을지도 모르겠지만, 그 때문에 큐피를 유괴하여 몸값을 요구하는 일이 일어나지 않을 거라고 단언할 수 없다.

그래도 역시 미츠로 씨에게는 입이 찢어져도 말할 수 없다. 미츠로 씨가 내 앞에서 엉덩이를 내놓고 지네에게 물린 상처에 약을 바르는 창피함과는, 레벨이 다르다. 미츠로 씨가 경멸하지 않을까 생각하면, 무서워서 도저히 말을 꺼낼 수 없다.

레이디 바바의 출몰에 비하면 미츠로 씨 지네 사건은 귀엽다. 미츠로 씨가 엉덩이를 내놓고 침대 위에서 당황하던 장면을 생각하니, 그제야 웃을 수 있었다.

웃으니 좀 눈물이 나고, 눈물이 나면 또 좀 웃겼다. 눈물과 웃음이 서로 줄다리기를 하며 노는 것 같다.

문득 요코 씨는 어떻게 지내고 있을까 생각했다. 그 편지를 읽고, 울어주었을까. 슬퍼했을까.

오늘은 힘든 하루였다. 내 인생에서 마의 수요일이라고 할 수 있을지도 모른다.

장마가 잠시 갠 틈을 노려서 처마 끝에 매실을 말리려고 펼쳐 놓고 있는데, 가게 쪽에서 초인종이 울렸다. 부랴부랴 뛰어갔더니 더 가마쿠라 마담이 서 있다.

"남편하고 이혼하고 싶어요."

마담은 단도직입적으로 말했다. 누군가를 닮았구나 생각했더니 클레오파트라였다. 물론 내 머릿속으로 그린 클레오파트라에 지나지 않지만.

나이는 오십 대 중반일까. 얼핏 보면 일본인으로 보이지 않는다. 주부 잡지에 등장해도 이상하지 않을 법한, 화려한 외모다. 콧날이 오똑하고, 윤곽이 뚜렷하다. 얼굴에 산과 계곡이 존재한다.

"자, 여기 앉으세요."

이야기가 길어질 것 같은 예감이 들었다. 안으로 들어가서 음료수를 준비했다. 큐피에게 주려고 준비해둔 감주가 아직 조금 남았다. 감주 한가운데에 어제 만든 살구잼을 톡 떨어뜨렸다.

가게로 오니, J클레오파트라는 부채를 꺼내 부치고 있었다.

내가 일일이 맞장구를 치지 않아도, J클레오파트라는 주섬주섬 이야기를 풀어놓았다. 외모는 클레오파트라인데 얘기를 하니 약간 사투리 억양이 있었다. 이바라키 현 출신일까. 실례일지 모르지만, 그 차이가 더 매력적이었다.

J클레오파트라는 결혼한 지 삼십 년이 됐다. 자식은 아들과 딸 둘 있는데, 두 사람 다 성인으로 이미 독립했다고 한다. 자세히는 얘기하지 않았지만, 남편은 샐러리맨이 아니라 직접 회사를 운영하는 것 같다. J클레오파트라 쪽도 아이가 어릴 때는 전업주부였지만, 그 후 자기 일을 하게 되어, 남편과 헤어져도 경제적으로 곤란하지 않다고 한다.

이혼을 결심한 원인은 남편의 주사라고.

평소에는 아주 온화하고 자상한 남편이지만, 가끔 폭음을 하고 고주망태가 되어, J클레오파트라에게 폭언을 하기도 한단다. 직접 폭력을 휘두른 적은 없지만, 화풀이로 물건을 부수기도 하고 한밤중에 소리를 지르며 난동을 부리기도 하는 등 손을 댈 수 없을 정도라고 한다.

"이대로라면 신변의 위험을 느낄 정도예요."

J클레오파트라는 내게 매달리는 듯한 눈으로 호소했다.

"지금이 적당한 때라는 생각이 들어요. 지금까지 서로에게 너무 충분할 정도로 정성을 다했으니. 이제 각자 다른 인생을 걸어가는 편이 좋지 않을까 해요. 나 정말로 지쳤어요. 두 사람 다 제2의 인생을 출발하기에 아직 늦지 않았을 거예요."

숙연하게 얘기하고, J클레오파트라는 고개를 숙였다.

요컨대 J클레오파트라는 남편에게 이혼장을 대신 써주길 바랐다.

지금까지 정말로 고마웠습니다.

삼십 년이라는 세월을 당신과 함께 보낸 것은

내 인생의 자랑입니다.

당신 덕분에 나는 많은 행복을 맛보았습니다.

아이들을 키우는 것은 큰 모험이고 희망이었습니다.

당신과 만나지 않았더라면 경험할 수 없는 일뿐.

정말로 고마워하고 있습니다.

하지만 나는 이제 한계입니다.

더는 당신 곁에 있을 수가 없습니다.

이유는 알고 있을 거라고 생각합니다.

우리는 충분히 서로를 위해 정성을 다했습니다.

더 이상 당신에게 상처받는다면 나는 살아갈 수 없을

것 같습니다.

부족한 아내였던 점, 부디 용서해주세요.

솔직히 삼십 년이나 함께 지내서, 당신과 헤어져서 살아갈 수 있을지,

아직 자신이 없습니다.

그러나 그렇게 할 수밖에 없다고 생각합니다. 나를 위해서도

당신을 위해서도.

당신에게는 자다가 홍두깨 같은 이야기일지도 모르지만, 나는

오랫동안 이 선택에 대해 냉정하게 생각해왔습니다.

지금이 그때입니다.

우리, 앞으로는 각자의 길을 걷도록 해요.

언젠가 서로 할머니 할아버지가 되어,

각자에게 반려자가 생기면 그때는 또 웃는 얼굴로

차 한 잔 마실 수 있을지 모르겠군요.

이혼 신고서를 동봉합니다.

내 쪽은 이미 서명도 하고 도장도 찍었으니,

당신 쪽을 써서 제출해주세요.

잘 부탁합니다.08

쓰다 보니 점점 감정이입이 되어, 뭔가 미츠로 씨와 이혼하는 기분이 들어 슬퍼졌다.

미츠로 씨와 이혼?

지금은 갓 결혼해서 상상도 할 수 없지만, 절대로 그런 일이 없을 거라고 단언할 수는 없다. J클레오파트라도 아마 그랬을 것이다. 처음에는 웃어넘긴 일도 오래 살다보면 도저히 거슬려서 용서할 수 없게 된다.

출생도, 자라난 환경도 다른 사람들이 가족이 되어 한 지붕 아

래 사는 것이니, 여러 가지 일이 생기는 게 당연하다. 나도 미츠로 씨와 스물네 시간 같이 있다면 싫은 면을 발견하고 일일이 짜증을 낼지도 모른다.

그런데, 하고 나는 생각했다.

자신의 의사로 고른 상대여도 헤어질 수 있는데, 자신의 의사와 전혀 관계 없이 얽힌 핏줄에게는 어째서 그것이 인정되지 않을까.

레이디 바바가 나를 낳은 장본인이라 치자. 레이디 바바는 나를 버렸는데, 내가 레이디 바바를 내치는 것은 무리일까. 부모는 자식을 예사로 버리면서 자식이 부모에게서 자유로워지는 것은 부모나 자식, 어느 한쪽이 죽었을 때뿐이라니 너무 무정하지 않은가.

그런 생각을 곰곰이 하다가 문득 매실을 말려둔 게 생각났다.

아, 그렇지.

날씨가 좋아 보여서 툇마루에 매실을 널어놓았다.

하루에 두세 번 뒤집어서 그때마다 열매를 주물러주면 맛있어진다고 한다. 미츠로 씨가 제일 좋아하는 매실장아찌를 눈동냥으로 올해 처음 담그려고 한다. 담그는 법을 가르쳐준 사람은 올해 아흔 살 되는 미츠로 씨의 할머니다. 할머니는 아직 현역으로 밭을 맨다.

미츠로 씨 가족을 나는 아직 만나지 못했다. 사실은 미츠로 씨와 혼인신고할 때, 인사하러 갈 계획을 세웠다. 그러나 바쁜데 군이 오지 않아도 된다고 부모님에게 연락이 왔다.

미츠로 씨의 본가는 시고쿠 산골로 가는 데만도 하루가 걸린다. 아프리카보다 멀다고 미츠로 씨가 웃으며 얘기할 정도다. 주말을 이용해서 1박이나 2박을 하고 오자, 이럴 곳이 아니었다. 그래서 셋이 느긋하게 귀성할 수 있는 여름휴가까지 기다리기로 했다.

아직 만난 적은 없지만, 미츠로 씨 집에서 가끔 택배를 보낸다. 내용물은 밭에서 직접 재배한 채소나 마을 역에서 파는 된장이나 콩, 과일 등이다. 상자에 공간이 생기면 이웃 슈퍼에서 파는 곤약 젤리나 미츠로 씨 누나가 구운 마들렌이나 쿠키를 넣어주었다. 가끔 어머니가 손수 만든 반찬도 있다.

미츠로 씨에게는 당연해도 내게는 신선한 가족의 온기였다. 선대와의 생활에 이런 것은 존재하지 않았다. 나는 미츠로 씨와 결혼하면서 처음으로 가족의 정이란 걸 알았다.

미츠로 씨 어머니가 매번 내용물을 설명하는 메모를 곁들이는데, 그런 사소한 편지가 내게는 보물이었다.

그러고 보니 미츠로 씨 본가는 전에 우체국이었다고 한다. 물론 그것이 결혼한 동기는 아니지만, 결정타가 됐다. 지금은 그만두었지만, 우체국을 카페로 전향한 데는 누나의 영향이 큰 것 같다.

미츠로 씨가 아직 어릴 때는 설날에 할머니가 썰매를 타고 연하장을 배달했다고 한다. 본가가 전직 우체국이었다니, 너무 매력적이었다. 카페에는 당시 사용한 간판이나 도구가 전시되어 있다고 해서, 벌써부터 미츠로 씨 본가에 가는 것이 기대된다.

다행히 레이디 바바가 다시 나타나는 일은 없었다. 레이디 바바가 츠바키 문구점에 왔을 당시에는 가슴이 떨려서 길을 갈 때도 미행을 당하지 않을까, 갑자기 가방을 낚아채가지 않을까, 상상하면 끝이 없어서 마음을 놓지 못했다. 만약 밤중에 현관을 두드리면 어떡하지 생각하니, 밤에도 제대로 잠을 자지 못해서 수면부족이 계속됐다. 하지만 일주일이 지나고, 보름이 지나자 조금씩 평소 생활로 돌아왔다.

무엇보다 나는 아무것도 잘못한 게 없다. 그런데 내가 겁을 먹는 것은 부당하다. 그런 게 레이디 바바가 노리는 바란 걸 깨달았다. 내가 정정당당하게 평소처럼 사는 것이 레이디 바바에게 대항하는 유일한 길이다.

게다가 내게는 큐피가 있다. 지난달 말 가마쿠라의 북 카니발 (매년 5월경, 가마쿠라 역에서 유이가하마 역 사이의 유이가하마 거리를 따라서 개최하는 책 잔치 이벤트—옮긴이)에 이어, 가마쿠라에는 큰 이벤트가 줄줄이 있다. 6월에 고쇼신사(伍所神社)의 미자이 축제가 있고, 7월에는 대망의 불꽃놀이가 있다. 주말에 어딘가 놀러 가거나 집에서 과자를 만드는 동안, 일주일은 눈 깜짝할 사이에 지나가고, 그런 기세로 한 달도 눈 깜짝할 사이에 지나가버린다.

일도 적당히 바빴다. 그래서 레이디 바바에게 신경 쓸 여유가 눈 곱만치도 없다. 나는 애써 레이디 바바를 생각하지 않기로 했다.

신사에서 여름나기 액막이 행사를 마친 다음 날, 츠바키 문구점의 창을 닦고 있는데, 한 신사가 시원스럽게 이쪽을 향해 걸어왔다. 요즘 시대에 드문 흰색 마 슈트 차림으로 머리에는 파나마 모자를 쓰고 있었다. 순간, 유명한 할리우드 스타인가 했다. 하지만 일본인 같다.

당연히 지나가는 사람인 줄 알았더니, 가게 앞에 멈춰 서서 선대가 쓴 '츠바키 문구점' 글씨를 찬찬히 바라보았다. 그러고 나서 천천히,

"여기 대필하는 곳입니까?"

하고 물었다.

눈이 마주쳤을 때, 비로소 할리우드 스타 이름이 떠올랐다. 그 남자는 어딘지 모르게 리처드 기어를 닮았다. 그러나 역시 진짜 리처드 기어는 아니다. 그래서 마음속으로 부를 때는 리처드와 기어 사이에 괄호를 하고 '반'이라고 넣기로 했다.

"그렇습니다만."

내가 대답하자, 리처드(반) 기어는 슈트의 가슴 주머니에서 손수건을 꺼내, 목에 흐르는 땀을 닦았다.

"아침부터 걸으면서 한참을 찾았습니다."

리처드(반) 기어가 어눌하게 말했다.

시계를 보니 아직 개점 시간은 되지 않았지만, 그대로 가게를 열기로 했다.

"들어오세요."

안으로 안내하자, 리처드(반) 기어에게서 은은하게 감귤향이 났다. 멋내기 감각이 뛰어난 것 같다. 머리끝부터 발끝까지 완벽한 차림이었다. 이런 남성을 항간에서는 나쁜 남자라고 부를지도 모른다.

동그란 의자를 권하고, 먼저 음료수를 준비했다. 어제부터 우롱차 찻잎을 물에 우려서 냉장고에 넣었다가 콜드브루 우롱차를 만들었다. 시원한 유리컵에 따라서 가게로 갖고 가니, 책상에 놓인 한 통의 편지가 시야에 들어와서 움찔했다.

앗, 하는 소리가 나오려는 것을 직전에 참았다. 그것은 틀림없이 내가 J클레오파트라에게 부탁받아서 쓴 이혼장이었다. 순간, 머릿속이 혼란스러웠지만 아무렇지 않은 얼굴로 리처드(반) 기어에게 차를 내밀었다.

"오늘도 덥네요."

동요를 눈치채지 못하도록 일단은 자연스럽게 날씨 얘길 꺼냈다.

"실은 말입니다, 아내가 회사로 이런 걸 보내서."

리처드(反) 기어는 말했다. 역시 내가 대필했다는 것은 모르는 것 같다. 그렇다면 내가 취할 자세는 뻔하다.

"편지, 인가요?"

시치미를 떼는 연기가 어려웠다. 입안에 고인 침을 삼키자, 꿀꺽 하고 크게 소리가 울렸다. 아까부터 심장의 쿵쿵거림이 멎지 않는다.

"편지는 편지입니다만, 절연장입니다."

말하면서 리처드(反) 기어가 봉투에서 종이를 꺼냈다. 편지지가 아니라, 새하얀 종이를 썼다. 아내 쪽에는 잘못이 없으니 결백을 증명하는 의미를 담을 생각이었다.

리처드(反) 기어는 여기, 하고 그 종이를 내 쪽으로 내밀었다.

"읽어보세요."

설마 내가 대필한 편지와 이런 식으로 다시 대면하게 될 줄은 생각지도 못했다. 대필 경력이 긴 선대도 이런 진기한 체험은 한 적이 없을 것이다.

나는 내가 쓴 편지를 다시 한 번 읽었다. 오탈자를 발견하면 어떡하지 걱정했지만, 그런 실수는 범하지 않은 것 같다.

처음에는 리처드(反) 기어가 가게에 호통을 치러 온 줄 알았다. 내가 이 절연장을 대필한 것을 알고, 어째서 이런 걸 썼냐고 욕먹을 각오를 하고 있었다. 하지만 시간이 흘러도 소리를 지르는 일은 없었다.

"여기에 답장을 써주었으면 합니다."

내가 다 읽은 타이밍에 리처드(反) 기어가 말했다.

요컨대 대리전쟁 못잖은 대필전쟁이다. 나는 아주 골치 아픈 부부싸움에 말려든 것 같다. 부부가 나란히 편지를 못 쓰는 데도 정도가 있지.

"답장을 어떻게 쓰면 좋을까요?"

관자놀이를 누르고 신음하고 싶은 기분을 꾹 참으며, 마치 사정을 처음 듣는 것처럼 리처드(反) 기어에게 질문했다. 그러나 마음속은 쿵쾅거렸다. 이런 것을 1인 2역이라고 할까. 내가 대필한 편지에 답장까지 대필하다니, 우스꽝스럽기 그지없다.

"이혼은 하고 싶지 않습니다. 그러니까 아내의 마음이 바뀌도록 설득해줄 수 없을까요?"

남의 부부싸움만큼 시시한 것은 없다. 굶주린 개도 먹지 않는다고 하지 않는가. 하지만 당신의 주사 때문에 부인의 정이 떨어진 거라고요, 라고는 입이 찢어져도 말할 수 없다.

리처드(反) 기어는 말을 이었다.

"당신한테 이런 얘길 하긴 뭣하지만, 처음에 주사를 부린 건 그쪽입니다. 신혼여행 간 첫날밤에 말입니다, 첫날밤에. 그 사람은요, 저녁식사 때 샴페인과 와인을 거푸 마셔대고 헬렐레 취해서 난리도 아니었죠. 침대에다 토하고, 느닷없이 소리를 지르고. 난 밤새 취한 사람 뒷바라지했다니까요. 심지어 맞기까지 했는데. 하여간 모처럼의 첫날밤이 엉망이 됐어요, 엉망."

첫날밤, 첫날밤 하고 눈앞에서 몇 번이나 말하니 내 쪽이 오히려 얼굴이 붉어졌다. 젊은 시절에는 아마 절세의 미남미녀 커플이었을 것 같다.

"부인도 젊으셨군요. 그렇지만 지금은 귀여운 추억이 되지 않았나요?"

뭐라고 대꾸해야 좋을지 몰라서 적당히 생각나는 대로 말했다. 리처드(반) 기어는 묘하게 능구렁이 같은 데가 있어서 자칫하면 그쪽 템포에 말려버린다.

"그렇지 않았다니까요."

리처드(반) 기어가 평온하게 부정했다.

"귀엽다니, 말도 안 돼요. 어쩌다 도가 지나치게 술 좀 마셨다고 이혼이라니 너무하잖아요. 당신도 그렇게 생각하죠?"

어느 쪽 편에서 의견을 말해야 좋을지, 점점 알 수 없어졌다. 내게는 양쪽 다 고객이다.

하지만 보아하니 부부에게는 상당히 온도차가 있었다. J클레오파트라는 그렇게 심각한데 리처드(반) 기어에게는 그게 전해지지 않았다. 내가 대필한 절연장에 박력이 없었던 탓인지도 모른다.

"그렇지만 부인은 심각하게 이혼을 고려하고 계시는군요."

말실수를 하지 않도록 신중하게 단어를 골랐다.

"그런가요오?"

리처드(反) 기어가 느긋하게 말해서,

"그래요!"

엉겁결에 어조가 강해졌다. 1인 2역이라니, 너무 어려워서 내 겐 역부족이다.

"확인하겠습니다만, 남편분은 이혼을 하고 싶지 않으신 건가 요? 부인을 사랑하시는 거예요? 주사를 부린 것은 제대로 반성하 시는 거예요?"

그만 형사 같은 신문조가 됐다. 리처드(反) 기어가 문득 진지한 얼굴이 되어 생각에 잠겼다.

"사랑하니까 이혼은 하고 싶지 않죠. 그렇지만 반성은 글쎄요. 무슨 짓을 했는지 기억도 나지 않고."

또 능구렁이처럼 넘어간다.

"그러니까, 그, 무엇을 했는지 기억하지 못한다는 게 문제이지 않나요? 부인에게 무슨 말을 하고, 어떻게 상처 입혔는지 모른다 고 끝낼 문제는 아니라고 생각해요."

어쩐지 나는 조금씩 J클레오파트라 편을 들고 있다.

"아무리 당신이 기억하지 못해도, 상대는 그 언동에 깊이 상처 입었어요. 그것도 한두 번이 아니잖아요. 몇 번이고 참고, 상처 입을 때마다 마음이 부서지고, 그걸 시간을 들여서 회복해왔어요. 그런데 이제 한계라고 비명을 지르시는 것 아닌가요? 기억나지 않으니 반성할 수 없다는 건 어른으로서 어떨까요? 너무 무책임하지 않나요? 그런 식이면 어떤 범죄든 용서받아야 하지 않을까요?"

얘기하는 동안, 내게 J클레오파트라가 빙의했다. 안 돼, 안 돼, 생각하면서도 자신의 말을 막을 수 없었다.

"미안합니다."

리처드(반) 기어가 고개를 숙여서,

"제게 사과할 게 아니라, 부인한테 사죄하세요."

부인은 진심이니까요, 하는 말을 꾹 삼켰다. 거기까지 말하면, 내가 이 이혼장을 쓴 게 들통나기 쉽다.

"당신은 무의식일지도 모르지만, 무의식으로 사람을 상처 입히는 것은 의식적으로 상처 입히는 것보다 더 죄가 깊다고 생각해요. 악의는 없었다, 라고 간단히 말하지 마세요. 악의가 있건 없건 상대가 상처 입은 건 마찬가지니까요."

리처드(반) 기어의 태도를 보고 있으니 말하지 않을 수 없었다.

지금 한 말은 J클레오파트라 빙의라기보다 선대의 말이다. 선대는 곧잘 그런 말을 했다.

그 의미를 어렴풋이밖에 알지 못했는데, 이제야 그런 뜻이었구나, 이해했다.

무심하게 남을 상처 입히는 것이 얼마나 무섭고 그 죄가 얼마나 큰지 선대는 아주 엄하게 얘기했다.

"미안합니다."

리처드(反) 기어는 다시 머리를 숙였다. 내 말투가 강해져서 조금은 사태의 심각함을 이해했을지도 모른다. 엄마에게 야단맞은 아이처럼 얌전해졌다.

"어떻게 할까요……."

이건 한숨을 쉴 수밖에 없다. 양쪽 다 도와주고 싶은 마음은 간절하지만, 이혼하고 싶은 아내와 이혼하고 싶지 않은 남편, 양쪽의 바람을 다 들어주는 건 불가능하다. 이런 경우는 대필가가 아니라, 변호사나 가정법원 같은 곳에 가서 해결하는 편이 낫지 않나 생각했다.

그러나 곤란해하는 사람을 무시하고 내칠 수도 없고 어떻게 할지 모르겠다. 무책임한 것 같지만, 가위바위보라도 해서 이혼할지 말지 정했으면 좋겠다.

"부탁합니다."

리처드(反) 기어가 책상에 코끝이 닿을 정도로 머리를 숙였다. 아까 리처드(反) 기어에게 설교를 했지만, 생각할 것도 없이 나보다 훨씬 어른이다. 말이 좀 지나치지 않았나 하고 내 쪽도 반성했다.

"지금까지 아내와 고락을 함께 해왔습니다. 내가 아내에게 상처를 입힌 것은 깊이 반성합니다. 그러니까 이대로 함께 살 수 있도록 부디 힘을 빌려주십시오."

머리를 숙인 채, 리처드(反) 기어는 말했다. 지금 한 말이 본심일 거라고 생각했다. 이윽고 얼굴을 든 리처드(反) 기어의 눈 밑이 살짝 붉게 물들어 있었다.

술은 마셔도 술이 사람을 마시도록 하지 마라!

알면서도 그만 즐거워서 도를 넘게 마셔버렸어.

당신이 말했듯이 나도 이제 내일 모레 환갑인데.

술을 마시고 난리치다 다치기라도 하거나,

누군가를 다치게 한다면

그야말로 당신한테 폐를 끼치게 되겠지.

나만의 몸이 아니란 것을 그만 깜빡 잊고 끝까지 마시는 인간이었어.

바보천치라고 아무리 욕을 해도 변명할 여지가 없네.

나이도 먹을 만큼 먹은 영감탱이가 술을 마시고 사랑하는 아내에게

폭언을 하고 마음에 상처를 입히다니 있어서는 안 될 얘기야.

요전의 일은 정말로 반성하고 있어.

이제 두 번 다시 그런 짓은 하지 않는다고 약속할게.

앞으로 술은 적당히 즐기는 정도로만 마실게.

(마시지 않겠다고 말하지 못하는 내가 한심할 따름이지만).

당신이 누차 말했듯이 나는 이제 완전히 영감탱이야.

젊은 시절과는 달리 망령이 났나봐. 그렇게

술을 마셨다가는 길바닥에 쓰러져서 머리가 깨져, 비참한

인생의 끝을 맞이할지도 몰라.

이번 일로 당신이 얼마나 상처 입었는지 정말로

잘 알았어.

그러니까 이혼만은 다시 생각해주길 바라. 부탁이야.

서로 냉정해지자.

그런 일로 지금까지 쌓아 올린 삼십 년이

무가 된다는 건 솔직히 견디기 어려워.

세상 사람들 입이나 아이들을 생각해서라도 그렇게 말하지 마.

내게 한 번 더 기회를 주었으면 해.09

가마쿠라 우체국 앞 우체통에 이 편지를 넣은 뒤에도 좀 더 걷고 싶었다.

오늘은 토요일이어서 가게는 오전에만 열었지만, 큐피는 친구 집에 놀러 갔다. 미츠로 씨 집에 가는 저녁때까지 아직 조금 시간이 있다.

혼잡을 피하기 위해 왼쪽으로 꺾어서 묘혼사(妙本寺) 쪽으로 걸어갔다. 나무가 많이 있는 곳에 무작정 가고 싶었다. 한껏 심호흡을 하고 싶었다.

묘혼사의 존재를 안 것은 고등학교 1학년 때다.

집에 돌아가기 싫어서 역 근처를 배회하다가 묘혼사까지 오게 됐다.

역 바로 옆이지만 깊숙한 곳에 있어서 돌계단을 올라가도 올라가도 좀처럼 산문이 나오지 않았다.

그 시절에는 자유롭게 쭉쭉 잎과 가지를 펼친 수목들이 부러웠다. 그곳에 가면 가슴속까지 신선한 바람을 넣을 수 있었다.

경내에는 사람을 잘 따르는 길고양이가 많이 있어서, 곧잘 길고양이에게 고민을 털어놓았다. 나무도 내 독백에 귀를 기울여주었다. 바람도 다정하게 눈물을 닦아주었던가.

그렇게 한참 시간을 보내고 나면 마음속에 쌓였던 것들이 바람에 날아가서 집에 돌아가는 발걸음이 가벼워졌다.

내게 묘혼사는 나 자신과 데이트할 수 있는 더할 나위 없는 장소였다.

천천히 돌계단을 올라가는데 오랜만에 그 시절이 생각나서 뭉클해졌다. 당시에는 선대와의 관계며 장래에 어떻게 살지, 날마다 심각하게 몸부림쳤다. 갈 곳이 없고, 숨이 막혀서 나는 한시라도 빨리 가마쿠라라는 마을을 떠나고 싶었다.

그래도 지금은 이렇게 가마쿠라에 살고 있다.

그 시절의 내가 있다면 부드럽게 말해주고 싶다.

괜찮아, 어떻게든 될 테니까, 라고.

돌계단에 멈춰 서서 눈을 감고 심호흡을 했더니 초록색 정기가 몸속 가득 들어왔다.

리처드(反) 기어에게 의뢰받은 대필도 완벽하진 않지만, 최선을 다했다. 그다음은 알 바 아니다. 천명에 따를 수밖에 없다.

주말이어서 사람이 많을 줄 알았더니 그렇지도 않았다.

아침부터 가랑비가 내리다 그치다 해서 토요일인데 조용했다.

본당에 들어가서 참배를 마친 뒤 계단에 걸터앉아 잠시 쉬었다. 절 전체가 촉촉하게 비에 젖었다. 옛날부터 이곳에서 바라보는 경치를 좋아했다.

왼쪽의 조사당(祖師堂) 앞에 해당화 나무가 자라고 있다. 어린 잎 끝에 오톨도톨 열매가 맺히기 시작했다. 이쯤에서 평론가 고바야시 히데오와 시인 나카하라 추야는 화해했을까. 두 사람은 한 여성을 둘러싸고 삼각관계에 있었다.

고바야시 히데오라고 하면 어려운 글을 쓰는 까다로운 할아버지 정도로 생각했다. 고등학교 때, 현대국어 시험에 고바야시 히데오의 난해한 평론이 등장할 때마다 기겁을 했다. 그러나 젊은 시절에는 나카하라 추야가 사귀던 애인을 자신도 좋아하게 되어, 친구인 나카야의 애인을 빼앗아서 동거까지 했다고 한다. 그런 글을 쓰는 사람도 이성을 잃고 본능을 좇았다는 걸 알았을 때는 뭔가 안도감이 들었던 기억이 난다.

두 사람은 고바야시 히데오와 애인이 동거를 시작하고 십 년 정도 지난 뒤부터, 해당화 아래에서 함께 꽃을 보았다. 고바야시 히데오가 쓴 『나카하라 추야의 추억』에 나온다.

선대가 이 책을 갖고 있어서 전에 그때의 모습을 그린 글을 읽은 적이 있다. 자세히는 생각나지 않지만, 해당화 묘사가 아름다웠던 것은 희미하게나마 기억난다. 찾아보면 아직 집 어딘가에 있을지도 모른다. 돌아가면 다시 한 번 읽어봐야지.

도큐 백화점에서 쇼핑을 하고 역 앞에서 버스를 타자, 붉은색 도리이에 커다란 구스다마(조화 등을 공처럼 엮고 장식실을 늘어뜨린 것—옮긴이)가 달려 있었다. 그랬다. 해마다 액막이가 끝나면 가마쿠라는 온통 칠석 분위기가 된다. 고마치 거리 입구에서도 하토사브레를 파는 도시마야(豊島屋) 입구에서도 훌륭한 장식을 볼 수 있다.

역시 가장 대단한 것은 하치만궁이다. 그 장면을 놓치지 않으려고 버스 창으로 눈을 가늘게 뜨고 보았다.

도리이에 장식한 색색의 구스다마가 둥실둥실 우아하게 춤을 추었다.

평소, 하치만궁 건물은 용궁처럼 생겼다고 생각했지만, 이렇게 보니 선명하고 화려한 색채가 아주 빛났다.

마이도노(신사의 경내에서 무락을 행하는 건물―옮긴이)와 경내 제일 위의 신사에도 구스다마와 후키나가시(장대 끝에 긴 헝겊을 매달아 바람에 나부끼게 한 것―옮긴이)가 장식되어 있었다. 분명히 현실인데 뭔가 꿈속에 흘러 들어간 듯한 묘한 기분이었다. 설날처럼 화려하다. 역시 가마쿠라의 일 년은 여름부터 시작이다.

츠바키 문구점 입구에도 조릿대잎을 장식했다. 오늘 아침, 남작이 일부러 갖고 와주었다.

축하합니다, 하고 귓속말을 했더니, 남작은 마음씨 좋은 할아버지가 되어 수줍게 미소 지었다. 남작과 빵티의 아기는 올가을에 태어날 예정이라고 한다.

일단 집에 돌아갔다가 미츠로 씨와 큐피가 기다리는 별택으로 향했다. 이런 경우도 별택이라고 해도 되는지 모르겠지만.

남동생이나

여동생이 생기기를.

모리카게 하루나

−QP10

가게 대박!

–모리카게 미츠로11

우리 가족이

건강하고 평화롭기를.

매일 웃는 얼굴로 지낼 수 있기를.

–하토코12

츠바키 문구점 입구에 장식한 조릿대잎을 배경으로 세 식구의 소원이 바람에 팔랑거렸다. 아까부터 큐피 것만 뱅글뱅글 돈다. 마치 발레리나가 피루엣을 추는 것 같다. 모리카게 가도 하치만궁 흉내를 내서 색지를 잘라 만든 꾸지나무 잎에 소원을 적었다.

'남동생'이나 '여동생'이라.

물론 생각하지 않은 건 아니다. 미츠로 씨도 말은 하지 않지만, 그걸 바라고 있다.

미츠로 씨에게는 슬프고 고통스러운 일이 있었다. 하지만 미츠로 씨가 행복해져서는 안 된다고 누가 말할 수 있을까.

어떤 비극이 일어났더라도 살아 있는 사람에게는 식욕도 있고, 물론 성욕도 있다.

슬프기 때문에 웃지 않으면 극복할 수 없는 경우도 있다. 나는 미츠로 씨가 더 많이 웃어주길 바랐다. 매일 매일, 배 근육이 아플 만큼 데굴거리며 깔깔 웃어주길 바랐다.

결혼하기 전에는 미츠로 씨의 아이를 낳고 싶다고 생각한 적도 있다. 가까운 장래에 미츠로 씨와 내 아이가 만나기를 꿈꾸었다.

그러나 실제로 결혼하고 큐피의 엄마가 된 뒤, 나는 큐피가 더 좋아졌다. 애정은 날마다 갱신됐다.

절대 마를 일 없는 샘처럼 무색투명하고 달콤한 물이 용솟음치듯이 애정이 끊임없이 솟아났다. 사람들은 이것을 모성이라고 부를지도 모른다. 내게는 지금 모성의 샘이 퐁퐁 솟아나고 있다.

잘 표현하기 어렵지만, 핏줄이 아니어서 큐피가 더 소중하다는 생각이 들었다. 솔직히 내게 아이가 생긴다면 핏줄인 내 아이를 더 귀여워하지 않을까, 나는 그 사실에 좀 겁을 먹고 있다.

그런 일로 고민하던 찰나, '남동생이나 여동생'이라니.

더욱 망설이는 이유는 또 있다. 레이디 바바 때문이다. 내가 아이를 낳는다는 것은 레이디 바바의 피를 남긴다는 것이다.

생각하다 보니 나도 모르게 손을 멈추고 있었다. 가게 손님이나 이웃 사람들도 소원을 쓸 수 있게, 색지를 꾸지나무 잎 모양으로 자르고 있었다. 가게 입구에 작은 책상과 펜과 종이를 갖다 놓고, 자유롭게 소원을 쓰게 하는 칠석 기획이다.

테루테루보즈(날이 좋기를 기원하여 추녀 끝에 매달아두는 종이로 만든 인형—옮긴이)를 달아놓은 보람이 있었던지 올해 불꽃놀이 대회는 무사히 열린다고 해서 안도했다. 며칠 전부터 기도하는 마음으로 하늘을 올려다보았다. 작년 불꽃놀이 대회는 해일의 영향으로 중지됐다. 그래서 작년 불꽃놀이를 기대했던 큐피에게는 기다리고 기다리고 기다리고 기다린 이 년 만의 불꽃놀이 대회다. 둘이서 유카타(홑겹의 기모노—옮긴이)를 입고 보러 가자고 한참 전부터 약속했다.

그런 얘기를 바바라 부인에게 슬쩍 했더니, 불꽃놀이를 볼 만한 특별한 장소를 안내해주었다. 바바라 부인이 해마다 불꽃을 보는 비밀 장소로, 그곳에 나와 큐피도 데려가주기로 했다. 비밀의 장소란 고마치에 있는 바바라 부인의 친구 집으로, 그곳 옥상에서 불꽃놀이가 예쁘게 보인다고 한다.

각자 먹을 것을 챙겨 가기로 해서 나는 초저녁부터 스팸 주먹밥을 만들었다. 큐피의 것은 미츠로 씨가 만든 닭튀김이다. 미츠로 씨도 같이 갔으면 좋겠지만, 가게를 봐야 해서 불참했다. '가게 대박!'을 실현하기 위해 미츠로 씨는 열심히 일하고 있다.

조금 일찍 가게 문을 닫고 서둘러 유카타로 갈아입고 집을 나섰다. 바바라 부인은 역 앞 정육점에서 로스트비프를 주문해서 바로 바바라 부인의 친구 집에서 만나기로 했다.

우리가 도착하자, 작은 옥상에서는 이미 파티가 시작됐다. 그때, 펑! 하고 첫 발이 터지는 소리가 울려 퍼졌다.

와아, 하고 모두가 탄성을 질렀다. 바바라 부인도 먼저 와서 제일 앞줄 특등석을 큐피를 위해 비워두었다.

가마쿠라에 산다고 하지만, 불꽃놀이 대회를 제대로 보는 건 십여 년 만이었다. 마지막에 본 것이 마침 가마쿠라에 와 있던 스시코 아주머니와 보러 갔을 때다. 이렇게 좋은 자리에서 보는 것은 처음이다.

바바라 부인의 친구는 수상 불꽃놀이를 볼 수 없는 것을 미안해했지만, 천만의 말씀이다. 슉 올라와서 펑 터지고 촤르르르 흩어지는 불꽃 하나하나를 감상할 수 있었다.

캔맥주를 한 손에 들고 닭꼬치와 완두콩을 집어 먹으면서 인파에 밀리는 일 없이 불꽃놀이를 보다니 최고로 호화로운 시간이었다. 밤하늘에 피는 커다란 꽃송이는 이내 시들었지만, 그래서 더 한순간 한순간을 놓치지 않으려고 눈을 부릅떴다.

문득 다카히코가 뇌리를 스쳤다. 다카히코도 불꽃놀이를 보고 있을까. 해의 밝음과 밤의 어둠은 안다고 했다. 그렇다면 오늘 밤 불꽃놀이도 봤을지 모른다.

마음의 눈이라고 흔히 말하지만, 다카히코가 가진 것은 그보다 훨씬 위대한 영혼의 눈이다. 다카히코는 어둠 너머로 모든 것이 혼의 형태로 보일지 모른다. 나도 그런 눈을 갖고 싶다고 생각했다.

큐피는 아까부터 미동도 하지 않고 밤하늘의 불꽃에 매료되었다. 불꽃놀이를 처음 보는 건 아니겠지만, 마치 태어나서 처음 보는 것 같은 분위기였다. 온몸이 눈동자가 된 듯한 집중력으로 밤하늘을 달려가는 불꽃의 궤적을 좇고 있다.

돌아오는 길에는 바바라 부인과 셋이서 참배길을 걸었다. 큐피를 사이에 두고 셋이서 손을 잡았다.

"예뻤어요!"

"포포, 주먹밥 맛있었어."

"내년에도 거기서 보고 싶어요!"

세 사람이 저마다 다른 감상을 말했다.

나란히 걷고 있으니 바바라 부인이 가르쳐준 반짝반짝 주문이 떠올랐다.

섣달그믐 밤, 제야의 종을 들으러 가던 도중에 가르쳐주었다.

눈을 감고 반짝반짝, 반짝반짝, 하고 마음속으로 중얼거리면 마음속 어둠에 별이 떠서 밝아진다고. 그 후로 나도 그 주문을 외우게 됐다.

언젠가 큐피에게도 가르쳐주었다. 내가 큐피에게 전할 수 있는 것은 전부 아낌없이 전수하고 싶다.

여름방학을 맞은 큐피는 요즘 우리 집에서 머물고 있다. 본인은

'합숙'이라고 기뻐하지만, 미츠로 씨는 외로운 것 같다. 물론 나는 너무나 기쁘고 즐겁다. 잘 때도 일어날 때도 큐피가 옆에 있다.

혼자 있을 때는 아침밥을 거르거나 적당히 해결했지만, 초등학교 1학년인 큐피가 있으니 그럴 수도 없다. 아침부터 된장국을 끓여서 밥을 짓고 달걀부침을 한다. 그리고 아침에 먹고 남은 밥은 미츠로 씨처럼 주먹밥을 만들어서 간식으로 먹는다.

큐피는 집에서 숙제를 하기도 하고 이웃 친구 집에 놀러 가기도 하고, 뒷산에 곤충채집을 가기도 하고, 학교 수영장에도 가는 등 바쁘다. 더운 날은 츠바키 문구점에서 가게를 보며 책도 읽고 그림 그리기나 색종이 접기를 하며 논다.

작년에 큰마음 먹고 새 에어컨을 사서 츠바키 문구점은 한여름에도 그럭저럭 쾌적하다. 설정 온도를 높여서 그리 시원하지는 않지만, 없는 것보다 낫다.

최근에는 큐피가 혼자 가게를 본다. 처음에는 걱정돼서 나도 함께 있었지만, 그러면 집안일과 대필 일이 쌓이기만 해서 가게 쪽은 이제 능숙해진 큐피에게 맡기기로 했다.

손님이 왔을 때만 내게 알려주기로 하고, 그동안 나는 저녁 준비를 하거나 대필을 했다. 갑자기 레이디 바바가 나타나서 큐피를 유괴하지 않을까 하는 불안도 없지 않았지만, 레이디 바바는 그 후로 한 번도 나타나지 않았고, 그런 짓을 하면 큐피도 소리를 지를 것이다. 게다가 큐피는 이제 여성이 한 팔로 들어 올릴 만큼 가볍지 않다.

큐피에게는 하루에 50엔을 상한으로 하여, 심부름 1회에 아르바이트비로 10엔을 주기로 했다. 그런 건 노동기준법에 걸릴 테고, 무엇보다 미성년자를 그렇게 부려먹으면 안 될지도 모른다. 하지만 단순히 집안일을 돕는 것보다 낫지 않은가 생각한다. 아이 때부터 일한다는 의식을 익혀두면 장래 어른이 됐을 때 무언가에 도움이 되지 않을까. 미츠로 씨가 피노키오 저금통을 선물해주어서, 큐피는 아르바이트로 받은 돈을 꼬박꼬박 저금했다.

가게 문을 닫으면 둘이서 식탁에 마주 앉는 것이 일과다. 미츠로 씨가 없어서 한부모가정 같다. 하지만 내게는 익숙한 광경이었다.

시간이 있으면 현미로 밥을 짓기도 한다. 지금까지 압력 밥솥을 사용한 적이 없어서 처음에는 쉬익 하고 김이 오를 때마다 이대로 폭발하지 않을까 무서웠다. 그러나 하다 보니 요령이 생겨서 최근에는 찰진 현미밥을 짓게 됐다.

현미밥이라면 그리 화려한 반찬은 필요 없다. 톳과 낫토와 다시마조림 정도면 되고, 생선이나 좀 있으면 충분하다. 작년 말에 단골 생선가게인 우오후쿠가 문을 닫아서, 지금은 갈림길에 있는 건어물상에서 생선을 사고 있다.

그토록 반발했으면서 결국 나도 선대처럼 평범한 반찬을 차리고 있다. 다만 한 가지 신경 쓰는 것은 큐피와의 대화다. 선대와 식사할 때, 쓸데없는 수다는 일절 허락되지 않았다. 식사 중에 대화를 즐겨도 된다는 것을 어른이 된 뒤에야 알았다. 그래서 큐피와는 식사 중에도 되도록 대화를 나누려고 신경 쓴다.

그러나 역시 가마쿠라의 여름은 덥다. 혹시 올해는 큰 더위 없이 지나가는 게 아닐까 생각했지만 말도 안 되는 소리였다. 도중에 갑자기 더워졌다. 특히 가마쿠라는 습기가 많아서 마치 사우나에 들어가 있는 것 같다. 아무것도 하지 않고 있어도 땀이 줄줄 난다.

그래서 최근의 즐거움은 식후 산책이다. 산책의 목적은 가나자와 가도 변에 있는 라포르타의 수제 젤라토 사 먹기다.

저녁 설거지를 대충 마치면 큐피와 손을 잡고 타박타박 걸어서 사러 간다. 그 무렵이 되면 조금 바람이 불고 시원해진다.

걸으면서 오늘은 어떤 젤라토를 먹을지 생각하지만, 언제나 결정 장애가 온다. 마다가스카르산의 바닐라도 있고, 특이한 걸로는 올리브오일 젤라토도 있다. 그다음은 망고, 키위, 파인애플 등 계절 과일과 호박이나 채소를 사용한 젤라토도 있다. 진열장 앞에서 망설이는 것도 큰 즐거움이다. 두 사람 다 컵이 아니라 콘을 좋아한다.

"콘은 다 먹을 수 있잖아!"

라는 것이 우리의 공통된 의견으로 컵파인 미츠로 씨와는 의견이 다르다. 미츠로 씨는 컵 쪽이 먹기 쉽다고 주장하지만, 그러면 스푼과 컵이 쓰레기가 된다.

가게 앞에 있는 벤치에서 젤라토를 먹고 돌아오는 것이 올여름에 발견한 새로운 즐거움이었다. 눈앞의 도로에는 차가 많이 다녀서 절대 좋은 경치는 아니지만, 큐피와 나란히 차들의 왕래를 보면서 조금씩 젤라토를 핥아먹는 것만으로 말도 안 되는 행운을 잡은 기분이 든다.

로또 3억에 당첨된 사람보다 내가 더 행복하다고 자신 있게 선언할 수 있다. 뉴욕의 자유의 여신상처럼 나도 젤라토 콘을 높이 치켜들고 온 세상에 큐피를 자랑하고 싶은 심경이다.

구로지조엔니치(黑地藏緣日, 구로지조는 가쿠온사의 본존으로 구로지조가 참배자의 마음과 기도를 죽은 이에게 전해준다고 하는 날—옮긴이)는 매년 8월 10일 자정부터 정오까지 가쿠온사(覺園寺)에서 열린다.

큐피는 전부터 초등학생이 되면 밤중에 구로지조엔니치에 가는 것을 기대하고 있었다. 이렇게 가까이에 살면서 나도 아직 가본 적이 없다.

밤 12시에 일어나다니 무리가 아닐까 생각했지만, 큐피는 정확하게 일어났다. 한밤중에 미츠로 씨와 큐피와 셋이서 졸졸 걸어가는 기분이 묘했다. 마치 누군가의 꿈속에서 헤매는 것 같았다. 도중까지는 길이 너무 고요해서 정말로 오늘이 그날인가 불안했지만, 절에 가까워질수록 사람들이 늘어나서 안도했다.

큐피가 특별히 공개된 구로지조를 가리키며 "빵티"라고 해서 웃었다. 확실히 빵티는 이목구비가 또렷해서 부처님 같은 얼굴이긴 하다.

구로지조는 참배자의 마음과 기도를 세상을 떠난 사람에게 전해준다고 한다.

엔니치(緣日, 공양을 하고 재를 올리는 날—옮긴이)라고 경내에는 몇 군데 노점이 나와 있었다. 싱글벙글빵을 낳은 부모, 파라다이스 어레이도 구로지조와 엮어서 숯이 들어간 새까만 빵을 팔고 있다. 배가 고팠다며 미츠로 씨가 어묵을 사서 셋이서 조금씩 나누어 먹었다.

이렇게 더운데 땀 흘리면서 어묵을 먹는 모습이 우스워서, 곤약을 먹는데 웃음이 멎지 않았다. 나와 미츠로 씨의 웃음을 따라 큐피까지 깔깔 웃었다. 한밤중에 구로지조를 보고 어묵을 먹으면서 웃고 있자니 뭔가 굉장히 행복한 기분이 들었다. 이 웃음소리를 선대에게 전하고 싶었다.

그리고 며칠 뒤, 드디어 오봉 휴가가 찾아왔다. 미츠로 씨 본가에 간다.

처음 부모님을 만나는데 어떤 옷을 입고 가면 좋을지, 선물은 무엇을 들고 가면 좋을지, 계속 정하지 못하고 있으니 미츠로 씨가 어이없어했다.

"평소대로 입으면 돼. 당신이 잘 차려입으면 가족들도 긴장할 테고. 보통이 좋아, 보통이."

그러나 그 '보통'의 정도를 모르겠다. 역시 이게 아냐, 하고 챙겨 넣었던 옷을 꺼내고 하느라 며칠이나 짐을 꾸렸다. 미츠로 씨본가에 머무는 건 3박이지만, 돌아오는 길에 미츠로 씨, 큐피와 셋이 온천에 가기로 해서 짐은 4박 분량이다. 가족 모두의 4박 분량의 옷은 상당했다.

공항에서는 렌터카로 본가에 갔지만, 그 여정이 길었다. 몇 개의 산을 넘고 다리를 건너 터널을 빠져나갔다. 그래도 도무지 도착하지 않았다. 나는 운전면허증이 없어서 운전은 전부 미츠로 씨에게 부탁할 수밖에 없었다. 미안해서 옆에서 계속 말을 걸어주며 애썼지만, 그만 도중부터 기억을 잃었다. 정신을 차렸을 때는 주위가 어두컴컴해져 있었다.

오전 중에 가마쿠라를 출발했는데 미츠로 씨 본가에 도착한 것은 밤이었다. 도중에 너무나 아름다운 경치에 압도되어 이곳이 일본이란 사실을 까맣게 잊었다. 마치 어딘가 다른 아시아의 산속에 온 기분이었다.

그래서 미츠로 씨 본가에 도착해 차에서 내리자,

"피곤했지, 오늘은 푹 쉬어라."

하고 어머니가 말했을 때, 어째서 이렇게 일본어를 잘하실까, 신기한 기분이 들었다. 그러나 거리가 멀 뿐 이곳도 일본이다.

"처음 뵙겠습니다, 하토코입니다."

부모님을 뵈면 제대로 인사를 하려고 생각했는데,

"됐어, 됐어, 일단 들어가. 모기한테 물려."

어머니가 내 짐을 받아 들고 얼른 안으로 들어가버렸다.

짐에는 선물인 하토사브레가 든 종이꾸러미도 있었다. 구루미코가 좋을까, 아니면 미스즈의 화과자가 좋을까 이것저것 고민하다, 최종적으로는 왕도 중의 왕도인 하토사브레로 결정했다. 맛있고, 유통기한이 길고, 아이부터 어른까지 좋아하는 보편적인 맛이어서 역시 하토사브레를 능가할 선물은 없다.

뭐라고 하며 건넬까, 머릿속으로 리허설을 했지만, 어쩌다 보니 어영부영 넘어갔다. 차를 주차하러 간 미츠로 씨는 돌아오지 않고, 큐피는 이미 집에 들어가서 할 수 없이 나도 들어갔다.

현관에서 신발을 정리하는데, 안에서 미츠로 씨 누나가 아들과 함께 나왔다. 누나의 머리색은 완전히 금발이다.

"처음 뵙겠습니다."

황급히 일어서서 인사하자,

"미츠로가 신세를 많이 지고 있어요."

누나가 애교를 부리며 머리를 숙였다. 옆에 있는 아들의 머리도 강제로 숙이게 했다.

미츠로 씨와 누나는 사이좋은 오누이다. 미츠로 씨는 항상 누나와 라인으로 대화한다. 누나는 오사카로 시집을 갔지만, 이혼하고 지금은 본가 옆에서 살고 있다. 전 우체국에서 카페를 하는 것은 이 누나다.

누나와 선 채로 얘기를 나누고 있으니 그제야 미츠로 씨가 돌아와 안도했다. 미츠로 씨의 안내로 거실로 갔다. 형광등을 바꾼 지 얼마 되지 않는지 밤인데 거실은 굉장히 밝았다.

"들어와요, 들어와."

미츠로 씨 아버지가 방석을 권했다. 너무나 닮았다. 사전에 미츠로 씨에게 듣긴 했지만, 상상했던 것보다 더 닮았다. 너무 닮아서 놀랐더니,

"안 돼, 이 사람은 내 남편이야. 눈 맞으면 삼각관계가 돼버려."

쟁반에 큰 병의 맥주를 올려서 이리로 오면서 어머니가 농담을 했다.

"엄마, 미츠로네 도쿄에서 와서 피곤할 텐데."

누나가 편을 들어주었다.

제대로 인사하고 싶은데, 타이밍을 잡을 수가 없었다. 건배할

때, 미츠로 씨가 정식으로 소개할 줄 알고 준비하고 있었더니, 미츠로 씨는 한마디,

"아내 하토코입니다, 잘 부탁합니다."

그렇게 끝냈다. 기다렸다는 듯이 가족 모두가 건배를 했다.

"수고했다" 하고 아버지, "축하한다" 하고 어머니, "반가워" 하고 누나. 큐피와 누나의 아들 라이온에게는 오렌지 주스를 줬다.

누나가 직접 지었는지 모르겠지만, 번개 뢰(雷)에 소리 음(音)을 써서 라이온이라고 읽는다고 한다. 라이온과 큐피는 사촌지간이다.

우리는 오는 길에 드라이브 인에서 저녁을 먹었다. 그 사실은 사전에 말했고, 가족도 이미 식사를 마쳤다. 그래도 어머니가 남은 저녁밥을 내왔다.

잘 설명하기 어렵지만, 가마쿠라와는 시간의 흐름이 다른 듯한 느낌이 들었다. 가마쿠라도 도시에 비하면 시간의 흐름이 느리다. 그런데 이곳은 시간이 멈출 듯 말 듯한 한계점에서 멈추지 않고 흐르고 있다.

맥주만 마시기도 뭣해서 완두콩에 손을 뻗었다. 옆에 붙어 있는 부엌에는 언제나 가마쿠라에 보내주는 곤약젤리 봉지가 있었다.

"할머니는?"

도중에 생각나서 물어보니,

"주무시는 것 같아."

미츠로 씨가 가르쳐주었다. 내일 드디어 할머니를 만날 수 있다고 생각하니 가슴이 설렜다.

큐피는 미츠로 씨 아버지 무릎에 달랑 올라 앉아서, 아까부터 열심히 옥수수를 먹고 있다. 아버지는 텔레비전 야구중계에 빠져 있다.

가족이라는 판도라 상자의 뚜껑이 열린 듯한 기분이었다.

이렇게 많은 사람이 가족으로서 한 지붕 아래 살고 있는 것이 실감나지 않았다.

그릇장 위에는 사진들이 잔뜩 진열되어 있었다. 꽃병에는 볕에 그을려서 색이 바랜 조화가 꽂혀 있다. 반가운 금붕어 항아리, 표창장 액자, 트로피, 목각인형, 마네키네코(앞발로 사람을 부르는 시늉을 하고 있는 고양이 장식물─옮긴이). 투명한 비닐봉지를 씌워놓은 아이보(개 모양 로봇─옮긴이)도 있다. 거실에만 달력이 세 군데 걸렸다.

거실 한 모퉁이에는 턱걸이를 하는 운동기구도 있다. 그러나 이제 턱걸이하는 사람이 없는지 빨래가 널려 있다. 복도에는 산 지 얼마 되지 않은 것으로 보이는 훌륭한 마사지 의자가 자리 잡고 있다.

내가 사는 집과는 별세상이다. 솔직히 처음에는 물건이 너무 많아서 압도될 것 같았지만, 어느 물건에나 역사가 있고 이야기가 있을 것이다.

모두 일찍 자고 일찍 일어나는지, 병맥주 두 병으로 술자리는 끝났다. 어머니가 목욕물 준비를 해주어서 먼저 목욕을 했다.

욕실에서 나왔을 때는 이미 거실에는 아무도 없고, 텔레비전도 불도 꺼져 있었다. 미아가 되지 않도록 조심하면서 살금살금 복도를 걸었다. 계단을 찾아서 2층으로 가니 불이 켜진 방이 딱 한 군데 있어서 살짝 들여다보니 그곳에 미츠로 씨가 있었다. 큐피는 할아버지와 할머니 방에서 자는 것 같다. 미츠로 씨가 사용했던 침대 옆에 이불이 한 채 깔려 있다.

"기분이 묘해."

목욕 수건으로 머리를 닦으면서 말했다.

"왜?"

미츠로 씨는 침대 위에 책상다리를 하고 앉아 있었다.

"여기에 소년 시절의 미츠로 씨가 있었잖아? 거기에 지금 내가 있잖아?"

이 기분을 잘 전달하기는 어려웠다. 미츠로 씨는 당연한 얘기를 한다는 얼굴이다. 미츠로 씨에게는 익숙한 본가지만, 내게는 이국 땅이나 다름없다는 사실을 이해하지 못했다.

"나도 목욕하고 올게."

미츠로 씨가 방을 나갔다. 정말 인생의 대전환이구나. 진심으로 그렇게 생각했다. 시고쿠의 이런 산골에 시댁이 생기다니. 인생이란 정말로 무슨 일이 일어날지 모른다.

불을 켠 채 꾸벅꾸벅 졸고 있으니, 미츠로 씨가 팬티 차림으로 돌아왔다.

"이제 괜찮아?"

내가 묻자, 뭐가? 하는 얼굴로 미츠로 씨가 어리둥절해했다.

"지네한테 물린 데."

"아, 하토짱이 바로 와서 응급처치를 해주어서 이제 아픈 건 없어졌어. 고마워."

미츠로 씨는 그렇게 말하면서 형광등 끈을 당겨 불을 껐다. 불을 꺼도 캄캄해지지는 않았다. 커튼을 통해 바깥의 불빛이 새어 들어왔다.

"이리 와."

타월이불을 덮고 본격적으로 자려고 했더니, 미츠로 씨가 불렀다. 미츠로 씨 침대로 옮기자, 미츠로 씨를 농축한 듯한 미츠로 씨의 유년 시절 냄새가 났다. 부끄러워서 눈을 꼭 감았다. 고등학생 때로 돌아간 기분이었다.

다음 날 아침, 개구리 합창에 눈을 떴다. 부랴부랴 옷을 갈아입고 아래로 내려가자, 이미 어머니가 부엌에서 아침 준비를 다 해놓고 있었다. 일찍 일어나서 며느리답게 어머니를 도우려고 했는데, 완전히 지각이었다.

미안해하고 있는데,

"포포쨩은 아직 더 자도 돼!"

어머니가 시원스럽게 말했다. 큐피가 나를 포포쨩이라고 불러서 다른 사람들도 그렇게 부르게 된 것 같다.

그때, 갑자기 화장실 문이 열리고 안에서 할머니가 나왔다. 어머니가 바로,

"미츠로, 색시."

하고 큰 소리로 소개했다. 나도 큰 소리로 천천히,

"처음 뵙겠습니다, 하토코입니다."

인사했다.

"엉?"

하고 할머니가 되물었다. 어쩐지 하토코라는 이름을 잘 알아듣지 못한 것 같다.

"포포쨩이요, 포포쨩."

어머니가 설명하자, 포포쨩이라면 아는지,

"포포쨩, 잘 왔어."

할머니가 살짝 머리를 숙였다. 할머니를 만난 것만으로 기뻤다.

아침식사 후, 차를 마시고 잠시 쉰 뒤에 모두 함께 성묘하러 갔다. 묘는 마을 언저리에 있다고 했다. 어제는 늦게 도착해서 어두

운 탓에 잘 몰랐지만, 미츠로 씨 본가 주위에는 계단식 논이 끝없이 펼쳐져 있었다. 벼는 이미 영글었다.

할머니도 도중까지는 보행 보조기를 밀며 자력으로 걸었다. 어느새 누나와 라이온도 합류했다. 큐피는 라이온에게 빌린 잠자리채로 나비를 잡으려고 폴짝거렸다. 아버지는 양동이와 국자를 들고, 어머니는 정원에서 따온 꽃을 안고 걸었다. 모두의 뒷모습을 보면서 나와 미츠로 씨는 슬쩍 손을 잡고 걸었다.

파란 하늘, 한가롭게 지저귀는 새소리, 계단식 논, 코스모스, 작은 사당. 모든 것이 아름다웠다.

포장된 길이 끝나서 미츠로 씨와 누나가 할머니의 몸을 양쪽에서 부축하고 논두렁길을 걸었다.

먼저 묘에 도착한 아버지와 어머니가 비석에 물을 뿌리고 꽃을 바꿔 꽂았다. 큰 나무 아래에 몇 개의 소박한 비석이 아무렇게나 서 있었다.

나무그루에 접이식 의자가 놓여 있어서 나는 그걸 들고 와서 평평한 자리에 펼쳤다. 그리로 할머니를 앉혔다. 이미 묘 앞의 초에는 불이 켜졌다. 어머니가 향에 불을 붙였다.

"그럼."

묘 앞에 가족이 일렬로 섰다.

나도 미츠로 씨 옆에 쭈그리고 앉아서 눈을 감고 두 손을 모았다. 전원이 조용히 기도를 올렸다.

그때 갑자기 어머니 목소리가 날아왔다.

"미유키, 미츠로가 말이야, 새 색시를 데리고 왔어. 이름은 하토 코인데 포포짱이라고 부른대. 하루나도 이렇게 많이 컸으니 이제 안심해라."

도중에 누나가 엄마, 하고 날카로운 목소리로 제지했지만, 어머니는 아랑곳하지 않고 끝까지 계속했다. 나도 어렴풋이 눈치챘지만, 이곳에는 미츠로 씨의 죽은 아내도 잠들어 있었다.

미츠로 씨가 얘기하고 싶어 하지 않아서 나도 굳이 묻지 않았다. 그래서 전부인의 이름도 몰랐다. 그러나 미츠로 씨 본가에 왔으니 듣지 않고 보지 않고 말하지 않고 지내는 건 무리다.

누나는 나를 배려해서 아까 어머니를 제지하려고 했다. 그러나 나는 반대로 어머니의 말에 구원받았다. 다들 나를 배려하느라 그 사실을 언급하지 않으려고 애쓰는 편이 더 힘들었다.

조금 거친 방식이긴 했지만 어머니가 돌파구를 열어주었다. 제대로 마주해도 된다고, 어머니에게 등을 떠밀린 것 같았다.

성묘를 마치고 다들 언덕길을 내려갔다. 나와 미츠로 씨는 또 제일 끝줄이 됐다.

"미유키 씨구나." 내가 말하자 미츠로 씨는 내 손을 잡으면서 "미안" 하고 말했다.

"어째서 미츠로 씨가 사과해?"

내가 묻자,

"하토짱한테 쓸데없는 데 신경 쓰게 하니까."

미츠로 씨가 고개를 숙였다.

"괴롭지 않아?"

하고 새삼스럽게 물어왔다. 어떤 말을 하면 지금 이 마음을 정확히 전할 수 있을까.

"괴롭다니, 그렇게 말하지 마. 다만 미유키 씨가 가엾어. 저렇게 귀여운 딸을 두고. 얼마나 허망할까 생각하니 내가 분해서."

말을 하는 동안 눈물이 쏟아져서 멈추지 않았다.

"그렇지만."

나는 말을 계속했다.

"미유키 씨가 아프고 슬픈 일을 겪지 않았더라면, 나는 미츠로 씨를 만나지 못했겠지. 큐피도 만나지 못했겠지. 나의 지금 이 행복은……."

거기까지 말했는데 미츠로 씨가 꼭 껴안아버렸다. 지금 나의 행복은 미유키 씨의 희생 위에 있다. 미유키 씨가 그런 사건을 당하지 않았더라면, 나는 미츠로 씨와 결혼하지 못했다.

얼른 울음을 그쳐야 한다고 생각하면서, 미츠로 씨 가슴을 빌려 엉엉 소리 내어 울어버렸다. 미츠로 씨도 울고 있을지 모른다.

"포포쨩!"

멀리서 큐피가 나를 불렀다. 미츠로 씨 가슴에서 얼굴을 떼자, 미츠로 씨 티셔츠가 오줌을 싼 것처럼 젖었다.

"미안."

내가 사과하자,

"아냐, 금방 마를 거야."

미츠로 씨가 내 머리를 꾸깃꾸깃 쓰다듬으면서 말했다. 그리고 둘이서 손을 잡고 본가로 돌아왔다.

오후에는 누나가 하는 카페에 커피를 마시러 갔다. 큐피는 라이온과 같이 있고 싶은지, 할아버지와 할머니를 따라서 당일치기 온천여행을 갔다. 나와 미츠로 씨가 둘만 지낼 수 있도록 가족이 총출동해서 머리를 쓰고 있는지도 모른다. 나와 미츠로 씨는 어제부터 마치 연인 사이 같았다.

누나에겐 실례지만 우체국이었던 카페는 누나의 외모로는 상상이 안 될 정도로 멋진 분위기였다. 좋은 의미로 예상을 완전히 뒤집었다. 작은 목조 건물 입구에는 빨간 우체통이 서 있고, 가게 안에는 오래된 우표며 그림엽서, 배달에 사용했던 자전거가 장식되어 있었다. 몇 개의 꽃병에 꽃이 꽂혀 있고, 기분 좋은 바람이 불었다. 귀를 기울이니 조그맣게 피아노 소리가 들려왔다.

"마음에 들어?"

내가 넋을 잃고 있자, 미츠로 씨가 기쁜 듯이 내 얼굴을 들여다보았다.

"이래봬도 누나, 옛날에 스타일리스트였어."

미츠로 씨에게 누나는 자랑이다.

"미츠로, 착한 색시 만나서 좋겠네."

누나가 융드립으로 커피를 내리면서 말했다.

"넵, 그렇습니다."

미츠로 씨가 능청을 떨었다.

"아까는 엄마 때문에 미안해."

누나가 막 내린 커피를 컵에 따라 내 앞으로 내밀면서 말했다. 성묘 때 얘기란 걸 바로 알았다.

"아뇨, 괜찮습니다. 오히려 편해졌어요."

"그래, 그렇다면 다행이네. 나도 동생도 이런저런 일이 있어서. 정말 인생 참 각양각색이야."

누나는 창밖을 보면서 한숨을 쉬었다.

"누나는 전남편이 가정폭력범이었어."

그렇게 말한 뒤 미츠로 씨는 누나가 끓인 커피를 마시고, 맛있다고 중얼거렸다. 향이 좋고 부드럽고 맛이 깊은 커피였다.

"난 참, 남자 보는 눈이 없어. 같은 타입의 남자한테 자꾸 걸려. 하지만 동생은 사람 보는 눈이 있어서 다행이야."

누나가 싱글벙글 웃으면서 말했다.

"좀……."

미츠로 씨가 뭔가를 말하려는 누나를 제지했다. 그러자 누나가 내 귓가에,

"얘는 말이야, 옛날부터 피부가 하얗고 가슴이 밥공기 모양인 여자한테 약해."

하고 소리를 낮추어 속삭였다. 간지러워서 엉겁결에 소리 내어 웃어버렸다.

"누나, 아내한테 이상한 소리 하지 마."

미츠로 씨가 뾰루퉁해졌다. 혹시 나와 미유키 씨는 닮은 걸까.

"미유키 씨는 한자로 어떻게 썼어요?"

줄곧 궁금했다.

"아름다울 미(美)에 눈 설(雪)."

누나가 멀리 아름다운 눈 풍경이라도 보는 듯한 표정으로 대답했다. 미츠로 씨는 잠자코 있었다.

"그래도 사이가 좋아서 부럽네요. 누나랑 미츠로 씨."

분위기를 수습하려고 말하자,

"우리 사이가 좋나?"

"옛날에는 잘 싸우고 잘 울었지."

누나와 동생에게 그런 자각은 없는 것 같았다.

그러나 외동인 내 눈으로 보면 누나와 동생이 이렇게 허물없이 얘기하는 게 부러울 따름이었다. 핏줄이란 이런 거구나.

그런 생각을 하고 있는데,

"너희도 빨리 애를 만들어야지."

누나가 갑작스런 말을 했다.

"물론 이런 말할 처지는 아니지만 말이야. 하루나도 혼자면 외롭잖아. 어제부터 라이온 곁을 떠나지 않는 걸 봐."

"그러게요. 실은 칠석날 소원 빌기에 여동생이나 남동생이 있었으면 좋겠다고 써서."

내가 털어놓자,

"그렇지? 나도 가정폭력범 남편 따윈 필요 없지만, 아이는 한 명 더 있었으면 좋았을걸 하고 후회하는걸."

누나가 팔짱을 꼈다.

"미츠로는 어때?"

누나가 묻자,

"난 원하지만 하토코를 생각하면……."

미츠로 씨는 우물거렸다.

"어머, 포포쨩이 거부해?"

단도직입적인 표현에,

"아뇨, 그런 건 아니지만. 지금은 큐피만의 엄마이고 싶어요. 아이를 둘이나 키울 자신도 없고, 경제적으로도 어떨까 싶고."

나까지 횡설수설이다.

"그런 소리 하다 보면, 곧 나처럼 낳지 못하는 나이가 된다니까."

누나는 웃으면서 말했다. 그건 정말로 생각해야 할 과제였다. 그러나 아이가 숙제를 미루듯이 나도 이런저런 이유를 대며 정면으로 맞서기를 피하고 있다.

"힘드네요."

장난스러운 투로 내가 말하자,

"그야 살아간다는 게 힘들지. 뜻대로 되지 않는 일들뿐이야."

누나도 그렇게 말하고는, 남은 커피를 단숨에 마셨다.

밤에는 모두 함께 회전초밥을 먹으러 가고, 다음 날은 미츠로 씨가 차로 고치 현 관광을 시켜주었다. 원래는 어머니 일을 도와주고 싶었는데, 됐어, 됐어, 하고 오늘도 집에서 쫓겨났다.

큐피는 라이온 옆에서 떨어지고 싶지 않은 듯, 어제에 이어 각자 행동이다. 오늘은 누나가 둘을 봐주었다.

"우리만 놀러 다녀서 미안하네."

렌터카 조수석에 타면서 말하자,

"괜찮아. 자기들도 자기들 하고 싶은 대로 하는 거니까. 그보다 어디 갈까."

미츠로 씨가 진지한 눈으로 내비게이션을 만지작거렸다.

"강이 보고 싶어."

내게 고치라고 하면 강이 떠오른다. 가마쿠라에는 바다도 산도 있지만, 강은 나메리가와 하천 정도밖에 없다.

그러나 고치의 바다와 산은 내게 익숙한 바다와 산과는 스케일이 달랐다. 바다도 산도 속이 시원할 정도로 뻥 트여 있어서 인색함이 없다. 오는 사람을 조금도 거부하지 않고 덥석 받아들여서 흐물흐물해질 때까지 대접해준다. 사람도 자연도 고치는 여러 가지 의미에서 기분 좋을 정도로 호쾌했다.

천천히 드라이브를 즐기면서 미츠로 씨가 안내해준 곳은 니요도가와라는 강이었다. 차를 세우고 걷다 보니, 콸콸콸 하는 폭포 소리가 들려왔다. 공기가 싱싱해졌다.

눈앞에 용소가 나타났을 때는 너무나 아름다워서 천국에 내려온 듯한 기분이 들었다. 물이 맑아서 깊은 바닥까지 또렷이 보였다. 물은 완전한 파란색이다. 파란 물을 태어나서 처음 보았다.

"니요도 블루라고 한대."

미츠로 씨가 가르쳐주었다.

"시원해."

물속으로 작은 물고기가 헤엄쳤다.

"강에 올 거면 수영복이라도 갖고 올 걸 그랬네."

미츠로 씨가 아쉬운 표정이었다. 그러나 나는 발을 담그는 것만으로 충분했다.

스니커를 벗고 살며시 물속에 발을 담갔다. 미츠로 씨가 손을 잡아주어서 천천히 일어서니 흙바닥이 아니라 동글동글한 돌이 닿았다.

물은 엄청 차가웠다. 하지만 꼭 안아주는 느낌이어서 기분 좋았다. 10초 이상 발을 담그고 있으니 차가워서 발끝이 아팠다.

돌 위에 올라가서 시린 발끝을 햇볕에 대고 말렸다. 눈을 감으니 눈두덩 안쪽으로 빨간 마블무늬가 펼쳐진다. 이곳에서는 새소리까지 호쾌하다.

다리를 펴고 멍하니 있으니, 이거 말이야, 하고 미츠로 씨가 배낭 바닥에서 뭔가를 꺼냈다. 그리고 파란색의 자그마한 상자를 내 앞에 내밀었다.

"어머니가 하토코에게 주래. 직접 주지, 그랬더니 그런 건 시어머니의 용심 같아서 싫다며, 뚱딴지같은 소릴 하더라고. 어쨌든 마음에 들지 않으면 안 해도 괜찮대."

천천히 뚜껑을 열자, 거기에는 반지가 들어 있었다.

"에메랄드?"

미츠로 씨에게 묻자,

"젊을 때, 아버지한테 받았나봐. 좋아하는 반지지만, 이제 손가락에 들어가지 않는대. 우리 입학식이나 졸업식 때, 항상 이걸 껴서 기억이 나."

미츠로 씨가 말했다. 왼쪽 중지에 끼어보니 딱 맞았다.

"받아도 괜찮아?"

"하토코 마음에 든다면."

이 반지에는 모리카게 가의 역사가 담겨 있다. 솔직히 내게는 아직 이를지도 모른다. 그러나 언젠가 이 반지가 어울리는 어른이 되고 싶다.

점심을 먹기 위해 일단 차로 돌아갔다. 미츠로 씨 아버지가 추천한 나베야키 라면을 먹으러 갔다가, 다시 강을 보러 다른 장소로 향했다.

강도 불꽃과 마찬가지로 아무리 봐도 질리지 않는다. 강을 앞에 두고 미츠로 씨에게 어린 시절 얘기를 듣는 것이 행복했다. 다음에는 큐피도 함께 와서 캠핑이라도 했으면 좋겠다. 카누도 하고, 강에서 헤엄을 치거나 물고기도 잡고, 강 주위에서 얼마든지 놀 수 있다.

돌아오는 길에는 역에 들러 이런저런 기념품을 구경했다. 그리고 저녁 무렵이 되어 미츠로 씨 본가에 돌아왔다.

현관을 열고 거실로 들어선 순간, 픽, 하고 폭죽이 성대하게 터졌다. 깜짝 놀라서 있는데, 하나 둘, 하고 신호가 들리더니,

"포포짱, 미츠로, 결혼 축하합니다!"

하는 소리가 울렸다. 어안이 벙벙하여 우두커니 서 있으니, 자자, 하고 주인공 자리에 앉혔다. 거실에는 가족 이외의 사람들도 있었고, 식탁에는 큰 접시 요리들이 자리가 비좁을 정도로 차려져 있었다.

오늘 하루 종일 가족이 총출동해서 서프라이즈 준비를 한 것이다.

건배를 하고, 흥이 넘치는 '오갸쿠(손님이라는 뜻의 일본어─옮긴이)'가 시작됐다. 고치에서는 연회를 그렇게 부른다고 한다.

식탁의 큰 접시에 담긴 것은 사와치 요리라고, 나도 소문으로는 들은 적이 있지만 실제로 보는 것은 처음이었다.

"좋아하는 걸로 실컷 먹어."

어머니가 그렇게 말했지만, 너무 많아서 어느 것부터 손을 대야 좋을지 몰랐다.

"미츠로, 하토코한테 요리 설명 좀 해줘라."

이미 얼굴이 불콰해진 아버지가 미츠로 씨에게 일렀다. 다른 사람들이 나를 편하게 포포짱이라고 부르는 가운데, 아버지만은 꿋꿋하게 하토코라고 불렀다. 그런 점도 어딘지 모르게 미츠로 씨를 닮았다.

"이건 가다랑어 타다키, 이쪽은 금눈돔회. 그리고 저쪽이 동남참게고, 이쪽 접시는 곰치튀김."

아버지에게 등을 떠밀린 미츠로 씨가 가르쳐주었다.

"동남참게?"

내가 되묻자, 우리 대화를 옆에서 듣고 있던 아버지가 무척 기쁜 표정으로 가르쳐주었다.

"동남참게란 건 말이지, 하토코."

그러나 설명이 길었다. 도중에 미츠로 씨는 반대편에 있는 친척 아주머니와 얘기를 나누었다. 요컨대 아버지는 동남참게는 상하이 게보다 맛있다, 그 말을 하고 싶었던 것 같다.

식탁에 차려놓은 요리만으로도 엄청난데 어머니와 누나가 잇따라 새로운 요리를 내왔다.

"자, 상자초밥(초밥 틀에 생선이나 어패류 등을 깔고 그 위에 초밥을 얹은 후 눌림판을 덮어 가볍게 눌러서 만드는 초밥—옮긴이)."

"고등어 초밥은 저기 있는 아주머니가 만들어 왔어."

여기저기서 술을 따라주었다. 게다가 술잔 바닥에 구멍이 뚫려 있어서 단숨에 마시지 않으면 안 되는 구조다. 옆에 앉아 있던 미츠로 씨가 베쿠하이(고치 현의 명물 술잔으로 바닥이 울퉁불퉁하거나 구멍이 뚫려 있다—옮긴이)라고 가르쳐주었다.

시계를 보니 아직 아홉 시도 되지 않았다. 그런데 이미 다들 상당히 취해 있다. 술꾼이 많다고는 들었지만, 이 정도로 대단할 줄은 상상도 못했다.

요리가 일단락됐는지, 어머니와 누나도 자리에 앉아서 컵으로 술을 마셨다. 이미 곤드레만드레가 되어 마사지 의자에서 자는 사람도 있었다.

그때 갑자기 큰 소리가 울렸다. 싸움이라도 났나 하고 몸을 움츠렸지만, 어쩐지 그런 게 아닌 것 같다.

"어서옵쇼!"

기세 좋은 기합 소리가 울리고, 두 남성이 마주보며 각각 손을 내밀고 있다.

"전에 하시켄(箸拳) 이야기, 하지 않았던가?"

미츠로 씨가 규칙을 대충 설명해주었다. 하시켄이란 젓가락을 사용해서 하는 가위바위보 같은 것으로, 고치에서는 상당히 인기 있는 놀이 같다. 진 편이 벌주를 마신다.

미츠로 씨와 누나도 하시켄으로 승부했다. 큐피나 내 앞에서는 언제나 온화하고 차분한데 하시켄을 하는 미츠로 씨는 딴사람이었다. 평소 목소리 커지는 법이 없는 미츠로 씨가 큰 소리로 외치는 모습이 늠름했다. 역시 이 사람에게도 도사(土佐) 지방의 피가 흐르는구나, 하고 솔직히 또 반했다.

내 옆에 앉아 있던 미츠로 씨 아버지가 몇 번이나,

"하토코, 미츠로를 잘 부탁하네."

하고 말하고는 머리를 숙였다. 아버지는 술이 별로 세지 않은 것 같다. 취해서 같은 말을 되풀이했다.

모두 각자 술을 마시고 있어서 나는 도중에 일어나, 할머니 옆으로 옮겼다. 특별히 대화는 나누지 않았지만, 그냥 할머니 옆에 있는 것만으로 마음이 평온해졌다. 선대도 이런 보통 할머니가 되고 싶었을지 모른다.

한 사람, 두 사람 술에 나가떨어지는 사람이 늘어나며 슬슬 술판이 끝나갔다. 나도 적당히 뒷정리를 도운 뒤, 틈을 봐서 미츠로 씨와 방으로 돌아왔다. 처음에는 다른 집 냄새가 났던 이불이 점점 익숙해져서 그렇게 위화감을 느끼지 않게 됐다.

미츠로 씨와 한동안 이불 위에서 뒹굴었다.

"다음에는 꼭 정어리 치어 먹으러 와."

차에 올라 조수석 창문을 활짝 열었다. 큐피도 떨어질 정도로 몸을 내밀고 손을 흔들었다. 나도 감정이 북받쳐서 하마터면 울 뻔했다. 미츠로 씨 차가 출발하고도 누구 하나 들어가지 않고 언제까지고 계속 손을 흔들고 있었다.

"즐거웠어. 정말 고마워."

결국 참지 못하고 눈물을 흘렸다. 미츠로 씨 가족과 헤어지는 것이 진심으로 아쉬웠다.

돌아올 무렵, 미츠로 씨 어머니와 누나가 각기 미츠로를 잘 부탁한다고 당부했다. 아버지도 어젯밤 같은 말을 여러 번 했다. 할머니에게도 들었다. 모두 신경 쓰지 않는 척하고 있지만 사실은 미츠로 씨가 행복하기를 진심으로 바라고 있다. 그 마음을 아프도록 잘 알 것 같았다.

본가를 나오기 전, 거실에 걸린 사진을 보았다. 그때까지는 왠지 마음이 그래서 굳이 보기를 피했다. 그러나 사실은 계속 마음이 쓰였다.

미츠로 씨 어린 시절 사진과 누나의 성인식 사진에 섞여서, 아직 아기인 큐피를 안은 미유키 씨의 모습이 보였다. 가족 전원이 집 앞에서 나란히 찍은 단체 사진도 있었다.

이번 귀성은 미유키 씨에게 인수인계받는 의미도 있을지 모른다. 나는 미유키 씨에게 소중한 바통을 건네받은 기분이 들었다. 미츠로 씨 본가에 있는 동안 미유키 씨에게 미츠로 씨와 큐피라는 보물을 부탁받은 의미를 생각했다.

미츠로 씨와 결혼했더니 큐피라는 덤이 따라와서 정말 기뻤다. 그러나 덤은 큐피뿐만이 아니었다. 할머니와 아버지, 어머니, 누나라는 가족이 생겼다. 그 가족이라는 나무에 잎과 가지가 한없이 펼쳐졌다. 그리고 덤이라고 하면 실례지만, 미유키 씨도 역시 내겐 기쁜 덤이다.

"난 가족의 온기란 게 어떤 건지 몰랐는데, 이번에 고치에 와보니 가족이 뭔지 알 것 같아."

앞을 향한 채, 미츠로 씨한테 말했다. 차는 초록색 터널 속을 달렸다. 창을 열어두어서 바람 소리에 들리지 않았을지도 모른다. 그렇게 생각했지만, 미츠로 씨 귀에는 들렸던 모양이다.

"잘됐네."

미츠로 씨가 온화하게 웃었다.

"내가 아는 세계는 정말로 미미한 것이었구나, 하는 걸 고치에서 돌아올 때마다 느껴."

미츠로 씨가 말을 이었다.

"그러게, 고치에 있으니 세상이 얼마나 넓은지 느껴지네. 세상을 향해 문을 양쪽으로 활짝 여는 기분이 들었어. 다들 통도 크시고."

잠시 후, 미츠로 씨가 불쑥 말했다.

"하토코, 부탁이 있는데."

"뭔데?"

껌이라도 입에 넣어달라는 건가 생각했더니 그게 아니었다.

"나보다 더 오래 살아야 돼."

그 말을 줄곧 하고 싶었다는 것을 미츠로 씨 표정에서 읽었다. 본가에 다녀온 뒤에야 겨우 그 말을 할 수 있게 됐구나 생각하니 안쓰러웠다. 운전 중이어서 지금은 무리지만, 미츠로 씨를 힘껏 안아주고 싶었다.

"노력할게."

나는 앞을 향한 채 말했다.

"약속은 할 수 없지만, 그렇게 되도록 열심히 노력할게."

경치를 바라보는 척하며 나는 한동안 바깥을 향해 시선을 둔 채 눈물을 흘렸다. 미츠로 씨도 울고 있었을 것이다. 볼륨을 올린 라디오에서 DJ가 내일 날씨를 전해주었다.

가을
무가고밥

여름이 끝나고 금계목 향이 하루하루 요란해졌다.

J클레오파트라와 리처드(반) 기어의 싸움은 아직 계속되고 있다. 적당히 포기하고 싶은 기분이지만, 프로 대필가를 자처하는 이상 그럴 수도 없다.

자, 이번에는 어떻게 받아줄까 하고 골머리를 앓고 있을 때, 남작이 나타났다.

"여어."

손에 커다란 종이가방을 들고 있었다.

출산휴가에 들어간 빵티는 친정에 가 있다. 태어나면 바로 남작도 오기로 했다고 빵티에게 들었다.

"우중충한 얼굴이네."

남작이 바로 얄미운 소리를 했다.

"옛날부터 우중충했네요, 뭐."

음료수를 가져오려고 일어섰더니,

"됐어, 됐어. 지금 정리하느라 바쁘니까."

남작은 빠른 어조로 그렇게 말하고, 종이가방에서 기계 같은 것을 꺼냈다. 남작이 기모노 자락으로 표면의 먼지를 닦았다. 책상 위에 놓인 것은 타자기였다.

"어머, 웬 거예요? 이거 올리베티네요?"

"잘 아네."

"게다가 레테라22네요!"

설마 남작의 종이가방에서 그런 것이 나올 줄은 생각지도 못했다. 올리베티는 이탈리아를 대표하는 사무기기 메이커로, 아는 사람은 다 아는 오래된 기업이다. 그곳의 얼굴이라고도 할 수 있는 것이 이 레테라22라는 이름이 붙은 타자기다.

"역시 매끄럽고 예쁘네요."

자판의 표면을 가볍게 어루만지면서 탄식하듯이 말했다. 나도 실물을 보는 건 처음이다. 여기서 워드프로세스가 생기고, 더욱 진화하여 컴퓨터가 탄생했다.

"마음에 드나?"

남작이 물어서 힘껏 끄덕이자,

"써. 아기가 태어날 때까지 방에서 치우라고 혼났으니까."

남작이 퉁명스럽게 말했다.

"네엣? 그럼 이 타자기, 아직 쓸 수 있는 거예요?"

당연히 디스플레이용이라고 생각했다.

"당연하지. 제대로 수리해놓아서 지금 당장이라도 칠 수 있어. 그보다 사용법은 아나?"

남작이 못미더운 듯이 말했다.

"가르쳐주시면 기쁘겠습니다."

내가 머리를 숙이자,

"종이 갖고 와."

남작이 갑자기 소리를 질렀다. 빨리 해야 한다는 초조함에 옆에 있던 어니언스킨 페이퍼를 한 장 건넸다. 남작은 그 얇은 물색 어니언스킨 페이퍼를, 레버를 들고 스르륵 타자기에 밀어 넣었다. 그리고 옆에 달려 있는 손잡이를 돌려서 종이 위치를 조절했다.

"뭐라고 치고 싶어?"

남작이 물었다. 이것 역시 빨리 대답하지 않으면 벼락이 떨어지니 급한 마음에, "I love you"라고 해버렸다. 성미가 급한 남자 앞에 있으면 나는 언제나 긴장한다.

남작이 한심하게 여길 거라고 생각했지만, 남작은 아무 말도 하지 않고 시프트를 치면 대문자가 돼, 빨간색을 사용하고 싶을 때는 이렇게 하면 돼, 하고 담담하게 가르쳐주었다. 어째서 남작이 이런 것을 갖고 왔는지 궁금했지만, 물으면 또 사생활 침해야, 하고 혼날 게 뻔해서 잠자코 있었다.

"소리가 좋네요."

남작이 치는 자판 소리를 들으면서 말했다. 하늘에서 조심스럽게 비가 떨어지는 듯한 울림이었다. 종이에는 대문자와 소문자를 섞은, 다양한 'I love you'가 줄줄이 떴다.

"문자를 치는 데 드는 무게란 게 있으니까. 그러나 솔직히 컴퓨터로 치는 게 훨씬 편하지. 손가락도 덜 피곤하고, 틀려도 고칠 수 있고."

하토코도 해봐, 하고 자리를 바꿔주었다. 자판 아래 책상이 보이는 것이 신선했다. 일단 아까 남작이 시범을 보인 대로 레버에 종이를 끼웠다.

타자기에는 자판이 각각 하나하나의 문자로 이어져서 피아노 구조와 비슷했다. 피아노는 소리를 연주하지만, 타자기는 문자를 새긴다.

어느 정도 힘이 들어가야 하는지 알 수 없어서 조심하느라 가볍게 쳤더니, 글씨가 희미하게 나왔다.

"더 세게 쳐."

남작이 독려해서 힘을 주어 자판을 쳤다.

이번에는 또렷하게 소문자 m이 나타났다.

"정말로 받아도 괜찮은 거예요?"

조심스럽게 묻자,

"이런 것 갖고 있어봐야 좋은 물건 썩히기만 하지. 게다가 방 깨끗이 해놓으라고 그 녀석이 성화니까. 완전히 공처가 다 됐어."

남작이 귀찮은 듯이 말했다.

"예정일, 언제예요?"

물었더니,

"비-밀."

남작의 눈이 가늘어졌다.

그럼 이만, 하고 한 손을 들어 보이며 남작이 가게를 나갔다. 등에서 아버지가 되는 기쁨이 넘쳐흘렀다. 만약 내가 임신하면 미츠로 씨와 큐피도 남작처럼 기뻐하겠지.

남작이 돌아간 뒤, 다시 의자에 앉아 올리베티를 만져보았다. 자세를 바르게 하고 새 종이를 끼운 뒤 타이피스트가 된 기분으로 자판을 빨리 쳐본다.

타닥타닥타다닥타닥타닥.

마치 탭댄스 연습을 하는 것 같다.

예전에 지구본이 있던 공간을 정리하고, 거기에 놓는 것이 좋겠다.

올해도 가을이 되자 대필 의뢰가 늘었다. 공기가 차가워지니, 사람이 그리워져서 편지가 쓰고 싶어지는지도 모른다.

그 여성이 찾아온 것은 음력 10월의 따듯한 날씨를 그림으로 그린 듯한 맑게 갠 날이었다. 대필 의뢰 손님은 대체로 저녁 무렵에 오는 일이 많지만, 그녀는 점심때가 지나서 나타났다.

지난 주말, 큐피와 만든 금계목 시럽을 뜨거운 물에 타서 갖고 나왔다. 그냥 봐서는 나이를 가늠하기가 어려웠다.

"오랜만에 외출했어요."

눈 깊숙이 모자를 쓴 채, 집게 씨가 속삭였다. 반쯤 은둔형외톨이이니 그렇게 불러주세요, 하고 집게 씨가 자기소개를 했다. 집게 씨는 한마디 한마디 할 때마다 아주 긴 시간을 요했다(집게: 갑각상 십각목의 동물 가운데 패각 따위에 몸을 숨기고 사는 동물을 통틀어 이르는 말—옮긴이).

어차피 손님이 끊임없이 오는 가게도 아니어서, 느긋하게 집게 씨의 말을 기다렸다. 집게 씨의 어조는 마치 작은 새가 지저귀는 것 같았다.

그러나 실제로는 목 속으로 손가락을 집어넣어 뱃속에 엉켜 있는 말의 실뭉치를 하나하나 꺼내는 듯한 괴로운 작업을 되풀이하고 있는 건지도 모른다.

사실은 등을 쓰다듬어주며 조금이라도 편하게 해주고 싶었지

만, 그러면 되레 집게 씨를 놀라게 할지도 모르니까 그저 집게 씨
가 혼자 조용히 싸우는 것을 지켜보았다.

"좋아하는 사람이 있어요."

여기까지 얘기하는데, 집게 씨가 가게에 온 지 십오 분 이상 지
났다.

"그러시군요."

나는 조용히 맞장구를 쳤다.

"상대는 어떤 분이세요?"

집게 씨가 껍데기 속으로 들어가버리지 않도록 조심하면서, 느
린 동작으로 탁구공을 받아치듯이 슬쩍 물었다.

"다정한 사람이에요."

고개를 숙이면서도 집게 씨는 단호히 대답했다.

"어떤 식으로 다정한 분이실까요?"

너무 신문 같지 않도록 한 번 더 탁구공을 느린 동작으로 받아
쳤다. 집게 씨는 한동안 책상에 장식해놓은 오이풀을 바라보았다.
그리고 천천히 말했다.

"내가 아무 말도 하지 못할 때는 그냥 묵묵히 내 옆에 있어줘요.
울고 있을 때는 손수건을 건네줘요. 웃고 싶을 때는 같이 웃어줘
요."

"멋있는 남자친구네요."

내가 말하자,

"남자친구가 아니에요. 아마 그쪽도 내게 호감을 갖고 있을 거라 생각하지만……. 서로 이런 성격이어서 누군가가 말을 꺼내지 않으면 이대로 일생 평행선일 거예요."

집게 씨가 입을 다물었다. 나도 같이 입을 다물었다.

침묵의 시간이 흐르다, 갑자기 집게 씨가 소리를 높였다.

"그래서."

집게 씨는 누군가에게 등을 떠밀리는 듯한 어조였다.

"고백 편지를 써주었으면 해요."

마지막에 집게 씨는 울음을 터트릴 것 같은 얼굴이었다.

집게 씨를 배웅한 뒤, 날씨가 너무 좋아서 만년필 대청소를 했다. 일 년 내내 습도가 높은 가마쿠라에서 오늘은 보기 드물 정도로 습기가 없고 화창했다. 이렇게 기분 좋은 날은 일 년에 한 번 있을까 말까 하다. 만년필 대청소를 하기에는 안성맞춤이다.

지금 내 손에는 다섯 자루의 만년필이 있다. 그중 두 자루는 카트리지식이고, 남은 세 자루가 흡입식이다. 흡입식 가운데 한 자루는 선대가 만년 애용했던 세일러 만년필로 펜포인트가 죽창처럼 가늘고 길게 갈린 것이 특징이다.

다른 한 자루는 고등학교 입학 선물로 선대가 사준 워터맨의 르

망100, 그리고 남은 한 자루가 남작의 의뢰로 돈 빌려달라는 부탁을 거절하는 거절장을 쓸 때 사용한 몽블랑이다.

만년필은 되도록 넣어두지 않고 매일 사용하려고 하지만, 그래도 공백이 생기면 잉크가 막혀서 필기감이 나빠진다. 그럴 때는 펜촉을 물에 씻는다. 카트리지식이든 흡입식이든 물로 씻어도 된다.

집게 씨 얘기를 들을 때부터 이번 편지에는 선대가 애용한 세일러 만년필이 어울리지 않을까 생각했다. 펜포인트가 긴 만큼 쓰는 느낌이 매끄러워서 말수가 적은 집게 씨의 말을 잘 끌어낼 것 같았다.

게다가 집게 씨는 엄청나게 섬세하다. 그 섬세한 마음을 글로 쓰려면 국산 만년필 쪽이 어울린다.

외제 만년필은 알파벳을 쓰기 위해 둥글게 깎였지만, 이 만년필은 펜포인트에 폭이 있어서 잡는 각도에 따라, 아주 가는 글씨부터 굵은 글씨까지 자유자재로 쓴다. 한자에서 많이 볼 수 있는 갈고리나 삐침도 마치 붓으로 쓰듯 미묘한 선까지 표현할 수 있다.

다만 내게 이 만년필은 무겁다. 물리적인 무게가 아니다. 마치 선대 그 자체처럼 느껴진다. 때로 다루기 어렵고, 때로 너무 위대해서 무의식중에 멀리한다. 한번 손에 들려면 굉장히 각오가 필요한 만년필이다. 그래서 꼭 필요할 때 이외에는 거의 사용하지 않았다.

일단 남아 있는 잉크를 잉크병에 도로 넣는다.

잉크를 뺀 뒤 가볍게 펜촉을 휴지로 닦고, 펜 끝을 몸통에서 분리한다. 그것을 물을 담은 컵에 넣는다. 바로 물이 새까맣게 되므로, 몇 번 물을 갈아가며 씻는다. 마지막에 피드에서 펜촉을 향해 수돗물로 안을 깨끗하게 씻어낸다. 펜 끝에 묻은 물기를 부드러운 천으로 닦고, 다음에는 자연 건조한다.

선대가 있던 시절, 만년필 세정은 내 담당이었다. 선대가 잉크를 넣은 채 두는 일은 거의 없어서 조금이라도 공백이 생기면 바로 물에 씻으라고 시켰다. 거기에 비하면 나는 너무 게으르다. 어느새 보면 잉크가 든 채 서랍 속에 잠들어 있다.

며칠 뒤, 깨끗해진 세일러 만년필에 잉크를 넣었다.

부디 집게 씨의 바람이 잘 전달되기를 기도하면서 펜촉을 잉크병에 담가 컨버터를 돌린다. 스트로로 빨아올리듯이 잉크가 올라온다. 옛날부터 이 느낌을 좋아했다. 나 자신이 최고의 주스를 마시는 듯한, 가득 채워지는 기분이 든다.

잉크는 초록색을 골랐다. 평소에는 초록색 잉크를 잘 사용하지 않는다. 거의 사용하지 않는다고 해도 좋다. 그러나 집게 씨의 말을 듣는데 내게는 그 말이 왠지 초록색으로 보였다.

초록색은 자연계에 많이 존재하는 색이다. 집게 씨의 마음도 자연스러운 것. 대지에서 식물이 싹트듯이 집게 씨의 마음에 싹튼

'좋아함'이라는 감정에 거짓은 없다. 자연은 거짓말을 하지 않고, 자신을 속이거나 기만하지 않는다. 정직하게 태어나서 정직하게 살다 정직하게 죽는다. 그 모습이 내게는 집게 씨가 살아가는 자세와 겹쳐 보였다.

게다가 초록색은 상대를 안정시키는 색이기도 하다. 이 색으로 헤아릴 수 없을 만큼 깊은 집게 씨의 마음을 표현하면 좋겠다고 생각했다.

정식 편지는 세로쓰기가 기본이지만, 이번에는 집게 씨의 때 묻지 않은 순수한 마음을 표현하고 싶어서 가로쓰기로 했다. 편지지로 고른 것은 아말피 종이다. 수제 종이라고 하면 화지(和紙) 인상이 강하지만, 유럽에서도 수제 종이를 만들었다. 그중에서도 이탈리아 남부 마을인 아말피는 일찍이 수제 종이 생산으로 번창했던 곳. 지금도 물레방아를 이용해서 면섬유를 절구로 으깨어, 그걸 틀에 부어서 만드는 옛날 방식으로 질 좋은 수제 종이를 만들고 있다.

면 100퍼센트 아말피 종이는 촉촉해서 화장수를 뿌린 뒤의 맨얼굴 같다. 아말피의 눈부신 해와 감색 바다, 상쾌한 바람, 풍요로운 계곡, 모든 것을 담은 이 종이로 나는 집게 씨의 마음을 나르고 싶었다.

집게 씨는 지금까지 줄곧 혼자 숲속을 걸어왔다. 때로는 길 없는 길을, 때로는 가시덤불을 헤치면서 계속 걸었다. 그 긴 여정을 상상하면서 집게 씨의 '좋아해요'라는 감정에 살며시 다가가고 싶었다.

편지지를 앞에 두고, 집게 씨의 발과 내 발을 부드러운 리본으로 다정하게 묶었다. 그리고 집게 씨의 어깨를 살짝 끌어안고 2인 3각으로 숲속으로 들어갔다.

요전에 길에 핀 오이풀(吳亦紅)을 보았습니다.

오이풀은 언젠가 당신이 가르쳐준 꽃이죠.

찾아보니 오이풀은 한자로 '오목향(吳木香)', '할목과(割木瓜)'라고 쓰기도 하더군요.

하지만 나는 역시 당신이 가르쳐준 '오역홍(吳亦紅)'이 맞다고 생각합니다.

그때, 당신은 '나도 또한 붉어지고 싶다 은밀히'라는 다카하마 쿄시의 하이쿠를 종이에 적어서 가르쳐주었죠.

기억나세요?

그때 그 메모를 나는 지금도 소중히 간직하고 있답니다.

우리는 서로 등에 껍데기를 짊어진 사람이어서

우리 머리 위의 하늘이 언제나 기분 좋게 개어 있진 않았습니다.

그래도 나는 지금까지 당신의 다정함에 몇 번이고 몇 번이고

구원을 받았습니다.

절대 말이 많지도, 재미있는 이야기를 하지도 않지만,

당신은 가만히 내 옆에서 같은 풍경을 바라봐주었습니다.

그것만으로 나는 세상에 고독을 안고 사는 사람이

나뿐만이 아니구나 하고 안심할 수 있었습니다.

바라건대 나도 당신에게 안락하고 편안한

소파이고 싶습니다.

최근에야 나는 겨우 다카하마 코시가 읊은

하이쿠의 의미를 깊이 이해할 수 있게

된 것 같습니다.

나도 오이풀과 같습니다.

당신을 향한 마음으로 이 가슴이 붉게

물들고 있습니다.

당신은 오이풀의 꽃말을 알고 계세요?

지금 나는 당신에게 오이풀의 꽃말을

전하고 싶은 마음으로 가득합니다.

언젠가 당신과 손잡고 숲을 걷는다면

얼마나 행복할까요.13

쓰면서 몇 번이나 멈추고, 나뭇가지 사이로 하늘을 올려다보았다. 눈이 부실 정도로 파란 하늘이었다.

2인3각으로 묶은 리본을 살며시 풀고, 세일러 만년필을 내려놓았다. 그럴 리는 없지만, 만년필이 멋대로 움직여서 글을 써나가는 것 같았다.

남몰래 청초하게 피어서 바람에 흔들리는 오이풀의 모습이 집게 씨와, 만난 적은 없지만 집게 씨가 흠모하는 남성의 모습과 포개졌다. 오이풀 에피소드는 집게 씨가 요전에 돌아갈 무렵에 얘기해주었다.

그렇다 해도 이런 식으로 세일러 만년필과 내가 한 몸이 되어 작업을 해본 것은 처음 있는 일이었다. 편지를 쓰는 동안, 나는 조금도 무게를 느끼지 못했다. 마치 내 손가락 끝에서 바로 잉크가 나오는 듯한, 편지지 표면에 부드럽게 입맞춤하는 듯한 감미로운 촉감을 맛보았다.

다음 날 아침, 한 번 더 읽고 최종 점검을 한 뒤 봉투를 붙였다. 붙일 때, 편지지와 함께 문향(文香)을 살짝 넣었다. 이렇게 하면 상대가 봉투를 뜯을 때, 그윽한 향이 은근하게 떠돈다. 향도 집게 씨의 분위기에 딱 어울렸다. 집게 씨의 마음이 한 자락 달콤한 바람이 되어 상대의 마음에 가닿기를 기도했다.

가마쿠라궁 바로 코앞에 점포 임대 종이가 붙은 것은 불과 얼마 전의 일이다. 전에는 헌책방이었는지 아니면 골동품 잡화를 다루는 가게였는지 확실히 기억나진 않는다.

입구의 유리창 틈으로 안을 들여다보니 가게 안의 물건은 거의 철거된 상태였다. 입구 근처의 벽에는 적당히 담쟁이넝쿨이 우거져 있었다.

흥분해서 지금 당장 미츠로 씨에게 알리고 싶었지만, 밤새 혼자 곰곰이 생각했다. 미츠로 씨와 큐피가 사는 다세대 주택 계약의 갱신 시기가 다가오고 있다.

지금 상태는 가게와 가정집이 같은 건물에 있어서 미츠로 씨에게 확실히 편리하다. 그러나 손님 입장에서 보면 절대 좋은 위치가 아니다. 미츠로 씨가 아무리 열심히 해도 이대로는 손님이 찾지 않는다.

"목이 아주 좋아."

다음 날, 나는 결심하고 전화를 했다. 이런 중요한 일은 만나서 얘기하는 것이 제일이지만, 평일이어서 그럴 수도 없다. 나는 미츠로 씨가 집에 있는 시간대에 전화를 걸어서 단도직입적으로 점포 임대 이야기를 했다.

"그렇지만 월세가 비싸지 않을까. 지금은 가게와 주거를 합쳐서 싸게 살고 있으니 그럭저럭 꾸려나가지만."

당연히 미츠로 씨가 주저했다.

"그렇다면 이 집으로 이사 오면 어때? 그럼 미츠로 씨는 가게 월세만 내면 되고. 여기서라면 가게와도 가까워. 큐피도 나와 함께 있으면 안심이겠지?"

하룻밤 곰곰이 생각한 결론이었다. 이제 슬슬 두 집 살림을 끝내기에 적당한 시기라고 생각했다. 미츠로 씨가 어떤 사람인지는 지금까지의 결혼생활로 잘 알았다. 내게는 후회하지 않을 자신이 있었다.

"오래된 집이어서 그리 쾌적하다고는 할 수 없지만."

내가 말하자, 잠시 후,

"하토코는 정말로 그래도 괜찮겠어?"

미츠로 씨의 조용한 목소리가 귀에 닿았다.

"괜찮으니까 말하잖아. 실은 여름부터 줄곧 생각했어. 역시 가족은 같은 집에 살아야 좋지 않을까 하고. 미츠로 씨네 본가에 다녀온 영향도 컸을지 몰라. 나도 미츠로 씨와 큐피 옆에 더 있고 싶고."

나는 힘주어 말했다. 정말로 그렇다. 지금까지는 계기가 없어서 그냥 그대로 지냈다. 그러나 어제 점포 임대 벽보를 봤을 때 번쩍 떠올랐다. 이곳이라면 미츠로 씨가 미츠로 씨다운 장사를 할 수 있지 않을까 하고. 여러 가지를 시도해봤지만 결과가 따르지 않는다면, 뭔가 큰 원인이 있을 테니 과감하게 변화를 줘도 괜찮다.

"그럼 다음에 일단 가게나 한번 보러 갈게."

미츠로 씨가 미적지근하게 나와서 나도 모르게 소리를 질렀다.

"안 돼! 그렇게 느긋한 소리나 하고 있다간 누가 먼저 낚아채간 단 말이야. 가마쿠라는 그렇게 만만한 데가 아냐. 지금 당장 함께 보러 가. 지금이라면 나도 잠시 자리를 비울 수 있으니까."

눈앞에 미츠로 씨가 있다면 힘껏 등짝을 때려서 밖으로 밀어냈 을 것 같은 심경이었다.

십오 분 뒤, 우리는 둘이 나란히 빈 가게를 들여다보고 있었다.

"넓이도 딱 좋지?"

"그러게, 카운터 석과 테이블 석을 두면 느낌이 괜찮을 것 같 네."

"여기라면 큐피도 전학하지 않아도 되고."

앞치마 차림 그대로 온 미츠로 씨 때문에 수상한 두 사람으로 보였을지도 모르겠다. 그러나 나는 필사적이었다.

"여긴 말이야, 버스 정류장 바로 옆이어서 퇴근하고 집에 가기 전에 잠깐 들리기 편할 것 같아. 미츠로 씨도 알겠지만, 이 주변에 서도 요코스카선으로 도쿄까지 다니는 사람이 꽤 있어. 가마쿠라 역 주위에는 가게가 많지만, 그런 사람들은 되도록 집에서 가까운 곳에서 가볍게 한잔하거나 식사를 해결하고 싶어 할 거야. 지금 미츠로 씨 가게는 집에 가는 길에 잠깐 들리자, 그런 느낌이 아니잖아. 정말로 산 위에 사는 사람들이라면 모를까, 일부러 언덕을 올라가야 되니까. 그건 지쳐서 귀가하는 사람들에게는 아주 힘든 일이야. 다들 만원전철에 시달려서 녹초가 되어 돌아오니까. 근데 여기는 버스 정류장 바로 앞이잖아. 지역 사람들 대상으로 가게를 하겠다고, 과감하게 결심해도 괜찮지 않을까. 이곳이라면 지금 단골손님들도 찾아오기 불편하지 않을 거야."

단숨에 떠들고 나니 목이 말랐다. 그렇지만 하고 싶은 말은 다 한 것 같다.

"어쨌든 미츠로 씨도 긍정적으로 생각해봐. 나는 절호의 기회라고 생각하니까."

그렇게 말을 남기고, 나는 뛰다시피 가게로 돌아왔다. 가게 앞에는 오 분 안에 돌아온다고 종이를 붙이고 갔다.

그 후로는 일이 순조롭게 진행됐다.

미츠로 씨와, 척척 풀리네, 하고 얘기하고 있었더니 옆에서 듣고 있던 큐피가 척척을 총총으로 들었는지 토끼 흉내를 내며 놀았다.

"이제 곧 셋이서 살 거야."

내가 그렇게 말했더니 큐피가 여우에 홀린 듯한 표정이 됐다. 그리고 내 눈을 빤히 보며,

"줄곧?"

하고 물었다.

"줄곧, 주울곧."

내가 대답하자,

"야호!"

큐피가 폴짝폴짝 뛰었다. 큐피에게 좋아하는 사람이 생겨서 결혼하고 집을 나갈 때까지 줄―곧이라고 나는 생각했다.

되도록 비용을 줄이기 위해 가재도구 등은 업자에게 부탁하지 않고 우리끼리 조금씩 나르기로 했다. 미츠로 씨가 폐점 후, 밤이면 밤마다 리어카에 짐을 실어서 나르는 모습은 뭔가 야반도주 같아서 웃지 못할 광경이었지만, 우리 모리카게 가로서는 동거를 향한 귀여운 일보였다.

가게 쪽은 그대로 사용할 수 없어서 미츠로 씨가 직접 고칠 수 있는 부분은 고치고, 내년쯤부터 시작할 계획이다. 모든 것이 순풍에 돛 단 것 같았다.

그 노트 다발을 발견한 것은 토요일 밤의 일이다. 미츠로 씨 집 창고에 재활용 쓰레기로 내놓은 몇 개의 종이가방과 함께 아무렇게나 놓여 있었다. 단순한 쓰레기일 거라고 생각하고 지나쳤지만, 뭔가 묘하게 신경이 쓰여서 종이가방 안을 확인하러 다시 갔다.

종이가방에서 내용물을 꺼내 페이지를 넘겼다. 이내 미유키 씨 것이란 걸 알았다. 종이가방에 넣어서 버린 것은 전부 미유키 씨의 일기였다. 2주씩 양쪽 페이지에 쓰는 타입으로, 그날 일정뿐만 아니라, 장 본 것 등을 세세하게 기입하여 가계부 역할도 하고 있다.

도중부터는 수첩에 '검진'이란 말이 자주 나오고, 그날 미유키 씨가 먹은 음식과 몸 상태 등을 상세하게 기록했다. 그리고 빨간 수성펜으로 표시한 '예정일' 10일 후, '출산. 드디어 태어났다~!' 라고 쓰여 있었다. 그날부터 미유키 씨의 '엄마'로서의 인생이 시작됐다.

필기구로 사용한 것은 주로 연필이었다. 가늘고 정성스러운, 그러나 애교 있는 글씨다. 지금까지 미츠로 씨에게 미유키 씨가 어떤 사람이었는지 들은 적이 거의 없다. 하지만 나는 미유키 씨의 손글씨를 본 순간, 미유키 씨가 어떤 여성이었는지 알 것 같았다. 그리고 단번에 미유키 씨가 좋아졌다.

잘 표현할 수 없지만, 한없이 '사랑'에 가까운 감정이었다. 남편의 전부인 글씨를 사랑하다니, 나도 어떻게 됐나 싶다. 그러나 이런 글씨를 쓰는 사람이라면 나는 무조건 좋다. 어떤 사진이나 동영상을 본 것보다 미유키 씨라는 사람의 윤곽이 더 선명하게 떠올랐다.

이런 소중한 기록을 서서 읽을 수 없어서, 일단 종이가방을 들고 2층으로 올라갔다. 그리고 미츠로 씨가 알아차리지 못할 곳에 몰래 숨겼다.

셋이서 저녁을 먹은 뒤, 큐피와 목욕을 했다. 밥을 먹는 동안에도 목욕을 하는 동안에도, 미유키 씨의 일기장 생각이 머리에서 떠나지 않았다.

나는 그렇게 소중한 것을 그런 곳에 둔 미츠로 씨를 용서할 수 없었다. 생각하니 분해서 눈물이 쏟아질 것 같다.

미츠로 씨가 욕실에 들어가 있는 동안 큐피를 재웠다. 잠든 큐피의 숨소리를 확인한 뒤, 숨겨둔 일기장을 종이가방째로 꺼냈다. 그것을 옆방 테이블에서 다시 펼쳤다.

생후 7일, 생후 한 달 첫 신사 참배, 첫 이유식.

큐피가 탄생한 기쁨이 글씨 구석구석에서 샘솟았다. 그리고 그 날 그날 사소한 일들을 기록한 일기.

하루나가 좀처럼 젖을 먹지 않는다.

어떻게 하면 좋을까?

어젯밤에는 하루나가 밤에 잘 자주어서

나도 미츠로도 아침까지 푹 잤다.

슈크림과 푸딩이 먹고 싶지만,

하루나가 젖을 끊을 때까지 참기, 참기!

미유키 씨에 관한 모든 정보가 기록되어 있었다.

어느 날을 기점으로 일기장에서 미유키 씨의 글씨가 사라졌다. 넘겨도, 넘겨도 이제 미유키 씨의 목소리는 들리지 않는다.

마지막 날, 즉 사건이 있던 전날에는 이런 글이 있었다.

내일은 미츠로의 월급날이니, 큰맘먹고

샤브샤브를 하자! 고기(그러나 소고기가 아니라

돼지고기)와 참깨소스를 사와야지.14

미유키 씨…… . 마음속으로 불러보았다. 그러나 그다음에 어떤 말을 해야 할지 몰랐다. 어쨌든 미유키 씨를 이 두 팔로 꼭 안아주고 싶었다.

나는 목욕을 하고 나온 미츠로 씨에게 말했다.

"미안, 지금 잠깐 할 얘기 있는데, 괜찮아?"

이런 일을 어영부영 넘기면 나중에 더 크게 어긋나서 우리 관계를 상처 입힐 것 같았다. 그러니까 서로 괴롭지만, 제대로 얘기해야 한다.

미츠로 씨는 알았어, 하고 일단 방을 나갔다. 그리고 파자마 위에 카디건을 걸치고 돌아왔다. 아직 10월인데 슬슬 난방이 그리워지는 추위였다. 미츠로 씨가 내 맞은편에 앉았다.

"미츠로 씨, 이걸 어떻게 할 생각이었는지 설명해줄래?"

미츠로 씨 앞에 미유키 씨 일기장을 늘어놓으면서 대놓고 말했다. 일기장은 전부 다섯 권이다. 미츠로 씨는 입을 다물었다.

"아까 안을 대충 보았어. 이거, 당신한테도 큐피한테도, 소중한 거잖아. 설마, 버리려고 한 거야? 제대로 이해가 가게 설명해주었으면 하는데."

그러자, 한참 지난 뒤,

"미안해."

미츠로 씨가 잠긴 목소리로 중얼거렸다.

"굉장히 망설였지만, 그래도 역시 하토코네 집에 이런 걸 갖고 가는 건 미안했어."

"이런 거라니, 그렇게 말하지 마. 미유키 씨가 살아 있었다는 증거잖아."

"그렇지만 언젠간 버려야 한다고 생각했어. 이번이 좋은 타이밍 같아서."

"그렇게 필요 없어진 티셔츠나 신발처럼 취급하지 말아줘."

옆방에서 큐피가 자고 있어서 큰소리는 낼 수 없다. 작은 소리로 말하려고 애썼지만, 그만 목소리가 날카로워졌다.

"하지만 하토코도 내가 언제까지 옛날 아내의 일기장을 갖고 있으면 솔직히 싫잖아?"

"싫고 말고의 문제가 아냐. 당신의 인격 문제야."

말하다가 참을 수 없어서 울음을 터트리고 말았다.

"뭐야, 내 인격이라니. 나는 평생 피해자의 남편이란 멍에를 짊어지고 살아가야 되는 거야? 기껏 재혼해서 새로운 반려자가 생겼는데, 그 일에서 평생 벗어나지 못해야 하는 거냐고. 충분히 괴로워했고, 고통도 수없이 맛보았어. 게다가 노트를 버린다고 추억이 지워질 리 없잖아? 미유키는 나와 딸의 마음속에 살아 있어. 앞으로도 계속 그럴거야. 이 노트도 전부 외울 정도로 읽었어. 월급날이라고 큰 맘 먹고 샤브샤브 따위 만들지 않았으면 좋았을걸. 냉장고에 있는 걸로 대충 먹자고 말했으면 그런 사건에 휘말리지 않았을 텐데. 전날에 내일 뭐 먹고 싶은지 미유키가 물어서 샤브샤브라고 대답한 건 나야. 두고두고 후회했어. 그렇지만 아무리 후회하고 후회해도 미유키는 돌아오지 않아. 그게 현실이야. 시간은 되돌릴 수 없어. 앞으로 나아갈 수밖에 없다고!"

미츠로 씨도 울고 있었다. 눈물방울이 뚝뚝 소리를 내면서 테이블에 떨어졌다. 미츠로 씨 속내를 처음 들어서 당황했다.

"그렇지만 버릴 것까진 없잖아. 나를 배려해서겠지만, 나는 오히려 상처받았어. 나는 미유키 씨를 좋아해. 엄청 좋아해. 만난 적도 없는데 이상할지 모르겠지만, 만약 우리가 만났더라면 분명히 좋은 친구가 됐을 것 같아. 난 미유키 씨에게 혼자 멋대로 우정을 느끼고 있어. 앞으로도 사이좋게 지내고 싶어. 그러니까 미츠로 씨 인생에서 미유키 씨를 억지로 쫓아내는 짓 같은 건 하지 않길 바라."

"억지로 쫓아내려고 하지 않아."

"내가 여기 올 때마다 미츠로 씨, 불단 문 닫잖아. 그거 실례야. 미유키 씨한테도, 나한테도. 배려해주는 게 되레 불편해. 차라리 성묘 때 어머니처럼 미유키, 하고 큰 소리로 외쳐주는 편이 훨씬 편해. 미츠로 씨는 내 마음을 하나도 몰라. 자기보다 나이가 어리다고 어린아이 취급하지 마."

지금까지 미츠로 씨와의 관계가 너무 평온했는지도 모른다. 얘기를 하다 보니 내가 옳은지 그른지도 알 수 없어졌다. 그러나 미츠로 씨에게 지고 싶지 않았다.

"오늘 밤은 그냥 갈게."

의자에서 일어나면서 조용히 말했다.

미츠로 씨와 함께 있는 것이 왠지 몹시 힘들었다.

큐피가 깨지 않도록 조심하면서 탈의실에서 옷을 갈아입었다.

돌아올 때, 부엌에 있는 무카고 주먹밥이 눈에 들어왔다. 나도 어머니의 메모를 읽기 전까지 몰랐지만, 무카고는 어린 참마로 가을이 제철이라고 한다.

무카고를 먹은 적이 없는 것 같다고 미츠로 씨에게 얘기했더니, 미츠로 씨가 나서서 무카고밥을 지어주었다. 소금을 살짝 뿌리니 한층 맛있었다. 남은 무카고밥은 내일 아침 모두 같이 먹자고 아까 미츠로 씨가 주먹밥을 만들어놓았다.

그걸 보니 또 눈물이 쏟아졌다. 내가 어디로 향하는지 알 수 없었다.

"잘 자."

살며시 현관문을 닫았다.

그리고 혼자 밤길을 걸었다. 혹시 미츠로 씨가 쫓아와줄지도 모른다고 생각했지만, 미츠로 씨는 오지 않았다. 내뱉는 입김이 점점 뽀얘졌다. 추워서 큰 걸음으로 성큼성큼 걸었다.

문득 어딘가에서 소리가 나는 것 같은 기분이 들어 위를 보니, 눈을 의심할 정도로 근사한 별 하늘이 펼쳐져 있었다. 정말로 '반짝반짝' 빛났다. 이런 밤하늘을 미츠로 씨와 같이 보고 싶었는데. 큐피에게 보여주고 싶었는데.

그렇게 생각하니 뭔가 허무했다.

일요일에는 지가사키까지 영화를 보러 가고, 월요일에는 점심을 먹으러 사카이에 갔다. 사카이는 조묘사(淨妙寺)의 스기모토 관음 앞에 있는 붕장어덮밥 가게다.

생각해보니 혼자 가게에 들어가서 점심을 먹는 생활을 한 지 몇 달도 되지 않았다. 설마 내가 혼자 있고 싶은 날이 올 줄은 생각지도 못했다. 그런데 나는 지금 혼자가 되고 싶다. 누구도 마음속에 들어오는 게 싫다.

국물과 밥과 달걀말이가 나온다고 해서 붕장어덮밥 세트를 주문했다. 이 가게를 가르쳐준 사람은 선대다. 직접 가르쳐준 건 아니다. 시즈코 씨 앞으로 온 편지에 사카이의 붕장어덮밥 얘기가 종종 등장한다. 선대는 자신에게 주는 포상으로 혼자 맛있는 것을 먹고 싶을 때 망설이지 않고 사카이에 간다고 썼다.

축하할 일이 있는 날 먹는 음식이 쓰루야의 장어라면, 평소에 먹는 맛있는 음식은 사카이의 붕장어덮밥이라니, 너무 단순하다. 가늘고 길고 흐물흐물한 음식을 정말 좋아했구나.

정원에 심은 매화나무를 보면서 붕장어덮밥 세트에 젓가락을 댔다. 하나같이 그리운 맛이었다. 먹다 보니 마치 선대가 만든 점심을 먹는 기분이 들었다. 비지볶음, 오이무침, 된장국, 꿀에 절인 붉은 강낭콩조림, 다시마조림. 가장 놀란 것은 달걀말이다. 달달하고 탄력이 있었다. 아무리 내가 흉내를 내려고 해도 낼 수 없는 선대의 달걀말이와 똑같았다.

물론 붕장어덮밥도 맛있었다. 부드럽게 삶은 붕장어는 향도 좋고 적당히 기름이 올랐다.

이렇게 맛있는 것을 먹고 있는데 맛있네, 하고 말할 상대가 없다는 사실에 놀랐다. 쓸쓸하고, 처량하고, 허무했다. 고독을 즐길 계절은 이미 지난 걸까.

미츠로 씨가 하는 말도 틀리지 않다.

그때, 미츠로 씨는 나를 업어주면서 말했다.

잃어버린 것을 찾아 헤매기보다 지금 손바닥에 남은 것을 소중히 하면 된다고.

나는 그 말에 많은 힘을 얻었다. 선대와의 관계를 긍정적으로 받아들이게 된 것도 그 말 덕분이다.

내가 한 말도, 미츠로가 한 말도 근본적으로 같을지 모른다. 그러나 미유키 씨의 일기장을 버리는 것과 간직하는 것은 정반대 행위다.

미유키 씨는 어떻게 하길 바랄까. 만약 내가 미유키 씨 입장이었다면?

현관에서 손님이 줄을 지어 기다리고 있어서 나는 서둘러 가게를 나왔다. 그러나 아직 집에는 돌아가고 싶지 않아서, 호고쿠사(護國寺)에 들리기로 했다. 호고쿠사는 대나무 절로 유명하다. 일요일 아침, 좌선회를 해서 몇 번 참가한 적이 있다. 무작정 대나무 숲이 보고 싶었다.

배관료와 말차권 요금을 내고 안으로 들어가서, 대나무 정원을 바라보며 말차를 마셨다.

대나무는 어찌나 꼿꼿한지. 망설임 없이 하늘을 향해 쭉쭉 뻗은 모습이 부러웠다. 그냥 하늘을 올려다보면 한 그루 한 그루가 홀로 서 있는 것처럼 보이는 대나무도 위쪽의 잎은 서로서로를 지탱하고 있다. 그리고 뿌리에서는 모두 이어져 있다니, 마치 가족 같네, 라고 생각했다.

눈을 감으니 물소리와 새소리가 두드러졌다. 눈두덩 위로 나무 사이로 내려온 빛이 흔들렸다. 있는 그대로 살면 된다고 대나무가 말하는 것 같았다. 저편에서 상쾌한 바람이 불어왔다.

천천히 눈을 뜨니 할 일을 마친 조릿대잎이 팔랑, 또 팔랑, 우아하게 돌면서 떨어졌다. 대나무를 보니 쿵쿵 불온한 소리를 내던 마음이 조금 가벼워졌다.

과거를 붙들고 늘어지는 것은 나일까.

대나무를 올려다보면서 '만약 내가 미유키 씨였다면?'의 다음 생각을 한다. 사랑하는 사람이 매일 웃으며 보내길 바라겠지. 그 과정에서 나를 잊는다고 해도 그건 그거대로 괜찮다. 과거에 얽매이지 않고 미래를 향해 살아가길 바랄 것이다.

돌아올 때는 덴가쿠즈시(田樂辻子) 길을 지나 라 포르타로 나왔다. 문득 생각나서 베르그펠드를 들여다보니, 진열장에 하리네즈미가 있었다. 나를 기다리는 듯 치뜨고 있는 눈이 사랑스러워서 반사적으로 남은 세 개를 전부 사버렸다. 하리네즈미 케이크 대량 구매다.

집에 돌아온 뒤 홍차를 끓여서 두 개를 먹었다. 그러고 나서 잠시 낮잠을 잔 뒤 저녁으로 가볍게 오차즈케(밥에 차를 말아먹는 음식—옮긴이)를 먹고 남은 한 개를 디저트로 먹었다.

너무 과식해서 소화도 시킬 겸 불단을 청소했다. 안에 먼지가 제법 쌓여 있었다. 선대와 스시코 아주머니의 사진 액자 먼지도 깨끗이 닦았다. 그리고 주위에 있던 것을 정리하고 옆에 공간을 만들었다.

이곳에 미유키 씨 불단을 놓자. 불단 두 개가 나란히 있는 게 특이할지도 모르지만, 이게 가장 정답일 것 같다. 잊는 것도, 잊지 않는 것도 모두 소중한 일이다. 나와 미츠로 씨의 부부싸움은 누가 옳고 틀리고 하는 문제가 아니라 똑같다. 오늘 하루 혼자 지내며 그 사실을 깨달았다.

깨닫고 나니 갑자기 편지를 쓰고 싶었다. 편지지나 필기구를 음미할 여유는 없어서 일단 주변에 있는 볼펜을 들고, 지금의 심경을 재빨리 글로 썼다. 밑글을 쓰다간 중요한 엑기스가 전부 날아가버리니, 바로 쓰기로 한다. 내 마음 그대로를 글로 써서 미츠로 씨에게 전하고 싶었다.

미츠로 씨에게

요전에는 일방적으로 미츠로 씨를 책망해서

미안해요.

그 후, 집을 나와버린 것을 후회했어요. 모처럼

세 식구가 오붓하게 보낼 일요일 아침을 엉망으로

만들어버렸네요.

아침에 일어나서 모두 함께 무카고밥 야키오니기리

(주먹밥을 구운 것ㅡ옮긴이) 먹는 걸 기대하고 있었는데,

정말 미안한 행동을 하고 말았어요. 그렇게

제멋대로 행동한 자신을 반성하고 있어요.

그러나 이번 일로 깨달은 것도 있어요.

역시 우린 함께 살아야 해요.

혼자란 게 이렇게 무미건조하다는 것을

깨달았답니다.

혼자 있으면 자신의 체온을 모릅니다. 그러나

누군가와 살을 맞대고 있으면 내 손이 따듯한지

발이 찬지 느낄 수가 있죠.

미츠로 씨와 큐피와 가족이 된 덕분에

인생이 뜻밖의 방향으로 펼쳐졌어요.

나는 지금 마법의 융단을 탄 기분이랍니다.

몰랐던 세상을 보여주어서

정말로 고마워요.

이렇게 된 바에 어디까지든 가서 아직 보지 못한 세계를

보고 싶어요.

생각해보니 이렇게 차분하게 미츠로 씨에게 편지를

쓰는 건 처음이군요.

셰프가 집에서 요리를 하지 않는 것과 마찬가지로,

나도 일로 편지를 쓸 때가 많으니,

사적으로는 별로 쓰질 않았네요.

미안해요.

그러나 정말로 내가 가장 편지를 써야 할,

아니, 쓰고 싶은 사람은

미츠로 씨라는 걸,

지금 편지를 쓰면서 깨달았습니다.

나, 미츠로 씨가 정말 좋아요.

아, 그렇지. 미유키 씨의 일기장은 내가

미츠로 씨에게서 넘겨받으려고 해요.

어때요?

그렇게 하면 미츠로 씨는 버리는 것이고, 나는 내 곁에

두는 거예요.

간단한 일인데 거기까지 가는 데 시간이

걸렸네요.

미츠로 씨한테는 좀 의아하게 들리겠지만,

나는 모리카게 가는 4인 가족이 아닐까 생각해요.

미츠로 씨와 큐피와 나와 미유키 씨,

넷이서 사는 거예요.

아까 할머니 불단 옆에 미유키 씨 불단을 둘

장소를 만들었답니다.

나도 미츠로 씨도 큐피도 나무 밑에서 어느 날

갑자기 태어난 게 아니니까요.

그 사실을 고치에 다녀온 뒤로 어렴풋이 생각하게

됐어요.

언젠가 이렇게 미유키 씨에게도 정식으로

편지를 쓰고 싶어요. 아직은 쓸 수 없지만, 언젠가 꼭,

이라고 생각합니다.

주말에 만날 날을 기대합니다. 그 전에

이삿짐을 나를 거라면 언제든 갖고 오세요.

아, 빨리 귀여운 딸 보고 싶어라.

하토코 드림15

하토코라고 히라가나로 쓰고 펜을 놓았다. 그저 마음을 전하는데 필사적이어서 예쁘게 써야겠다는 의식이 없었던 터라 절대 예쁜 글씨는 아니다. 틀린 글씨는 수정테이프로 지우고, 그 위에 고쳐 썼다.

평소 대필할 때 수정테이프 사용은 금지지만, 가족에게 보내는 편지이고 내용이 중요하니 이번에는 봐주기로 하자.

하룻밤 불단 옆에 두었다가 다음 날 아침 다시 읽는 번거로운 일도 하고 있을 틈이 없다. 아니, 이건 애초에 사적인 편지여서 그런 걸 할 필요가 없다.

봉투에 주소와 이름을 써서 바로 편지지를 접어 안에 넣었다. 편지지와 봉투, 둘 다 남은 것을 사용해서 제각각이다. 사과의 표시로 우표만큼은 좋아하는 것으로 붙였다. 최근 발매된 토끼 우표다. 제일 가까운 우체통에 편지를 넣으러 갔다.

바깥은 한밤중처럼 고요했다. 어두워지면 되도록 혼자서 밖에 다니지 말라고 미츠로 씨가 말했지만, 나는 가끔 맛보는 이 한적함을 좋아한다. 마치 나만 세상에 덩그러니 남겨진 기분이 든다.

미츠로 씨네 집 우체통에 직접 가서 넣는 편이 훨씬 빠르지만, 언제 배달될지 모르는 이 모호함도 좋다.

화해는 순조로웠다. 역시 이럴 때는 솔직하게 얘기하거나 글로 쓰는 것이 제일이다. 나와 미츠로 씨는 곧 시작할 동거를 향해 또 다시 일치단결했다.

미츠로 씨에게는 미유키 씨의 유품을 어떻게 처리할지가 가장 큰 문제였던 것 같다. 그걸 혼자 해결하려고 하니 괴로운 것이다. 나와 큐피도 함께 고민하니 바위처럼 커 보였던 문제도 돌멩이 정도로 작아졌다.

유품을 남겨둔다고 좋은 것도 아니고, 그렇다고 뭐든 버리는 게 상책도 아니다. 그리고 그 판단을 적확하게 하는 사람은 나도 미츠로 씨도 아닌 큐피였다.

이를테면 미유키 씨가 즐겨 입었다고 하는 외출용 코트를 어떻게 할지 고민할 때였다. 미츠로 씨는 몇 번이나 처분하려고 했지만, 끝내 아까워서 버리지 못했다고 한다.

"추억이 많아서 아직 곁에 두고 싶은 건 남겨두는 게 좋아. 버린 뒤에 후회해."

"추억이라기보다는 본인이 무척 갖고 싶어 하다 산 코트여서 말이야. 가격도 꽤 했던 것 같고."

미츠로 씨가 나직하게 중얼거렸다.

그 말을 듣고 있던 큐피는,

"아무도 안 입으면 코트가 불쌍하잖아!"

하고 말했다.

"그렇지만 큐피가 어른이 되면 못 입을지도 몰라."

내가 말하자,

"입지 않을 거야."

진지한 얼굴로 대답했다. 그것보다도,

"난민에게 보내주자."

라는 말을 다했다. 난민 문제를 학교에서 배운 것 같다. 그냥 버리는 게 아니라, 누군가 미유키 씨의 유품을 소중히 사용해줄 사람이 있다면 그에게 주는 게 좋을지도 모른다. 그렇게 하면 미유키 씨의 코트도 쓸모없어지지 않는다.

"미유키는 곧잘 성금을 냈지."

미츠로 씨 말에,

"그러게, 일기장에도 '오늘은 100엔 성금했다'라든가 그런 메모들이 종종 있던데, 그렇게 하는 편이 좋겠네."

나도 동의했다. 그렇게 해서 미유키 씨의 옷 중에 아직 입을 수 있는 것은 깨끗이 빨아서 자선단체에 기부하기로 했다. 아주 명안이다.

미유키 씨의 사진은 전부 큐피에게 물려주었다. 설령 큐피가 미유키 씨를 기억하지 못한다 해도 큐피를 낳아준 사람이니까.

"가끔은 나도 보여줘."

부탁했더니 큐피는 웃는 얼굴로, 좋아요, 라고 해주었다. 미유키 씨가 다닌 치과의 진찰권이나 화장품 포인트카드는 처분했다.

이층침대는 일단 해체해서 옮긴 뒤 다시 조립해서 큐피의 방에 두기로 했다. 내가 예전에 사용했던 방을 큐피에게 물려주었다.

침대는 1단만 사용하고 다른 1단은 필요로 하는 사람에게 주자는 안도 나왔지만, 앞으로 큐피에게 여동생이나 남동생이 생길지도 몰라서 그 상태로 사용하기로 했다. 집에 손님이 올 때 사용해도 좋다.

냉장고와 세탁기는 우리 집에 사용하는 것이 있고, 미츠로 씨 것은 좀 낡아서 가전제품 재활용 센터에서 가져가기로 했다. 전자 레인지는 우리 집에 없어서 미츠로 씨가 사용하던 것을 그대로 사용하기로 했다. 물론 전자레인지도 리어카로 날랐다.

11월 말까지 모든 이사를 마칠 예정이었다.

큐피의 붓글씨 공부는 보름에 한 번 꼴로 계속했다. 보통 토요일 오후에 한다.

초등학교 1학년 교과 과정에서 배우는 한자가 꽤 있다. '空(공)', '花(화)', '金(금)', '草(초)'도 1학년 때 배운다.

그중에서도 '一(일)'이나 '二(이)'나 '三(삼)'은 특히 어렵다. 얼핏 봤을 때 간단해 보이는 글씨일수록 실은 미묘한 느낌을 내기가 어렵다.

나는 아직 '一'을 만족스럽게 쓴 적이 없다. 그런데 큐피의 '一'

은 훌륭했다. 아무런 주저도 잡념도 없는, 당당한 '一'이다. 아마 잘 써야겠다고 생각하지 않기 때문에 이렇게 쓸 것이다.

오늘의 과제는 '生(생)'이다.

먼저 내가 해서로 시범을 보인 뒤, 몇 번 뒤에서 큐피의 손을 잡고 흐름을 잡아주면 다음은 큐피가 스스로 연습한다.

그 옆에서 나도 붓을 들었다. 두 사람이 이 집에 이사 오기 전까지 문패를 써야 한다. 알고는 있었지만, 미루다 보니 날짜가 꽉 차버렸다. 전에 있던 '雨宮(아메미야)'에서 '守景(모리카게)'로 문패를 바꾸는 것이다.

'守'는 가족 셋이 서로 기대어 사이좋게 사는 이미지로 잘 쓸 수 있었지만, '景'은 꽤 어려웠다. 자칫하면 위에 있는 '日'과 아래에 있는 '京' 자가 따로 논다. 선대가 쓴 '雨宮(아메미야)'에 미치지 못한다는 건 알고 있었지만, 역시 집의 얼굴인 문패에 부끄러운 글씨를 달고 싶지 않았다.

다만 잘 쓰려고 의식하면 할수록 내가 쓰고 싶은 글씨에서 멀어진다. 너무 씩씩하지 않고, 너무 부드럽지도 않으며, 누구나 쉽게 읽도록 기교를 부리는 게 아니라 늠름한 자태의 글씨를 쓰고 싶은데, 현실은 좀처럼 써지지 않았다.

"선생님, 다 썼습니다."

묵묵히 연습하던 큐피가 오랜만에 소리를 냈다. 일단 붓글씨 시간에는 경어를 사용하기로 약속했다. 큐피는 그 약속을 잘 지키고 있다.

"잘 썼네."

힘찬 필체로 '生' 자를 썼다.

'生'은 초목이 지상에 태어난 모습을 나타내는 상형문자로 생명의 발견이 어원이라고 한다.

붉은색 먹물로 좋은 점에는 동그라미를 하고, 고칠 부분에는 주의점을 적어 넣었다. 이것으로 충분히 잘 썼다는 생각이 들기도 하지만, 바로 만점을 주면 공부가 되지 않는다. 물론 애써 흠잡을 생각은 없지만.

큐피가 다시 '生' 자에 전념하는 동안, 나도 다시 집중하여 '守景(모리카게)'를 연습했다.

아름다운 고요함과 밝은 빛이 이 집을 감싼 이미지를 상상하면서 붓을 움직였다.

다만 붓글씨는 시간을 들여서 많이 연습한다고 이상적인 글씨에 가까워지는 게 아니다.

뭐든 그럴지 모르지만, 어떤 점을 경계로 하여 집중력은 또 산만해진다.

마음이 흐트러지면 글씨도 그렇게 된다. 그 집중력의 정점을 찾는 것이 중요한 열쇠다. 써야 할 때를 판단하는 것은 자신밖에 없다.

지금이야, 하는 소리가 들려서 한 번 더 경건하게 먹을 갈았다.

그리고 깔개 위에 목판을 올렸다.

붓에 먹물을 듬뿍 머금게 한 뒤, 벼루 구석에서 양을 조정하여 망설임 없이 단숨에 붓을 움직였다. 쓰는 동안은 아무 생각도 하지 않는다.

모리카게16

겨우 두 글자 쓰는 데 이만큼 긴장한 것은 오랜만이었다. 백점 만점이라고는 할 수 없지만, 85점 정도는 된다. 이거라면 선대에게도 뭐, 그럭저럭 썼네, 정도의 칭찬은 들을 수 있을 것이다. 다음 달부터 이 글씨가 우리 집 얼굴이 된다.

붓글씨 연습 후, 차와 간식을 먹고 큐피를 옆집 바바라 부인에게 잠시 맡긴 뒤, 나는 자전거를 타고 두부가게까지 내달렸다. 오늘 저녁은 두부전골이다.

가마쿠라는 사람이 많이 사는 데 비해 두부가게가 적다고 한탄한 것은 선대였다. 나도 동감이다. 고마치도리에 가면 두부를 파는 가게가 있지만, 관광객을 상대로 하는 장사여서 가마쿠라 주민이 가볍게 사러 갈 만한 곳이 아니다. 예쁜 포장 따위는 필요 없으니, 마을의 평범한 두부를 먹고 싶다.

그런 생각을 하던 참에, 얼마 전 드디어 두부가게를 발견했다. 장소는 이마코지로, 시청 사거리에서 주후쿠사(壽福寺)로 가는 길 도중에 있다.

공교롭게 내가 지나갈 때는 닫혀 있었다. 어쩐지 주 2일밖에 영업을 하지 않는 것 같다. 게다가 정말로 옛날 모습 그대로인 가게로, 갖고 온 냄비나 용기에 두부를 담아준다고 한다.

인파를 피하기 위해 동네 사람들만 아는 지름길로 갔다.

이 지름길은 거의 지역 주민밖에 이용하지 않는다. 와카미야대로와 고마치대로 사이에 난 좁은 골목은 언제나 한가롭고, 소박하고, 평온하다. 이곳을 지날 때마다 기분이 맑아진다. 차가 들어가지 않아서 아이도 노인도 안심하고 걸을 수 있다.

나도 자전거를 끌면서 걸어갔다.

가정집 담장에 산다화가 피어 있고, 길고양이가 양지에서 떡처럼 퍼져 있다.

조금 멀리 돌지만 유키노시타 교회를 돌아서 참배길을 횡단하고 또 고마치도리도 가로질러서, 다음 골목길로 들어가 북쪽으로 걸어간다. 성 미카엘 교회 모퉁이를 왼쪽으로 돌아서 선로를 넘으면 인파에 휩쓸리는 일 없이 이마코지의 두부가게까지 도착한다.

이런 잔머리라도 쓰지 않으면 주말의 가마쿠라에서는 미동조차 할 수 없다. 어딜 가도 사람, 사람, 사람으로 요 앞에 잠깐 심부름이라는 태평스런 소리는 하지도 못한다. 세계유산 따위 되지 않았더라면 좋았을 텐데, 가마쿠라 주민은 속으로 은근히 그렇게 생각한다.

두부는 연두부와 일반 두부를 각각 한 모씩 샀다. 내게 두부라고 하면 연두부지만, 미츠로 씨는 일반 두부야말로 두부 중의 두부라고 주장한다. 고작 두부로 부부싸움을 하는 것도 바보 같아서 연두부와 일반 두부를 둘 다 사서 반씩 넣기로 했다. 그리고 간모도키(두부를 으깨어 각종 야채와 섞어서 튀긴 것─옮긴이)와 두부 푸딩도 샀다.

두부가게에서 돌아오는 길에 문득 생각나서 주후쿠사에 들러보았다.

참배길 입구에 자전거를 세우고, 빈손으로 산문 계단을 올라갔다. 선대가 좋아한 장소이자, 미츠로 씨가 나를 업어준 추억의 장소이다.

이곳에서 모든 것이 시작됐다고 해도 과언이 아니다. 산문의 나무들은 이제나 저제나 색이 들 준비를 하고 있다.

자전거 바구니에 그냥 두고 온 두부를 신경 쓰면서 잠시 마사코 씨 묘에도 들렀다. 거리로는 그리 멀지 않지만, 장소가 장소인 만큼 소풍 온 기분이 들었다. 큰 돌로 쌓은 성루 중 하나가 마사코 씨의 무덤으로, 언제 가도 예쁜 꽃이 꽂혀 있다.

큐피와 바바라 부인은 색칠공부를 하고 놀았다고 한다. 바바라 부인에게 선물로 두부 푸딩을 건넸다.

"다음 달부터 우리 집에서 같이 살게 됐어요. 잘 부탁합니다."

정식으로 보고하자,

"나야말로 앞으로 잘 부탁합니다."

바바라 부인도 정식으로 머리를 숙였다.

"북적거리게 돼서 기뻐."

"그렇지만 시끄러울지도 몰라요. 그럴 때는 가차 없이 말씀해
주세요."

지금까지는 나도 혼자, 바바라 부인도 혼자여서 이웃에서 소리
가 들려도 그걸 오히려 즐겁게 생각하며 어울릴 수 있었다. 그러
나 우리 집이 세 명이 되니 생활음도 늘어날 테고, 대화도 시끄러
울지 모른다. 이제 와서 그 사실을 깨닫고 나니 불안해졌다. 우리
의 동거가 바바라 부인의 건강에 나쁜 영향을 끼치면 안 된다.

"포포, 그렇게 어두운 얼굴 하지 마. 반짝반짝."

얼굴을 들자 바바라 부인이 웃고 있다.

"그러게요, 반짝반짝."

미츠로 씨의 전부인이 어떻게 세상을 떠났는지 바바라 부인에
게만 얘기했다. 그래서 한층 바바라 부인이 말하는 반짝반짝이 가
슴에 와닿았다. 그렇다. 내게는 반짝반짝 주문이 있다.

일단 집으로 돌아온 뒤 머플러를 두르고 두부를 들고 밖으로 나

왔다. 벌써 별이 떴다. 츠바키 문구점의 얼굴인 동백꽃에도 조금씩 봉오리가 열렸다.

그렇게 요란하더니, 어느새 금계목 향이 나지 않게 됐다.

그 대신 어딘가에서 낙엽이라도 태우는 걸까. 차가운 공기층에서 희미하게 연기 냄새가 떠돌았다.

"돌아갈까."

큐피의 손을 잡았다. 따듯하고 보들보들한 큐피의 손바닥은 몇 번을 잡아도 나를 행복한 기분이 들게 한다.

동거까지 앞으로 일주일이다.

이렇게 토요일 저녁에 미츠로 씨 집을 향해 걸어가는 일도 이제 없겠구나 생각하니, 좀 아쉬운 기분이 들었다. 주말부부는 나름대로 즐거웠다.

드디어 동거 날짜가 내일로 다가와서 2층에서 이불을 말리고 있는데,

"실례합니다."

가게 쪽에서 새된 목소리가 들렸다.

"네에, 잠깐만 기다려주세요오."

지금 이불을 걷지 않으면 오히려 습기로 무거워지므로, 황급히 이불을 집 안으로 들였다.

이불을 걷은 채 그대로 두고 뛰는 걸음으로 가게로 갔더니, 마담 칼피스가 서 있었다.

"어째 여긴 하야마보다 추워!"

마담 칼피스가 다리를 덜덜 떨면서 몸서리를 쳐서, 이내 난로에 불을 켰다.

"바로 따뜻한 차 가져오겠습니다."

내가 일어서자,

"또 당신한테 대필을 부탁하고 싶어서."

내 등에 대고 마담 칼피스가 말했다. 오늘도 마담 칼피스는 온몸이 물방울무늬다.

부엌에서 따뜻한 레몬차를 만들었다. 꿀에, 레몬과 생강, 시나몬, 클로브, 카르다몸을 절여두어서 오는 계절에는 따듯하게 포도주에 타서 핫와인으로 먹어도 좋다.

레모네이드를 쟁반에 올려서 갖고 가니, 마담 칼피스가 열심히 볼펜 쓰기 연습을 하고 있다.

"그거, 굉장히 잘 써지죠."

마담 칼피스가 들고 있는 것은 내가 가장 추천하는 수성 볼펜이었다.

막 난로에 불을 피운 참이어서 츠바키 문구점에는 아직 등유 냄새가 남아 있다. 그걸 미안하게 생각하면서 마담 칼피스에게 레몬차를 권했다. 동그란 의자는 마담 칼피스가 직접 꺼내서 앉았다.

마담 칼피스가 처음으로 츠바키 문구점에 나타난 것은 이 년 전 여름쯤으로, 애도 편지를 부탁받은 것이 처음이었다.

이어서 마담 칼피스의 손녀, 고케시도 가게에 나타났다. 그때는 초등학생인 고케시한테 선생님에게 연애편지를 써달라는 주문을 받았지만, 결국은 쓰지 못하고 끝났다.

그 후 마담 칼피스와 남편을 맺어준 대필을 쓴 사람이 선대란 걸 알았다. 마담 칼피스는 내가 잊을 만하면 불쑥 나타나서 문구용품을 사 간다. 하지만 대필을 부탁한 것은 처음 한 번뿐이었다.

"이번에는 어떤?"

마담 칼피스가 잠자코 있어서 내 쪽에서 말을 걸었다.

한 번이라도 대필을 한 적이 있는 상대는 나도 편히 대한다. 아주 짧은 시간이지만, 대필을 하는 동안 나는 그 사람이 된다. 그 사람의 마음을 통해 그 사람의 인생을 엿보았기 때문에 생판 남이라는 생각이 들지 않는다.

"어떻게 하면 좋을지 갈등이 돼서……."

마담 칼피스가 한숨을 쉬었다. 언제나 딱 부러지고 시원시원한 마담 칼피스와는 완전히 다른 모습이었다.

"미즈호 씨가 병이 났어."

미즈호 씨라고 해서 순간, 또 사람이 아닌 게 아닐까, 하고 나도 모르게 마음의 준비를 했다. 지난번 조문 편지는 아는 사람이 키우던 원숭이의 명복을 비는 것이었다.

그러나 이번에는 동물 상대가 아닌 것 같다. 마담 칼피스는 무거운 어조로 얘기를 계속했다.

"미즈호 씨한테 내가 돈을 빌려줬어. 돈을 빌려줬다고 해야 하나, 대신 내줬다고 해야 하나? 한참 전의 일이긴 한데, 둘이서 나라에 여행을 갔었거든. 그때, 내가 신칸센 차푯값을 같이 냈는데, 자, 하고 차표를 줬더니 그냥 받아 넣더라고. 대신 낸 돈을 받지 못하고 그대로 넘어갔어."

슬슬 가게가 따뜻해졌다. 밖에는 이미 해가 저물고 있었다.

오늘 작은 꽃병의 꽃은 차꽃이다. 선대가 쓴 대로 차꽃은 자그마한 동백꽃 같아서 보고 있으면 미소가 지어진다.

"그런 일이 있었군요."

나도 적당한 온도로 식은 레몬차를 마시면서 맞장구를 쳤다.

"본인은 분명히 잊고 있겠지. 고의는 아닐 거라고 생각해. 근데 나는 계속 마음에 걸려서. 그깟 신칸센 왕복 차푯값이 얼마나 되냐고 하면 그만이지만, 뭔가 마음속에서 꺼림칙함이 가시지 않아. 벌써 몇 년 전 일이어서 나도 잊어가고 있었는데, 병에 걸렸다고 본인한테 연락이 온 거야. 방정맞지만, 만약 이대로 미즈호 씨가 세상을 떠난다면, 나 미즈호 씨가 죽은 뒤에도 줄곧 빌려준 돈을 생각할 것 같아. 뭐랄까, 미즈호 씨의 죽음을 순수하게 슬퍼하지 못하는 게 아닐까 싶고, 고작 몇 만 엔으로 끙끙거리는 내가 싫다고 할까, 한심해. 그런 생각을 하면 우울해져."

내게 얘기하고 나니 기분이 좀 나아진 걸까. 아까 가게에 왔을 때보다는 말투가 가벼워졌다.

"미즈호 씨 병은 심각하세요?"

중요한 것일지도 몰라서 나는 더 깊이 질문했다.

"본인은 입원한다라는 말밖에 말하지 않아서 모르지만, 그렇게 가벼운 건 아닐지도 몰라. 그 사람, 이혼해서 아이도 없고. 가까이에서 돌봐줄 사람이 없어서, 사실은 나도 되도록 도와주고 싶어. 그래서 돈 문제가 더 마음에 걸려. 그렇잖아, 입원하면 이래저래 돈도 많이 들잖아. 야박하게 갚으란 말도 못하겠고, 정말로 난감해서……. 그래서 당신한테 편지를 써달라고 부탁해야겠다는 아이디어가 번쩍인 거야."

번쩍였다는 표현이 너무나도 마담 칼피스다웠다. 그러나 나보다 인생 경험이 풍부한 마담 칼피스가 골머리를 앓는다는 것은 내게도 절대 쉽지 않은 일이다. 대필 일은 매번 고난의 연속이지만, 이번에는 한층 더 난이도가 높은 것 같다.

"써줄 수 있을까?"

마담 칼피스가 애원하는 눈으로 바라보았다.

여기서 싫어요, 할 수는 없다. 선대라면 분명히 맡았을 것이다. 하지만 지금 내가 이 문제를 해결할 만큼 설득력 있는 편지를 쓸 수 있을까. 솔직히 자신 없었다. 경우에 따라서는 마담 칼피스와 미즈호 씨의 관계를 더 나쁜 쪽으로 끌고 갈지도 모른다.

"잠시 생각할 시간을 주시겠어요?"

못 하는 일을 할 줄 안다고 말하지 않도록 하자. 단순히 그렇게 생각했다. 결과적으로 그것이 마담 칼피스를 도와주는 일일지도 모른다.

"그래요, 당신이 결정할 때까지 기다릴게. 오늘은 아까 그 볼펜만 사서 갈게."

마담 칼피스가 의자에서 벌떡 일어났다. 나는 마담 칼피스가 고른 볼펜을 가지러 자리에서 일어나, 봉지에 담아주고 볼펜 값을 받았다.

마담 칼피스가 가게를 나갈 무렵엔 바깥이 완전히 어두워졌다.

문패도 바꿔 달고, 미유키 씨의 불단도 우리 집에 들어왔다. 큐피의 방도 생겼다. 두 사람을 기분 좋게 맞이하고 싶어서 창문도 닦고, 화장실도 꼼꼼하게 청소했다. 내가 태어나 자란 집에서 미츠로 씨와 큐피가 함께 살다니, 상상하면 절로 입이 벌어진다. 그러나 그게 현실이 된다.

기다리고 있을 수가 없어서 마중을 나갔다. 마침 두 사람은 니카이도강 다리를 건너는 참이었다. 미츠로 씨는 여행용 가방을 덜덜 끌고 오고, 큐피는 책가방을 메고 있다.

"환영합니다!"

다리 끝에서 나는 소리쳤다.

"앞으로 신세 좀 지겠습니다."

미츠로 씨가 숙연하게 말해서,

"이제, 미츠로 씨도 이 집 주인이니까 당당해지세요."

새롭게 건 문패를 떠올리면서 나는 말했다.

이렇게 모리카게 가는 정식으로 한 지붕 아래 살게 됐다.

다만, 공동생활은 실제로 살아보지 않으면 모르는 일투성이다.

빨래도 많이 나오고, 설거지도 혼자 살 때와는 완전히 달랐다. 냉장고에는 항상 먹을 것을 쟁여두지 않으면 불안하고, 청소도 잠시만 소홀히 하면 이내 더러워졌다.

미츠로 씨는 내년부터 새 가게의 오픈을 위해 분투하고 있지만, 그동안은 수입이 없어서 경제적으로는 내가 노력해야 한다. 누군가를 부양하며 나는 그제야 선대의 입장을 이해했다. 선대도 나를 먹여 살리기 위해 필사적으로 일했을 것이다.

동거하기 전에는 매일 가족이 모여서 같이 아침을 먹을 수 있다고 기뻐했지만, 실제로는 당치도 않았다. 큐피를 시간 맞춰서 학교 보내는 것만도 큰일이어서, 아침부터 머리를 산발하고 허둥지

둥 뛰어다니기 일쑤다.

그래도 일어나자마자 혼자 교반차를 마시는 즐거움은 확보하고 싶어서, 자명종 시계를 지금까지보다 훨씬 일찍 맞춰놓았다. 결과적으로 나는 밤이 채 가시기 전에 일어나서 몸단장을 하고 아침이 오기를 기다렸다.

빨래 널기와 부엌 정리, 욕실 청소는 미츠로 씨가 해주었다. 집안일은 미츠로 씨 쪽이 훨씬 잘했다.

다만 조심해야 하는 것은 일과 생활을 제대로 분리하는 것이다. 가족과 동거한다고 해서 츠바키 문구점에 살림의 냄새가 배는 것은 피하고 싶었다. 내가 츠바키 문구점을 물려받은 지 내년이면 삼년이 된다. 그동안 조금씩 손을 봐서 상품 라인업도 미묘하게 달라졌다. 드디어 나와 동세대이거나 훨씬 연상인 손님이 늘어났다.

큐피와 미츠로 씨를 각각 학교와 일터에 보낸 뒤, 지금까지와 마찬가지로 츠바키 문구점 개점 준비를 시작한다. 가게 앞과 골목을 빗자루로 쓸고, 문종의 물을 갈고, 가게 유리문을 마른 수건으로 닦았다.

가게 안 청소는 언제나 폐점 후에 하지만, 그래도 바닥에 먼지나 머리칼이 떨어져 있지 않은지, 상품에 흠집이 나지 않았는지, 테스트 용지는 떨어지지 않았는지 등, 가게를 열기 전에 한 차례 더 점검한다. 꽃병 물을 가는 것도 이때다. 마지막으로 집에 돌아와 화장실을 다녀온 후, 거울을 보며 얼굴을 체크하고 드디어 가게를 연다.

세 식구의 생활이 겨우 궤도에 오른 11월 중순, 두 남녀가 가게에 찾아왔다. 당연히 관광 온 길에 들른 줄 알았더니 그렇지 않았다.

난로에 올려놓은 주전자에서 뜨거운 물을 따라 유자차를 탔다. 요전에 미즈로 씨 본가에서 대량의 유자를 보내주어서 그것과 사탕수수당을 섞어서 만든 것이다.

"상중 엽서를 부탁하고 싶습니다."

남편이 말했다.

지금은 편의점에서도 간단히 상중 엽서를 만들 수 있다. 연하장 주소 쓰기를 부탁받는 일은 있어도 상중 엽서 대필 의뢰는 처음이었다. 무엇보다 대필 의뢰를 하러 두 사람이 온 것 자체가 드문 일이다. 두 사람은 약지에 결혼반지를 끼고 있었다.

왠지 모르게 나쁜 예감이 들었지만, 그렇지 않기를 필사적으로 기도했다. 하지만 역시 그랬다. 두 사람은 자식을 잃은 지 얼마 되지 않았다고 한다. 부인은 시종 고개를 숙인 채, 얼굴을 들지 않았다. 금방이라도 쓰러질 것 같은 부인의 몸을 남편이 뒤에서 가만히 부축하고 있다.

"생후 8일째 아침이었습니다. 문득 보니 이미 숨을 쉬지 않고 있었어요."

너무 감정이입을 하면 안 된다는 걸 머리로는 알고 있다. 그러나 무리였다. 그만 눈물을 쏟고 말았다.

"겨우 생긴 아기였답니다. 그전에 한 번 유산을 했어요. 유아돌연사증후군이라고 합니다만, 원인은 아직도 불확실한 상태입니다."

"아들이 태어났다는 증표를 남기고 싶어서……."

간신히 소리를 쥐어짜듯이 아내가 속삭였다.

"아드님 이름은?"

내가 묻자,

"진실 할 때 진(眞)에 살 생(生)을 써서 마오라고……."

참지 못하고 끝내 남편도 목이 멨다.

"마오. 알겠습니다. 마오를 위해 최선을 다해서 쓰도록 하겠습니다."

내게도 딸이 있는 지금, 부부의 슬픔은 절대 남의 일이 아니다.

부끄럽지만, 나는 지금까지 상중 엽서는 단순히 형식적인 거라고 생각했다. 엽서에 담긴 깊은 슬픔까진 미처 생각하지 못했다. 그러나 마오의 부모를 만나고 생각이 바뀌었다.

남편이 마오의 출생 기념으로 찍은 손도장을 보여주었다. 세상을 떠나기 전날 찍은 거라고 한다.

"조그맣네요."

내가 중얼거리자,

"그렇지만 지문도 손금도 다 있습니다."

남편이 미소를 지었다.

"손톱도 귀여웠어."

부인은 손수건을 눈가에 가져가면서 말했다. 그걸 보자 일단 들어갔던 눈물이 다시 부활했다.

"미안해요, 울기만 해서."

부인이 사과해서 나는 아무 말도 하지 못했다. 이렇게 슬픈 일이 있는데 나를 신경 써주고 있다.

"장례식도 조용히 하고 아직 주위에는 알리지 않았답니다. 그렇지만 출산 축하해요, 하고 인사를 건네면 아무래도 괴로울 테니 상중 엽서를 보내기로 했어요. 그걸 보내고 나면 우리도 조금은 아들의 죽음을 받아들일 수 있을지 모르겠습니다."

눈앞의 남편은 담담히 얘기했지만, 이곳에 오기까지 많은 갈등이 있었을 것이다. 미츠로 씨가 그랬듯이 남편도 아내도 자신의 잘못이 아닐까 자책했을 것이다.

"산다는 게 기적이네."

밤에 이불 속에 들어가서 천장을 보며 미츠로 씨에게 말했다.

비밀엄수 의무가 있어서 자세히 얘기하진 못하지만, 미츠로 씨와 그런 얘기를 하지 않을 수 없었다.

"겨우 8일밖에 살지 못하다니, 어떤 기분일까?"

내가 숙연하게 얘기하자, 미츠로 씨는,

"매미?"

당연한 듯이 반문했다.

"아냐, 뭐야, 미츠로 씨, 심각한 얘기할 때 웃기지 마."

"미안, 미안. 하긴 매미가 지상에 나와서 8일밖에 살지 못한다는 것도 도시전설이지만. 실제로는 좀 더 오래 사니까."

과연 대자연에서 자란 미츠로 씨답다.

"그렇지만 사람한테 8일은 너무 짧아. 본인은 행복했을 거라고 생각해?"

나는 줄곧 그 생각을 했다.

"그야 행복했겠지. 인생은 길든 짧든 그동안을 어떻게 살았는가의 문제니까. 옆 사람과 비교해서 자신은 행복하네 불행하네 판단할 게 아니라, 스스로 행복하다고 느꼈는가 어떤가 하는 문제지. 겨우 8일이었어도 그 아이가 행복의 강보에 싸여 부모님의 사랑을 듬뿍 받았다면 분명히 행복했을 거야."

"그러네. 그 점에서는 틀림없이 행복했겠네."

나는 낮에 나란히 가게에 찾아왔던 마오의 부모를 떠올리면서 말했다.

"그런데 아무리 본인은 그렇더라도 주위 사람들은 어떨까. 사랑하는 사람들은 하루라도 더 함께 오래 있고 싶은 법인데, 하물며 그게 자식이라면."

"슬픔은, 끝이 없겠지."

만약, 만약에 큐피가 그런 일을 당한다면 나는 발광할지도 모른다.

"미유키 씨, 보고 싶어?"

나도 갑자기 그런 말을 해놓고 깜짝 놀랐다. 방심한 틈에 그만 입 밖으로 나와버렸다.

"보고 싶지, 그야."

"그지, 보고 싶지."

당연한 것을 물은 자신이 부끄러웠다. 미츠로 씨가 보고 싶지 않다고 대답할 리 없는데.

"괜한 질문해서 미안."

사과했다.

"나도 요즘 선대를 보고 싶다는 생각이 많이 들어. 더 많은 것을 배워두었으면 좋았을 텐데, 하고. 그렇지만 이제 만날 수가 없잖아. 그 사실에 깜짝 놀라."

잘 자, 하고 나는 말했다.

"잘 자."

미츠로 씨도 눈을 감았다.

눈을 감은 뒤에도 나는 마오를 생각했다.

수명이라고 생각하기로 했다고, 마오의 아빠는 말했다.

다음 날 아침, 아직 어두울 때 먹을 갈고, 마오의 부모에게 의뢰받은 상중 엽서를 썼다.

마음을 깨끗이 가다듬고 마오가 살아 있었다는 증표를 전하기로 했다.

연말연시에 상중 인사를 드려서 죄송합니다.

10월 20일, 아들 마오가 영면했습니다.

단 8일 동안의 생애였습니다만,

마오는 짧은 생을 마치고

천국으로 여행을 떠났습니다.

마오의 탄생을 축복해주신 많은 분들께

감사드립니다.

아직은 마오와의 이별이 안타깝고 슬픔 속에

보내는 날이 계속되고 있습니다만,

언젠가 다시 웃는 얼굴로

여러분과 재회할 날이 오기를

바라 마지않습니다.

그때까지 부디 저희 부부를 따뜻한 시선으로

지켜봐주시면 고맙겠습니다.[17]

붓을 놓고, 잠시 눈을 감고 묵도했다.

마오는 그들을 부모로 선택하여 다시 돌아올 것이다. 분명히 그
럴 것이다.

그때는 오자마자 떠나지 말고, 더 오래 이쪽 세상에 있어주렴,
하고 나는 천국의 마오에게 말했다.

싱크대에서 벼루를 씻고 있는데 짹짹하고 귀여운 참새 소리가
나고, 조금 있으니 날이 샜다. 매일 각자 큰 개를 데리고 집 앞을
지나가는 여성 2인조가 오늘 아침에도 명랑하게 수다를 떨면서
걸어간다.

한동안 보이지 않던 아줌마는 최근 다시 자주 나타났다. 아줌마
도 역시 나와 미유키 씨와 마찬가지로 미츠로 씨를 좋아하는지도
모른다.

이번 상중 엽서는 인쇄소에 원고를 갖고 가서 인쇄하면 내가 주
소를 쓰고 우표를 붙여서 우체통에 넣는다.

마오가 이 세상에 태어났고, 살았던 것을 많은 사람이 기억하는
한, 마오는 사람들의 마음속에 계속 살아 있다. 이 상중 엽서가 그

런 역할을 한다면 더 바랄 나위가 없겠다.

올해는 단골손님에게만 연하장 주소쓰기 의뢰를 받고, 신규는 받지 않기로 했다. 그래도 12월 중에 상당한 매수의 주소쓰기를 해야 한다. 그 작업이 한꺼번에 시작되기 전에 내게는 정리해야 할 일이 있었다.

줄곧 숙제처럼 미뤄두었던 마담 칼피스의 의뢰 건이다.

이제야말로 슬슬 결론을 내려야 한다. 마담 칼피스도 올해 안에는 마무리를 짓고 싶다고 했다.

고타츠(나무로 만든 탁자에 이불을 씌운 온열기구―옮긴이)에 들어가서 귤을 먹으며, 어떻게 할까, 계속 생각했다.

셋이서 살게 된 뒤로 선대가 있던 시절에 쓰던 고타츠를 창고에서 꺼냈다. 사용할 수 있을까 불안했지만, 콘센트에 꽂아보니 아무 문제없었다. 고타츠 이불은 가마쿠라의 습기로 인해 곰팡내가 나서 새로 맞추었다. 오래된 일본 가옥은 특히 발이 시려서 고타츠가 필요하다.

유일한 문제점은 한번 다리를 넣으면 좀처럼 움직이지 못한다는 것이다. 큐피도 미츠로도 고타츠에서 떠나려고 하지 않는다. 가족 전원이 고타츠에 모인다.

필기구는 이미 정해두었다. 그런 내용의 편지를 길게 편지지 몇 장에 쓰면 받는 쪽의 마음이 무거울 것이다. 앞으로도 계속 친구로 지내고 싶다면 용건만 간단히 쓴 편지가 좋을 거라고 생각한다.

최근에는 미니 편지지도 상당히 충실하고 디자인도 다양하다. 미니 편지지에 붓펜으로 쓴다는 것이 내가 생각한 이미지였다. 붓펜이라면 전에 마담 칼피스가 츠바키 문구점에서 구입한 적도 있고, 붓처럼 무겁지도 않고 볼펜처럼 가볍지도 않다. 미니 편지지에 붓펜으로 약간 엉성하게 쓰는 편이 오히려 마담 칼피스의 진의가 잘 전달될 것 같았다. 마담 칼피스도 상대를 상처 입히려는 게 아니다.

나는 고타츠에 다리를 넣은 채 단숨에 써나갔다.

세월이 정말 빠르네요. 미즈호 씨와

나라에 여행간 지가 벌써 몇 년이나 됐더라?

참 즐거웠죠.

그런데 그때 내가 두 사람의 왕복 신칸센

차표를 샀는데, 실은 그때 차푯값을 아직

받지 못했네요, 미즈호 씨.

나중에 은행에 가서 찾아올게요, 하고

그대로 잊어버렸나봐요.

내가 제대로 전했으면 좋았을 텐데,

왠지 말하기가 좀 그래서. 쩨쩨한 사람

이라고 생각되는 게 싫어서 말하지

못하고 차일피일하고 말았어요.

당신이 아픈 걸 알면서,

이런 타이밍에 말하는 건 정말로 실례라고

생각해요. 그렇지만 나, 앞으로도

미즈호 씨와 잘 지내고 싶어서

큰마음 먹고 말하기로 했어요.

돈 문제로 우물쭈물하는 건 나도 싫고,

당신 역시 내가 그런 식으로

생각한다는 걸 알면 찜찜할 테니까요.

하루빨리 병이 낫기를 간절히 기도합니다.

그리고 내가 할 수 있는 일이 있다면 부담 없이

말해줘요. 건강해지면 둘이서 또

어딘가 온천에라도 가지 않을래요?[18]

다음 날, 편지를 썼다고 마담 칼피스에게 보고했더니 무척 기뻐

했다. 이럴 때는 솔직하게 있는 그대로의 감정을 쓰는 게 좋다. 너

무 어렵게 생각한 것은 나였는지도 모른다. 평상복 차림으로 고타 츠에 다리를 넣고 편하게 쓰길 잘했다.

문득 정신을 차리고 보니 완전히 단풍이 물들었다. 길가에는 수선화가 피어 있고, 아침에는 서리가 내렸다. 츠바키 문구점의 야생 동백꽃도 거의 다 폈다. 생각해보니 격동의 일 년이었다.

왠지 무작정 단풍이 보고 싶어서 일요일 아침 세 식구는 시시마이 계곡에 갔다. 시시마이 계곡은 가마쿠라의 숨은 단풍 명소다. 미츠로 씨에게 시시마이 계곡 얘기를 했더니, 가본 적이 없다고 해서 내가 안내했다. 큐피도 시시마이 계곡은 처음이다.

작은 다리를 건너서 길을 따라 안으로 좀 들어가니 철탑이 보였다. 그 옆의 밭에는 거대한 배추가 흙 위로 얼굴을 쑥 내밀고 있다.

산으로 들어가는 입구에 다람쥐가 있었다. 그대로 니카이도강 원류를 향해 산길을 걸어갔다. 발밑이 미끄러워서 큐피의 손을 꼭 잡았다. 아직 이른 아침인 탓인지 사람은 그리 많지 않았다. 가지와 가지 사이에 걸린 거미줄이 수정처럼 반짝였다. 강을 흐르는 물소리까지 차가웠다.

산길을 이십 분쯤 올라가자, 저 너머에 색색의 숲이 보이기 시작했다.

"저기가 시시마이야."

내가 그렇게 말하는 순간, 큐피가 손을 탁 뿌리치고 달려갔다.

거기 있는 것은 사람의 손이 닿지 않은, 자연 그대로인 숲의 단풍이었다. 절에서 보는 가지런하게 다듬은 나무들의 단풍에도 세련된 아름다움이 있지만, 이렇게 사람 손이 닿지 않은 단풍도 박력이 있다.

색깔도 선명한 나뭇잎 주단 위에 나란히 서서 우리는 넋을 잃은 채 올려다보았다. 은행잎의 노란색이 눈부셨다. 너무나 아름다운 광경에 한숨밖에 나오지 않았다. 빨강과 주황, 노랑과 초록의 이파리가 시야 가득 펼쳐졌다. 내 눈에는 보이지 않지만, 지금 이 순간에도 색은 시시각각으로 변해가고 있다. 한 장 한 장의 나뭇잎이 지구가 보내는 편지 같았다.

큐피는 신이 났는지 발로 나뭇잎을 차 올리고, 양손 가득 낙엽을 주워 공중에 날리기도 하며 놀고 있다. 깊숙한 곳에 생명의 에너지를 숨겨놓은 듯한 흙냄새에 현기증이 났다.

"올해도 다 가네."

"그러게, 눈 깜짝할 동안이었어. 미츠로 씨와 결혼한 게 올해라니 믿어지지가 않아."

미츠로 씨의 큰 손이 내 오른손을 부드럽게 감쌌다. 미츠로 씨는 키에 비해 손이 크다. 찬바람이 불어와 마른 낙엽을 감아올렸다. 마지막까지 가지에 남은 나뭇잎이 팔랑팔랑 비처럼 떨어졌다.

"춥다아."

미츠로 씨가 목을 움츠리면서 말했다. 미츠로 씨는 유난히 추위를 탄다.

"큐피, 가자."

미츠로 씨가 감기에 걸리면 안 되니까 적당한 때를 봐서 큐피를 불렀다. 큐피가 저쪽에서 숨을 헐떡거리며 돌아왔다.

속상한 일이 있으면, 난 단풍 계곡에 가서 힘껏 소리친답니다.

선대는 시즈코 씨에게 보낸 편지에 그렇게 썼다. 단풍 계곡이란 시시마이를 말한다. 선대는 뭐라고 소리쳤을까.

산길을 내려오면서 나도 힘껏 소리치고 싶어졌다.

바람이 불어서 고사리풀과 조릿대잎이 오케스트라의 합주처럼 하나 둘 셋 하고 흔들렸다.

셋이 나란히 왔던 길을 천천히 돌아가면서 미츠로 씨가 하늘을 올려다보았다. 주위에 펼쳐진 것은 그야말로 쇼와 시대를 그대로 남겨놓은 듯한 한없이 여유로운 풍경이었다.

"하토코는 풍선 할아버지 알아?"

잠시 들른 요후쿠사(永福寺)를 걸으면서 미츠로 씨가 느닷없이 말했다.

"풍선 아저씨? 들은 적 있는 것 같기도 하고, 없는 것 같기도 하고……."

"대충 설명하자면 그 아저씨는 몸에 풍선을 달고 그대로 날아가버린 사람이야."

"풍선으로 하늘을 날 수 있어?"

조용히 우리 대화를 듣고 있던 큐피가 눈을 반짝거렸다.

"절대로 큐피는 흉내 내면 안 돼."

내가 말하자마자, 큐피는 느닷없이 앞으로 뛰어나가며 큰소리
로 외쳤다.

"풍선 아저씨-----!"

그 모습을 보면서 미츠로 씨가 얘기를 계속했다.

"오늘 같은 파란 하늘을 보면 난 풍선 아저씨가 생각나더라. 실
제로는 옛날에 죽었지만, 이 파란 하늘 어딘가에 풍선 아저씨가
아직 있을 거란 상상을 하면 즐거워진다고 할까."

"알 것 같아, 그 기분."

나는 말했다.

"이 세상은 눈에 보이는 것만으로 이루어진 게 아니잖아. 지금
도 내 주위에는 선대나 미유키 씨가 존재하고 있어. 아침에 일어
나면 잘 잤어요? 하고 말을 걸기도 하고, 아까처럼 아름다운 풍경
을 볼 때는 예쁘죠? 하고 말을 걸기도 해. 내가 죽지 않는 한, 죽은
사람이라도 내 속에서는 줄곧 살아 있는 거라고, 그 사실을 최근
에 강하게 느끼게 됐어. 멋있게 말하려는 게 아니라, 정말로 함께
한다는 느낌이 들어."

말로 잘 설명하지 못하는 것이 안타까웠다. 그러나 확실히 그랬다. 선대도, 미유키 씨도, 지금 이 순간 우리와 함께 있다. 미덥지 못한 우리를 크고 투명하고 보들보들한 막 같은 것으로 부드럽게 지켜주고 있다. 그 사실을 피부로 실감한다.

가마쿠라궁 쪽을 향해 걸어가고 있는데 맞은편에서 바바라 부인이 오고 있었다. 머리에 초콜릿 케이크 같은 모자를 쓰고 한껏 차려 입었다.

"데이트 가세요?"

내 물음에 바바라 부인은, 후후후, 하고 행복하게 웃었다. 집 앞에서는 아줌마가 지루한 듯이 기지개를 켜고 있었다.

섣달그믐에는 화이트 스튜를 먹으며 해를 보냈다. 좀 더 맛있는 것을 만들려고 했지만, 큐피가 꼭 먹고 싶다고 주문을 했다.

밀가루를 버터에 볶아서 거기에 우유를 조금씩 부어가며 루를 만든다. 내용물은 감자와 당근과 양파와 송이버섯, 거기에다 도리이치의 닭고기다. 선대 흉내를 내느라, 비밀의 맛으로 흰된장을 넣어보았다.

화이트 스튜만으로는 너무 썰렁하니까 미츠로 씨가 굴튀김을 했다. 굴튀김을 집으면서 미츠로 씨와 따뜻하게 데운 사케를 나눠 마셨다.

나는 단연코 간장파지만, 미츠로 씨는 굴튀김에 소스를 뿌려서 먹는다. 지금까지 굴튀김에 소스를 뿌린다는 발상 자체를 해본 적이 없다.

"굴튀김에는 역시 간장 아냐?"

미츠로 씨에게 이의를 제기해보았지만, 미츠로 씨는 단호하게 소스를 뿌려 먹었다. 미츠로 씨 본가에서 대량의 유자를 보내주어서, 나는 간장과 함께 유자즙도 뿌려보았다.

너무 추워서 도중부터 고타츠로 이동했다.

"고타츠에서 따뜻한 사케라니, 부부 같네."

좀 능청을 떨며 말해보았다. 하지만 기다려도 미츠로 씨에게서 대답이 없다. 왜 그러지? 하고 얼굴을 들여다보니, 미츠로 씨가 손등으로 열심히 눈을 비비고 있었다.

"울어?"

놀라서 엉겁결에 물었다. 미츠로 씨 얼굴이 빨개졌다. 미츠로 씨는 술이 세지 않다. 취해서 감상적으로 변했는지도 모른다.

"그게."

미츠로 씨가 눈가를 벅벅 닦으면서 말했다. 그래도 계속 눈물이 고인다.

"그게 말이야, 내 인생에 또 이런 날이 올 줄은 생각지도 못했는데……."

그렇게 말하더니 끝내 고타츠에 엎드려버렸다.

"아빠, 괜찮아?"

큐피가 불안하게 물어서,

"아빠 말이야, 기뻐서 우는 거래."

그렇게 말하고 나니, 나까지 눈물이 날 것 같았다.

흰 쌀밥에서도, 화이트 스튜에서도, 김이 모락모락 났다. 그걸 보고 있기만 해도 시야가 흔들렸다. 이런 시간을 몇 번이고 거듭해가며 우리는 조금씩 모리카게 가족이 되어가겠지.

"남편––, 굴튀김, 아직 남았습니다. 식기 전에 드세요오."

엎드려 있는 미츠로 씨에게 장난스럽게 말했다. 그러자 미츠로 씨는 겨우 얼굴을 들고 울어서 퉁퉁 부은 얼굴로,

"자자, 부인도 한 잔."

그렇게 말하면서 내 잔에 술을 따랐다. 미츠로 씨가 찰랑찰랑 따라서 금방이라도 술이 넘칠 것 같았다.

"내일은 날씨 좋으면 유이와카궁(由比若宮)에 새해기도 하러 가자. 그리고 돌아올 때는 와카미즈(새해에 처음 뜨는 물—옮긴이)를 뜨러 갈까."

"네에!"

미츠로 씨와 큐피가 합창하듯이 소리를 모았다.

술병이 비어서 한 병 더 가져오려고 자리에서 일어났다. 미츠로 씨 아버지가 보내준 스이게이(고치 지방의 지주—옮긴이)를 지로리(술

을 데우는 용기─옮긴이)에 부어서, 주전자의 끓는 물에 쏙 넣었다.

나도 조금 취했을지 모른다.

눈을 감으니 무수한 별이 보였다.

겨울
머위 된장

새해 벽두에 초인종이 울렸다.

황급히 현관으로 뛰어나가 문을 열었다.

"새해 복 많이 받으세요."

누군지는 모르지만, 손님인 건 분명하니 약간 공손하게 새해 인사를 건네며 미닫이문을 열었다. 연말 대청소 때 미츠로 씨가 문틀에 윤활유를 뿌려준 덕에 여태껏 문이 뻑뻑했다는 게 믿어지지 않을 정도로 스르륵 열렸다.

나는 눈앞의 광경에 머릿속이 하얘져 아무 말도 나오지 않았다.

"왜 당신이 여기 있는 거지?"

몇 초 후 가까스로 말문을 열었다.

눈앞에 서 있는 여자는 여전히 뉘우치는 기색도 없이 야마부시

(산속에서 수행하는 수도자. 소라나팔, 주머니 등을 매달고 다닌다―옮긴이)처럼 목에 액세서리를 치렁치렁 늘어뜨리고 서 있다. 머리칼은 형광색으로 물들이고 화려한 미니스커트에 하이힐을 신었다. 거기다 망사 스타킹이다.

레이디 바바가 말했다.

"내가 내 집에 온 게 뭐 잘못됐냐?"

가까이 다가서자 싸구려 향수 냄새가 진동했다.

"내 집이라고? 당신, 멋대로 날 버리고 집을 나갔잖아요. 지금 장난해요? 얼른 돌아가요! 여긴 이제 당신 집도 뭣도 아니니까."

"너, 결혼했다면서?"

레이디 바바는 '모리카게'라고 적힌 새 문패를 턱으로 가리키면서 가방 안을 뒤적거렸다. 간신히 찾아 꺼내든 담배에 라이터로 불을 붙이려는 걸 보고 나는 말했다.

"금연이에요. 피우지 마세요."

"잔소리도 참 어지간하군."

레이디 바바는 그렇게 중얼거리더니 한 모금 빨고 난 담배를 바닥에 버리고는 하이힐 발끝으로 비벼서 불을 껐다.

"뭐하러 왔어요? 얼른 돌아가라고요."

내가 말하자,

"세뱃돈!"

레이디 바바가 오른손을 내밀었다.

"세뱃돈 달라고."

"뭐라고요? 멀쩡한 어른이 세뱃돈을 달라고? 그게 말이 돼요? 딸한테 세뱃돈 뜯어내러 오는 엄마가 세상에 어디 있어! 적당히 좀 하시라고요. 어쨌든 빨리 돌아가요. 다시는 이 집에 찾아오지 말고. 우리 가족들 손가락 하나라도 건드렸다간 가만히 있지 않을 테니까."

완전히 일진 말투다. 레이디 바바와 한때 불량소녀였던 자의 진 검승부라니 웃기지도 않는 상황이다.

그때 집 안에서 "하토코!" 하고 부르는 소리가 들려 눈을 떴다.

"괜찮아?"

미츠로 씨가 걱정스러운 표정으로 내 얼굴을 보고 있었다.

"무서운 꿈을 꿨나봐."

나는 대답했다.

아직도 심장이 콩닥콩닥 뛰고 있다. 레이디 바바 얘기는 미츠로 씨에게 하지 않았다. 그래서 어떤 꿈을 꾸었는지도 말할 수 없다.

"그쪽에서 자도 돼?"

물었더니 미츠로 씨가 대답 없이 이불 한쪽 끝을 들어 올렸다.

나는 잽싸게 미츠로 씨 이불 속으로 파고들어갔다. 몸과 몸을 누에콩처럼 딱 붙였다. 상인방(上引枋, 창이나 문짝의 상부에 가로지르는 인방—옮긴이),에는 쓴 지 얼마 안 된 세 사람의 신년 휘호가 나란히 붙어 있다.

'사이좋게' '가내안전(家內安全)' '웃음(笑)'.

세 사람 각자의 개성이 넘치는 글씨다. 올해는 종이 가득히 커다란 글씨를 쓰고 싶어서 웃음을 뜻하는 '笑' 한 글자를 골랐다. '가내안전'은 미츠로 씨의 수작이다.

미츠로 씨의 온기가 몸을 감싸니 안심이 됐는지 눈을 감아도 레이디 바바는 더 이상 나타나지 않았다. 하지만 그게 새해 첫 꿈이라고 생각하니 우울해진다. 한동안 모습을 드러내지 않아서 좀 방심하고 있었다.

꿈이라서 다행이라고 안도하는 한편, 그런 식으로 나의 내면에 그 존재가 뿌리를 내리고 있다는 사실이 두렵기도 했다. 꿈속에 나타난다는 것은 나의 무의식 세계에서 세력을 펼치고 있다는 증거다. 언젠가 그런 식으로 불쑥 집 앞에 나타나는 게 아닐까 상상만 해도 끔찍하다.

나는 그저 레이디 바바의 꿈이 무서워서 미츠로 씨 이불 속으로 파고들어갔을 뿐이다. 그런데 미츠로 씨는 내가 그를 '원한다'라고 해석한 모양이다.

미츠로 씨의 애무가 간지러워서 나는 그만 소리 내어 웃을 뻔했다. 미츠로 씨와 그런 것을 하면 나는 아무래도 의사놀이를 하는 기분이 되고 만다.

하지만 미츠로 씨는 정성스럽게 나의 몸을 달구어주었다. 어느새 나도 미츠로 씨의 진지함에 빠져들었다. 그럴 때면 항상 옆방에서 자고 있는 큐피나 옆집 바바라 부인이 알아차리지 않을까 조마조마하다.

미츠로 씨의 손이 내 몸 구석구석에 닿을 때면 부끄럽긴 하지만, 그런 행동을 허락할 상대는 이 세상에서 미츠로 씨밖에 없다.

새해가 시작된 지 얼마 되지 않았는데 많은 일이 일어났다.

1월 6일 오후, 올해도 봄나물을 캐러 간 남작이 선물을 가져다주었다.

미나리, 냉이, 떡쑥, 별꽃, 광대나물, 순무, 무.

개중에는 아직 뿌리에 흙이 묻어 있는 푸성귀도 있다.

남작은 정말이지 다정다감한 노인이다. 작년에 빵티가 무사히 아들을 출산했다. 아무리 봐도 손자라고 오해받을 법했지만, 남작은 그런 데 신경 쓰지 않고 이따금 유모차를 밀면서 길을 다녔다. 빵티가 직장에 복귀하고 나서는 남작이 양육을 도맡은 것일까.

언제나 바쁜 사람이라 오늘도 서둘러 돌아갈 줄 알았는데 어쩐 일인지 남작은 좀처럼 돌아갈 생각을 하지 않았다.

"차, 드시겠어요?"

조심스럽게 물어보자 내가 여기 있다는 사실을 그제야 막 깨달은 것처럼 놀란 표정으로, 어, 하고 영혼 없이 대답했다. 올해는 감주가 아니라 설 선물로 받은 매실다시마차를 준비해두었다.

내가 차를 끓이는 동안 남작은 가게 안에 있는 문구를 들여다보거나 만지작거렸다.

"이거, 정말로 먹어도 괜찮나?"

난로에 올려놓은 주전자에서 끓는 물을 따르고 있는데 남작이 크레용을 만지작거리며 물었다.

"주요 성분은 밀랍이니까 입에 들어가도 괜찮아요. 저도 먹어봤는데 문제없었거든요."

밀랍이라고 말하고 나니 남편 얼굴이 떠올랐다(일본어로 밀랍을 '미츠로(蜜蠟)'라고 한다—옮긴이). 어제까지는 미츠로 씨와 큐피도 가게 일을 도와주었다.

"매실다시마차예요. 드세요."

정초이니만큼 칠기로 된 찻잔 받침에 차를 받쳐 남작에게 내밀었다. 표면에는 금가루가 떠 있다.

작은 찻잔이어서 매실다시마차는 두세 모금 만에 없어졌다. 차를 다 마시고도 남작은 돌아갈 생각을 하지 않았다. 무슨 일인지 흔들리는 시선으로 계속 두리번거리고 있다.

남작답지 않은걸, 하고 의아하게 생각했지만, 아이가 태어나니 남작도 유순해졌나 보다, 하고 맘대로 이해했다. 하지만 그게 아니었다.

"차 한 잔 더 드릴까요?"

내가 묻자,

"실은 부탁하고 싶은 일이 있어서 말입니다. 또 한 번 편지를 써주었으면 합니다."

난데없이 남처럼 격식 차린 말투로 입을 뗐다.

"괜찮으시면 여기 앉으실래요."

동그란 의자를 내밀자 남작이 걸터앉았다. 그리고 새로 내온 매실다시마차를 마다하고, 끓는 물을 그대로 달라고 했다. 나도 내 머그잔에 끓는 물을 부었다. 내가 산 게 아니라 불평할 수는 없지만, 매실다시마차를 마시면 갈증이 난다. 역시 내년부터는 조금 손이 가더라도 감주를 준비하는 게 좋겠다.

곰곰이 그런 생각을 하고 있는데 남작이 느닷없이 말을 꺼냈다.

"암이 발견됐어."

"네? 누가요?"

"나 말이지 누구겠어."

"빵티, 아니 부인은 알고 있나요?"

남작이 암에 걸린 것은 물론 안됐지만, 이제 막 아기를 낳은 빵티를 생각하니 가슴이 찢어질 것 같았다.

233

"말할 수 있을 리 없잖아."

남작은 책상에 턱을 괴고, 곳에서 바다를 보는 듯한 눈길로 나를 바라보았다.

"의사 말고 이 사실을 아는 사람은 나와 자네밖에 없네."

양손으로 갑자기 묵직한 공을 받아든 느낌이었다.

"이대로 계속 비밀로 할 생각이신가요?"

잠시 뜸을 들이다 남작에게 물었다. 남작은 안색도 좋고 체격도 지금까지와 다르지 않다. 그래서 병에 걸린 사람으로 보이지 않았다. 나를 놀리는 건지도 모른다. 그렇게 생각하려고 했지만, 역시 남작이 나를 놀리는 것 같지는 않았다.

"거짓말이 언제까지 통할지 모르겠지만 말이야, 할 수 있는 데까지 철저히 숨기려고. 의사는 오랜 세월 친분이 있는 사이라 융통성이 있거든. 자네만 잠자코 있어준다면 만사 잘될 거야."

"만사가 잘될 거라니……."

남작의 심정을 모르는 바는 아니다. 빵티와 아기를 생각해서 내린 결정일 것이다.

"인생 말년에 놀랍게도 재혼까지 하고 소중한 자식도 얻었으니 나는 더 바랄 게 없어. 하지만 그들의 인생은 지금부터잖아."

거기까지 말하고 나서 남작은 처음으로 눈물을 보였다.

"내가 죽으면 그 사람에게 편지를 써주게."

남작은 그렇게 말하며 내게 머리를 숙였다. 하지만 나는 그런 부탁을 들어줄 수 없다.

"그런 중요한 편지는 직접 쓰세요!"

나도 모르게 큰 소리를 내고 말았다.

"쓰고 싶어도 쓸 수가 없단 말이야."

남작이 내 앞에 오른쪽 손바닥을 내밀었다. 그 손이 가늘게 떨렸다.

"어떻게 된 거예요?"

"손이 마비가 돼서 감각이 없어졌어. 조심하면서 버텨왔지만 이제 한계야. 벌을 받은 게지."

남작은 아무렇지 않게 말했다.

"젊었을 때 많은 사람에게 폐를 끼치고, 불행하게 했으니까."

남작은 책상에 있던 연필을 집으려고 했지만 쉽게 집지 못했다. 전보다 악화된 것일까. 이 년쯤 전에 함께 쓰루야에서 장어를 먹을 때는 자연스럽게 젓가락질을 했던 것 같은데. 아니면 내가 눈치채지 못했던 것뿐일까. 하지만 이번에는 성공 보수를 받을 일은 없다. 빵티에게 편지를 건넬 때는 남작은 이미 이 세상에 없을 테니까.

"절대로 우울한 편지를 쓰면 안 되는 거 알지?"

남작은 평소의 강한 말투로 돌아와서 말했다.

"그리고 그거 다시 계속하지 않겠나?"

"그거요?"

"그러니까, 칠복신 순례 말이야. 그걸 계기로 그 사람과 맺어졌으니 제대로 끝까지 하고 싶어. 도중에 중단하면 찜찜하잖아."

남작의 입에서 맺어졌다, 라는 표현을 들으니 부끄러워서 내 얼굴이 빨개졌다. 그러나 이런 남자야말로 의외로 로맨틱할지도 모른다.

"맞아요. 칠복신 순례, 또 가요."

그날은 기타가마쿠라 역에서 출발해 조치사(浄智寺)의 호테이 님(칠복신 가운데 유일한 인신으로, 중국의 승려 계차가 그 모델이다. 성품, 관용, 인내, 부귀영화를 대표하는 신이다―옮긴이)과 호카이사(宝戒寺)의 비사문천(사천왕의 하나인 다문천왕을 가리킨다―옮긴이), 그리고 쓰루가오카하치만궁(鶴岡八幡宮)의 벤자이텐 님(칠복신 중 유일한 여신―옮긴이)까지 참배하고 돌연 끝내게 됐다. 일기예보가 완전히 빗나가서 도중에 비가 내린 것이다.

남작과 빵티는 그 후 둘이서 이나무라가사키 온천에 가게 됐고, 가는 도중 사랑에 빠졌다고 예전에 빵티에게 들었다.

"나는 수명을 다했으니 괜찮아. 이만하면 오래 살았다고 생각하니까."

정말, 그럴까.

"하지만 그들의 인생은 이제부터가 시작이니까 말이지."

남작에게 비장함이 보이지 않아서 나도 담담하게 들을 수 있었다. 만약 이 년 전에 같은 일이 생겼다면, 나는 지금보다 더 동요하고 울고불고했을지도 모른다. 물론 남작이 세상을 떠난다는 데만 초점을 둔다면 슬프다. 상상만 해도 눈물이 나려고 한다. 남작은 내 기저귀를 갈아준 사람이다. 하지만 더 넓은 시각으로 세상을 바라보면 그렇게 아등바등할 일은 아닐지도 모른다. 사람은 언젠가 반드시 죽기 마련이니까.

작년 6월, 마치 귀신같이 무서운 얼굴로 츠바키 문구점을 찾아왔던 요코 씨가 떠올랐다. 당시 요코 씨는 갑자기 세상을 떠난 남편을 향한 분노를 가슴 가득 안고 있었다. 슬퍼하고 싶은데 슬퍼할 수가 없고, 울고 싶은데 울 수가 없어서 괴로워했다. 그 뒤로 어떻게 지내고 있을까. 가슴을 채우고 있던 얼음 같은 슬픔을 이제는 녹여냈을까.

남작을 배웅하고 나서 한동안 멍하니 있었다. 어제까지의 흥청거리던 분위기와는 확연히 다르게 오늘은 고요한 하루였다.

가게 문을 닫고 남작이 가져온 봄나물들을 물에 담갔다. 그러고는 저녁식사를 준비했다.

오늘 저녁은 나베야키우동이다. 다테마키(흰살 생선과 달걀 등을 섞어 만든 카스텔라 맛 달걀말이—옮긴이), 가마보코(생선살을 갈아 만든 어묵의 한 종류―옮긴이), 닭고기, 파드득나물, 표고버섯, 고부마키(생선 등을 다시마로 말아서 찐 음식―옮긴이) 등 설음식 남은 것을 재료로 하여 우동과 함께 질냄비에 넣고 보글보글 끓였다. 모리카게 가에 예로부터 전해져 내려오는 요리로 미츠로 씨에게는 이것이 어머니의 맛이라고 한다.

미츠로 씨 어머니에게 새해 인사차 전화를 했을 때 만드는 법을 물었더니, 정성껏 레시피를 적어 바로 팩스로 보내주었다. 그 긴 내용을 읽어가며 나베야키우동을 만들었다.

남작의 집에서는 무얼 먹을까. 빵티의 말로는 남작이 요리를 무척 잘한다고 하니 지금쯤 남작이 솜씨를 발휘하고 있을지도 모른다. 손의 마비 증상은 괜찮은지 걱정되지만, 어쩌면 요리를 하면서 기분 전환을 하는 편이 잠시 고통을 잊을 수 있을지도 모른다.

뚜껑을 열어보니 달걀이 알맞게 익었다.

"다 됐어요. 따뜻할 때 먹읍시다."

큰 소리로 두 사람을 불렀다. 미츠로 씨는 안경을 쓰고 열심히 신문을 읽고 있고, 큐피는 작년에 크리스마스 선물로 받은 인형으로 소꿉놀이에 빠져 있다. 큐피는 칠월칠석에 이어 산타클로스에게도 '여동생이나 남동생'을 부탁했지만, 그것을 머리맡에 놓아주지는 못했다.

질냄비 양끝을 주방장갑으로 단단히 들고 넘어지지 않도록 조심하면서 고타츠로 옮겼다. 냄비 속의 음식은 여열로 보글보글 끓고 있다.

미츠로 씨와 결혼하고 나서 우동에 눈을 떴다. 특히 이런 날은 반드시 우동이다. 우동은 마치 사랑으로 가득 찬 어머니 같다. 몸과 마음을 따뜻하게 녹여준다.

남은 설음식으로 만든 모리카게 가의 나베야키우동은 깊은 맛과 향이 국물에 듬뿍 우러났다. 인종의 도가니는 아니지만, 냄비 안에는 개성 넘치는 여러 가지 재료가 힘을 모아서, 서로 보완하거나 자리를 양보하며 하나의 세계를 만들어냈다. 한 입 먹을 때마다 마음이 확 풀린다.

"내일 아침에는 손톱 깎자."

싫어하는 파를 그릇 안에 남기고 아까부터 젓가락으로 깨작거리는 큐피에게 내가 말했다.

"왜?"

"나나쿠사를 담가둔 물에 손톱을 적셨다가 깎으면 일 년 내내 건강하대."

"정말?"

"그럼."

실은 작년에, 아무렴 괜찮겠지 싶어서 나나쿠사쓰메를 걸렀다. 그랬더니 얼마 안 가서 감기에 걸리고 말았다. 물론 직접적인 관계가 없다는 것쯤은 잘 안다. 미신이라고 하면 미신이다. 하지만 그렇게 해서 기분이 좋아지고 감기에 걸리지 않을 거라는 자기암시를 걸면 몸이 감기 바이러스를 차단할지도 모른다.

실제로 감기에 걸리고 보니 정말 그럴 거라고 느껴졌다. 그래서 올해는 나나쿠사죽을 끓이는 날 아침에 반드시 손톱을 깎기로 마음먹었다.

"잘 먹었습니다."

흐물흐물해진 파를 남긴 채 큐피가 자리에서 일어났다. 그러고는 귤 바구니를 들고 돌아왔다.

선대는 자주 내게 귤을 까주었다. 겉껍질뿐만 아니라 한 알마다 싸여 있는 속껍질을 벗기고 먹여주었다. 큐피와 살기 전에는 그런 기억을 까맣게 잊고 있었는데 한 공간에서 먹고 자는 생활을 하게 된 뒤로 문득문득 그런 기억이 떠올랐다.

큐피와 함께 살면서 공백이었던 시간들이 되살아났다. 선대의 입장이 되니 비로소 보이는 풍경이었다.

"딸한테는 까주면서 나한테는 안 까주는군."

식사를 마친 미츠로 씨에게 귤을 그대로 건넸더니 약간 토라진 척했다.

"당연하지. 미츠로 씨는 혼자 깔 수 있으니까. 하지만 미츠로 씨가 할아버지가 돼서 귤 속껍질을 삼키기 힘들어지면 그때는 싹 까줄게."

그것은 내 본심이었다.

미즈로 씨는 틀림없이 귀여운 할아버지가 될 것이다.

우편함에서 한 통의 항공우편을 발견한 것은 가마쿠라 하늘에 가랑눈이 내리는 오후였다. 음력 2월 3일에 있을 편지 공양 행사에 맞춰 올해도 전국 각지에서 츠바키 문구점 앞으로 우편물이 날아왔다. 매일 꺼내지 않으면 작은 우편함이 금세 가득 찼다.

혹시나 했더니 역시 이탈리아의 시즈코 씨에게서 온 편지였다.

선대에게 받은 편지를 내게 돌려주어서 감사하다는 인사는 아들인 뇨로를 통해서 이미 꽤 오래전에 전했지만, 작년 말에 연하장을 보내면서 괜찮다면 나와 편지를 교환하지 않겠느냐고 덧붙였다.

수신인 이름은 '츠바키 문구점 모리카게 하토코 님'이라고 적혀 있었다.

시즈코 씨는 선대의 편지 친구로, 여러 번 만난 적이 있는 것 같은 기분이 들었다. 하지만 실제로는 얼굴을 본 적도 없거니와 목소리를 들은 적도 없다. 시즈코 씨가 쓴 글씨를 보는 것 자체가 처음이다.

뇨로의 나이로 짐작하건대, 시즈코 씨는 아마도 오십 대 후반이나 육십 대일 것이다. 그에 비해 글씨는 무척 젊은 느낌이 난다. 외국에 오래 산 사람의 글씨다. 일본어 글씨체에 눈부신 풋풋함이 살아 있다.

한때 큐피와 편지를 주고받았지만, 한 지붕 아래 살게 된 지금은 그 습관이 없어졌다. 그래서 새로운 편지 상대가 생겼다는 사실에 폴짝폴짝 뛰고 싶을 정도로 기뻤다.

가게로 돌아와서 바로 페이퍼나이프로 봉투를 뜯었다.

봉투를 여는 순간 이탈리아의 공기가 두둥실 번졌다.

부온 죠르노!

하토코 씨, 처음 뵙겠습니다, 시즈코입니다.

당신의 할머니와 오랫동안 편지를 주고받았습니다.

그래서 당신에 관해서는 어릴 때부터 웬만큼 알고 있어서,

내 맘대로 먼 친척 아가씨같이 여기고 있었어요.

결혼하셨군요. 축하해요!

틀림없이 천국에서 할머니도 기뻐하실 거예요.

편지에는 언제나 하토코 씨 얘기가 쓰여 있었으니까요.

그 편지가 하토코 씨와 가시코 씨의 관계를 되돌리는 데

도움이 됐다는 것을 알고, 저도 무척 기뻤습니다.

하토코 씨는 그 편지를 다시 제게 돌려주어야 하는 것이

아닌가 하고 고민하는 것 같은데 그러지 않아도 됩니다.

그 편지들이 제게 소중한 인생의 기록인 것은 분명합니다.

그래서 아들 편에 보내기 전에 복사를 해두었답니다.

마음 써주어서 고맙습니다.

원본(?)은 하토코 씨가 갖고 계세요.

가시코 씨도 그러기를 원하실 거예요.

가시코 씨와 편지를 주고받을 때는 밀라노에 살고 있었지만,

남편이 은퇴해서 지금은 북이탈리아에 있는 산골짜기의

작은 마을에 살고 있답니다. 딸도 아들도 독립했고 이제는

남편과 둘이서 지내요.

얼마 안 있으면 큰딸이 출산을 할 예정이라, 그러면 나도 드디어

할머니!

지금까지 가시코 씨가 정말로 많은 고민을 들어주었답니다.

남편이나 친정어머니에게조차 의논할 수 없는 일도

신기하게 가시코 씨에게는 털어놓을 수 있었어요.

가시코 씨에게 아무리 감사의 마음을 전해도 부족합니다.

마지막 편지를 받고 나서 매일 기도하는 마음으로

우편함을 들여다보았어요. 날마다 가시코 씨에게서

다음 편지가 오기를 기다렸답니다. 하지만 결국

오지 않았어요. 가시코 씨가 마지막일지 모른다고 쓴 편지는

정말로 마지막이 되고 말았습니다.

그때의 쓸쓸했던 마음을 떠올리면 지금도 눈물이 납니다.

가시코 씨는 내 마음의 친구였어요.

그러나 생각지도 못한 방식으로, 지금은 가시코 씨가 소중히 키운

손녀분과 다시 이렇게 편지를 주고받게 되다니, 이 얼마나 큰

행운인지요!

제 나이가 되면 살벌한 세상에 한탄할 일이 많아지는데

이런 시대에도 이렇게 멋진 일이 일어나는군요.

서랍을 찾아보니 아직 항공우편용 봉투가 있었습니다.

가시코 씨와 편지를 주고받을 때 자주 사용하던 봉투입니다.

하토코 씨도 저를 친척 아주머니라고 생각하고

편하게 뭐든지 써주세요.

우리의 편지 왕래에, 이탈리아와 일본에서 함께 축배를 듭시다.

In bocca al lupo!

(In bocca al lupo 는 '행운이 있기를!' '행운을 빕니다!'라는 뜻—옮긴이)

(In bocca al lupo!는 제가 무척 좋아하는 말이에요.

bocca는 입, lupo는 늑대이므로 직역하면

'(행운은) 늑대의 입 안'입니다.

하토코 씨에게 많은 행복이 함께 하기를 진심으로 기원합니다!)

선대에게 큰 선물을 받은 기분이었다. 산타클로스를 믿는 아이가 머리맡에 놓인 선물을 발견했을 때 어쩌면 이런 기분일지도 모른다. 선대에게 크리스마스 선물을 받은 적은 없지만, 이는 틀림없이 세월을 건너뛴 크리스마스 선물일 것이다. 이런 식으로 시즈코 씨와 이어주다니, 선대도 멋진 일을 할 때가 있구나 싶었다.

당장 답장을 쓰고 싶지만, 좀 참고 마음이 진정되기를 차분히 기다리기로 했다.

문득 고개를 드니 땅 위에 살짝 눈이 쌓이기 시작했다. 새빨간 야생 동백꽃들도 하얀 옷을 입고 있다. 그 모습이 왠지 산타클로스로 보였다.

시즈코 씨에게라면 레이디 바바에 관한 일도 상담할 수 있을 것 같다. 나도 언젠가 시즈코 씨를 마음의 친구라고 부를 수 있는 날이 올까. 시즈코씨에게 마음의 친구라고 불릴 날이 올까.

그래. 오늘은 큐피에게 간식으로 안노이모(安納芋, 가고시마의 안노 지구에서 재배하는 고구마의 한 종류로 보통 고구마보다 달다—옮긴이)를 구워주자. 어제 바바라 부인이 가져다주었다.

오븐에서 따끈따끈하게 구워서 버터를 녹여 먹는 거다. 이제 곧 배가 고파진 큐피가 학교에서 돌아올 시간이다.

"시식회를 하고 싶은데 이번 일요일에 가게로 나와주겠어? 가능한 많은 사람의 의견을 듣고 싶으니 바바라 부인이나 그 밖에 다른 분들도 모셨으면 좋겠는데."

며칠 후, 저녁 설거지를 하고 있는데 미츠로 씨가 평소와 달리 심각한 표정으로 말했다. 요즘 가게 준비로 한창 바쁘다.

개점 준비를 전부 혼자서 하기 때문에 아침부터 저녁까지 거의 하루 종일 가게에 붙어 있다. 내부 인테리어는 가능하면 자신이 직접 하고, 전문가가 아니면 할 수 없는 일은 업자에게 부탁해서 순조롭게 진행하고 있다. 그러나 가게에서 어떤 메뉴를 넣지 좀처럼 결정하지 못해서 미츠로 씨는 머리를 쥐어짜고 있었다.

"카레 완성됐어?"

카레로 승부를 걸고 싶다는 건 예전부터 미츠로 씨가 결정한 일이다.

"지금은 아무것도 말할 수 없어. 어쨌든 일요일에 먹으러 와."

아무래도 미츠로 씨, 긴장되는 모양이다. 드물게 미간에 주름이 잡혀 있다.

"도와주지 않아도 괜찮아?"

물었더니, 괜찮으니까 시식회에 사람들만 모아주면 된다고 한다. 미츠로 씨에게 시식회는 일생일대의 중요한 승부일지도 모른다. 나까지 긴장이 되어 어깨에 힘이 들어갔다.

246

미츠로 씨가 묵묵히 혼자 힘으로 만든 가게는 꽤 분위기가 좋았다. 별달리 공들인 것은 없지만 청결하고 편안하며 은은한 따스함도 있었다. 게다가 부엌 쪽에 난 창으로 바라보는 경치가 아주 멋있다. 정말이지 초보자가 직접 만든 미숙한 티는 어디서도 찾아볼수 없었다. 화장실에는 최신식 비데까지 설치해서 쾌적했다. 카운터 석 다섯 개에 테이블 석 두 개인 적당한 넓이로, 미츠로 씨 혼자서도 충분히 가게를 운영할 수 있다. 동선을 잘 짜서 미츠로 씨가자유롭게 움직이는 데 불편하지 않아 보였다.

"가게 근사한걸."

"하토짱이 등을 떠밀길 잘했어."

나와 큐피는 다른 사람들이 오기 전에 먼저 도착했다. 미츠로씨는 머리에 수건을 두르고 허리에는 마로 된 에이프런을 꽉 묶고있다. 그 모습이 멋있었다.

바바라 부인은 일부러 화사하게 차려입고 시식회에 와주었다. 리본이 달린 예쁜 베레모를 썼다. 남작은 중학교 동창이라며 친구를 한 명 데리고 왔다. 남작에게 시식회에 참석해달라고 부탁해도될지 망설이기도 했지만, 내가 아는 사람 중에서 가장 미식가이기도 하고, 시식회이니 기탄없이 의견을 듣는 편이 미츠로 씨에게도도움이 될 것 같아서 부르기로 결심했다. 남작이 데려온 친구 역시 맛있는 음식을 많이 먹어봤을 것 같은 분위기를 풍겼다.

이렇게 시식회에 모인 다섯 사람이 카운터 석에 앉았다. 미츠로 씨가 곧바로 조리를 시작했다. 어떤 카레가 등장할지 아직 아무것도 알지 못했다.

카레 루를 데우는 냄비 옆에서 미츠로 씨가 튀김을 하기 시작했다. 미츠로 씨가 열심히 튀기고 있는 것은 전갱이다. 기름 소리가 경쾌하게 울려 퍼졌다. 미츠로 씨가 환기를 위해 창문을 열자, 가게 앞길에 기품 있는 기모노 차림의 남녀를 태운 인력거가 달리고 있다.

요리를 기다리는 동안, 컵에 물을 따라 모두에게 돌렸다. 전갱이가 노릇노릇 윤기 나게 튀겨졌다. 긴장이 어느 사이엔가 기대로 바뀌어갔다. 누군가의 뱃속에서 꼬르르륵 하고 비통한 신음소리가 들려왔다. 갓 지은 밥 냄새에 눈앞이 아찔해져 나도 모르게 침을 꿀꺽 삼켰다.

큐피가 진지한 눈빛으로 미츠로 씨의 일거수일투족을 주시하고 있다. 숟가락을 한 손에 들고 당장이라도 달려가고 싶은 심경이었다.

모두 마른침을 삼키며 지켜보는 가운데, 미츠로 씨는 조금도 초조한 기색 없이 담담하게 자신의 속도를 유지하며 일을 하고 있다. 그런 모습이 믿음직스러웠다.

"오래 기다리셨습니다."

미츠로 씨는 모두의 앞에 접시를 놓아주었다.

"전갱이튀김 카레입니다. 식기 전에 시식해주십시오."

큐피 앞에도 어른과 거의 같은 양의 전갱이튀김 카레가 놓였다.

"아! 더 이상 못 참겠어. 그럼, 잘 먹겠습니다."

바바라 부인의 목소리를 신호로 그곳에 모인 사람들이 제각기 카레를 먹기 시작했다.

그렇지만 나는 좀처럼 숟가락을 댈 수가 없었다. 몽실몽실 하얀 김이 나고 있는 한 접시의 카레는 보기만 해도 마치 절경을 바라볼 때처럼 가슴이 벅차올라, 그 세계를 무너뜨리는 게 아깝게 느껴질 정도였다. 조금 전까지만 해도 그렇게 먹고 싶었는데, 나는 카레를 먹을 수가 없었다.

그도 그럴 것이 그 카레에는 미츠로 씨의 기쁨과 분노, 슬픔, 그리고 즐거움까지 모두 담겨 있다. 미유키 씨를 만나 가마쿠라에서 데이트를 하고 둘이서 언젠가 가마쿠라에서 카페를 하고 싶다는 꿈을 이야기했다. 그리고 다른 장소에서 큐피가 태어났고, 미유키 씨가 불행한 사건에 휘말려 미츠로 씨는 슬픔의 밑바닥까지 내몰렸다. 그래도 어떻게든 마음을 다잡고 큐피와 둘이서 가마쿠라로 왔다. 하지만 좀처럼 장사가 되지 않아서, 이를 악물고 시행착오를 겪은 끝에 겨우 다다른 곳이 지금, 눈앞에 놓인 카레다. 도중에 나도 미츠로 씨 인생 속으로 들어왔다.

결코 평탄하지 않았던 그 여정을 상상하니 한 접시의 카레가 너무나도 많은 사연을 말하고 있어서 먹을 수가 없었다.

이대로 줄곧 바라보고만 싶어, 그런 심정이었다.

그러자,

"하토코, 왜 그래? 빨리 먹지 않으면 식어."

미츠로 씨가 내 앞으로 다가와 작은 목소리로 소곤거린다.

"시식회니까 먹지 않으면 곤란한데."

미츠로 씨의 그 말에 퍼뜩 정신이 들었다. 감상을 멈추고 얼른 현실로 돌아와서 카레를 먹기 시작했다. 그렇다. 그날은 시식회에 초대 받은 것이다.

그것은 정말이지 미츠로 씨다운 카레였다. 담백하고 깔끔하고 아름다웠다. 그저 담백하기만 한 게 아니라 깊은 곳에서 향신료도 확실하게 활약하고 있었다. 여러 가지 감정을 품고 있지만, 절대 거기에 휘둘리지 않았다. 당당하게 땅에 발을 딛고 있다. 그것은 틀림없이 미츠로 씨 그 자체였다.

"이렇게 맛있게 요리해주면 전갱이도 승천하겠는걸."

가장 먼저 감상을 말한 사람은 남작의 친구였다.

"옛날에 스키 타러 가면 점심으로 종종 돈가스카레를 먹었는데, 그때 생각이 나서 그리워지네. 지금은 고기 튀긴 걸 먹으면 다음 날까지 위가 더부룩해지니까, 전갱이튀김이 더 좋네."

이렇게 말하는 남작의 접시는 거의 비어 있었다.

"카레와 전갱이튀김이 무척 잘 어울리네."

혼잣말처럼 중얼거린 사람은 바바라 부인이다. 별로 맵지 않아서 큐피도 말없이 잘 먹었다.

"이 점을 개선했으면 좋겠다거나 다른 의견 있으면 말씀해주십시오."

칭찬이 이어지자 흐름을 바꾸려는 듯 미츠로 씨가 목소리를 높였다. 그때,

"이 카레에는 락교(쪽파와 비슷하게 생긴 염교의 알뿌리를 식초에 절여서 음식에 곁들이는 반찬—옮긴이)보다 후쿠진즈케(무, 가지, 순무, 작두콩, 차조기, 참외, 연근 등 7가지 재료를 잘게 썰어 미림과 간장에 절인 장아찌—옮긴이)가 더 어울리지 않을까?"

남작이 말했다.

"밥은 약간 더 되게 하는 게 어떨까?"

바바라 부인의 의견에 나도 찬성이었다.

미츠로 씨는 모든 의견을 메모했다.

"이 카레에 이름이 있으면 좋지 않을까요? 무슨무슨 카레, 이렇게. 누구나 쉽게 기억할 수 있는 이름으로."

이렇게 말한 사람은 남작의 친구다.

"근데 가마쿠라 파스타, 가마쿠라 셔츠, 가마쿠라 커스터드, 가

마쿠라는 이미 다 나와 있잖아. 가마쿠라 카레도 지천이고."

남작이 중얼거렸다.

"그렇죠, 가마쿠라 카레는 있죠."

미츠로 씨가 말했다.

"쇼난(가마쿠라 근처 해안—옮긴이) 카레는 어떤가요?"

"아니면, 반대로 지역을 좁혀서 니카이도(가마쿠라 시에 있는 지역 명—옮긴이) 카레라든지."

이 의견들도 미츠로 씨는 일일이 다 노트에 적어놓았다.

나는 니카이도 카레 같은 이름이 의외로 괜찮다고 생각했지만, 그 자리에서는 아무 말도 하지 않았다. 카레를 다 먹고 나서 미츠로 씨가 차이(chai)를 내왔다.

"아! 맛있어."

한 모금 마시자마자 나도 모르게 탄성이 흘러나왔다. 단맛을 억제했으니 부족하면 꿀을 더 넣으라고 했지만, 숨어 있는 은은한 단맛이 내게는 딱 좋았다.

"보통 차이는 홍차 잎을 우려내서 만드는데, 저는 밤에 영업을 하잖아요. 손님은 저희 가게에서 식사를 하신 뒤 집으로 돌아가 잠자리에 들 테니, 카페인은 넣지 않는 게 좋겠다고 생각했습니다. 그래서 이 차이에는 루이보스티를 사용했습니다. 루이보스티에는 카페인이 들어 있지 않거든요. 뭔가 부족한 느낌은 없으신지요?”

미츠로 씨가 걱정스러운 듯이 모두의 얼굴을 둘러보았다.

“아냐, 아냐. 이 산뜻한 느낌이 저녁에 마시는 밀크티로는 최고네.”

바바라 부인이 맨 먼저 칭찬해주었다.

“술 마신 다음 날 숙취 해소에도 좋을 것 같은데, 이거” 하고 말한 사람은 남작이다.

“카레 자체가 약선 요리인 데다 차이에도 잠이 잘 오는 향신료를 넣었답니다.”

“그래서였군요. 어쩐지 졸리더라.”

남작의 친구는 단것을 좋아하는지 꿀을 듬뿍 넣어서 마셨다.

시식회라는 사실을 완전히 잊어버리고 이 가게의 손님이 되어서 만족스럽게 식사를 즐긴 기분이었다. 끝까지 남아서 세상 돌아가는 이야기를 나누던 바바라 부인을 배웅하고, 이제 가게에는 나와 미츠로 씨와 큐피만 남았다. 뒷정리를 도와주려고 했더니 미츠로 씨가 이건 자신의 일이라면서 막았다.

“그보다 말이야, 아까 카레, 정말로 어땠어? 무조건 듣기 좋은 말만 하지 말고 솔직한 의견을 말해봐.”

미츠로 씨가 내 눈을 지그시 바라보았다.

“좋아, 그럼 솔직히 말할게.”

나는 말했다. 미츠로 씨 얼굴에 긴장감이 흘렀다.

"맛있었어. 빈말이 아니고, 정말로 정말로 맛있었어. 먹는데 산들바람이 부는 것 같았어. 그런 음식이라면 손님들도 기쁘게 먹어 줄 거야. 다들 직장에서 녹초가 되어 돌아와서, 그 집에 가면 그 카레를 먹을 수 있다고 생각하면 힘이 날 것 같아. 피곤할 때, 튀긴 음식이 먹고 싶어지잖아. 그렇지만 위가 무거워지는 건 싫고. 아까의 카레는 그 양쪽을 채워주지 않을까 싶어. 매일은 어떨지 모르지만, 한 주에 한 번쯤은 꼭 먹고 싶어지는 카레였어. 난 내일 이 카레가 나오면 또 좋아라 하며 먹을 거야. 게다가 전갱이가 정말 좋았어. 이 지역 전갱이는 일본 제일이니까. 전갱이를 튀긴 방법도 발군이었어."

미츠로 씨는 입술을 꼭 깨물고 듣고 있었다.

"근데 전갱이튀김과 카레를 조합할 생각을 어떻게 한 거야?"

줄곧 궁금했던 것을 물어보았다.

"우연이라고 할까. 아직 하토코와 함께 살기 전에 반찬가게에서 전갱이튀김을 산 적이 있어. 그런데 양이 좀 부족하네, 하고 냄비를 보니 카레가 조금 남아 있더라고. 그래서 그 카레에 물을 조금 더 붓고 다시 데워서 전갱이튀김과 함께 덮밥을 해먹었더니 맛있는 거야. 그때 카레는 시판 루를 사용한 것이어서 전갱이튀김에 어울리는 루를 개발했지."

"미츠로 씨가 비밀리에 그런 연구를 하고 있는 줄 몰랐네."

"이대로 하토코에게 얻어먹고만 살 수는 없잖아. 빈대가 되지 않으려고 애썼어."

밖에 나가니 어디선가 반가운 향이 흘러 나왔다.

큐피와 둘이 걸어서 에가라텐신사(荏柄天神社)에 매화꽃을 보러 갔다. 가파른 계단을 올라가서 경내에 있는 매화나무를 찾았다. 한홍매에 진한 분홍빛 매화꽃이 드문드문 피었다. 새전을 넣고 학문의 신에게 손을 모았다.

이 신사에서는 해마다 1월 25일에 붓공양 의식을 한다. 오래 쓴 붓이나 연필을 태워서 공양하는 것이다. 어쩌면 선대는 이 붓공양에서 편지 공양 아이디어를 떠올렸을지도 모른다.

"다음 붓공양에는 큐피의 몽당연필도 같이 가져오자."

먼 옛날에 나와 선대도 그런 말을 나누었을까.

계단 위에서 바라보는 경치가 평소보다 더 평온했다. 남쪽에서 봄이 한 걸음씩 다가오고 있다.

"실례합니다."

진눈깨비가 섞인 빗속에 기모노 차림의 한 여성이 츠바키 문구점을 찾았다. 우아한 몸짓으로 화우산을 접고, 가게 안으로 매끄럽게 들어왔다. 처음 보는 얼굴의 손님이었다.

가게를 막 열어서 난로에 올려놓은 주전자의 물이 아직 끓지 않았다. 어쩐지 대필 의뢰 손님 같다.

"이쪽으로 앉으세요."

우아하게 기모노 코트를 벗어 든 여성에게 동그란 의자를 권했다. 갓 끓인 교반차가 포트에 있어서 내열 유리컵에 따라서 내밀었다.

"아, 반가워라."

여성은 양지에서 나른해진 고양이 같은 표정을 지으면서 두 손으로 가볍게 감싸듯이 컵을 안고, 교반차 김을 들이마셨다. 하얀 피부에 시원한 외겹 눈이 인상적인, 아름다운 후지산 모양의 이마(M자 이마—옮긴이)였다. 우아한 기모노 차림새도 그렇고 교태가 흐르는 요염한 걸음걸이도 그렇고, 아무리 봐도 보통 사람이 아니다. 그때, 후지산 이마 씨가 느닷없이 말했다.

"제가 아직 남성이란 것을 못 알아차렸나요?"

갑작스러운 전개에 어떻게 대답해야 할지 몰라, 눈만 껌벅거렸다. 그 말은 즉 후지산 이마 씨는……. 머릿속으로 상상하고 있는데 후지산 이마 씨가 말을 계속했다.

"야스나리 씨가요, 제 애인이에요. 결국 야스나리 씨보다 좋은 남성을 만나지 못했죠."

후지산 이마 씨는 입속에 단것이라도 머금고 말하는 것처럼 약간 혀 짧은 투로 말했다.

"야스나리 씨, 요?"

혹시 그 야스나리 씨인가 생각했지만, 설마 하고 확인했다. 후지산 이마 씨는 목소리 톤을 한층 높여서 들뜬 듯이 말했다.

"가와바타 야스나리 선생님 말이에요. 젊은 당신도 야스나리 씨가 쓴 작품 한두 편은 읽어본 적 있죠?"

"아, 네, 그러네요."

나는 모호하게 대답했다.

"야스나리 씨를 상상하면요, 이렇게 가슴이 찡하니 아파와요. 그러나 그다음에 몸의 골수에서 달콤한 물방울이 배어나온다고 할까요. 야스나리 씨를 행복하게 할 사람은 나 말고 없다고 굳게 믿고 있답니다."

아마 가와바타 야스나리는 즈시 마리나라는 맨션의 한 방에서 가스관을 물고 자살하지 않았던가. 내가 태어나기 훨씬 전의 일이어서 나도 그 정도밖에 모른다. 가마쿠라에서 오래 집필 활동을 했고, 한때 이 근처에도 살았다고 들은 적이 있다. 만년에는 하세에 있는 아마나와신메이신사(甘繩神明神社) 옆에 거처를 마련하고, 쓰루야 백화점에도 다녔다고 들었다. 언젠가 생선가게에서 생선을 고르는 눈이 매섭더라고 선대가 얘기한 게 가와바타 야스나리였을지도 모른다.

"계속 가마쿠라에 사셨어요?"

"아뇨오, 태어나서 자란 곳은 간사이 쪽이에요오."

후지산 이마 씨는 어미를 동그랗게 하고 화사하게 대답했다. 당연히 가마쿠라 출신인 줄 알았다. 그 정도로 후지산 이마 씨는 이 마을의 분위기에 잘 어울렸다.

후지산 이마 씨는 어렸을 때 잇따라 부모님이 돌아가시고, 양부모 아래에서 자랐다고 한다. 그때, 후지산 이마 씨의 고독에 바싹 다가와서 자신의 처지를 이해해준 것이 야스나리 씨였던 것이다.

"수녀님 같은 것일지도 몰라요. 그분들은 하느님께 몸과 마음을 바치느라 연애도 결혼도 하지 않잖아요. 제게도 가와바타 선생님은 신이랍니다. 선생님에게 내 인생을 바치기로 했어요. 그런데 그렇게 돌아가셔서……. 저는 줄곧 사가 현에서 공무원을 했어요. 어쨌든 돈을 벌어서 자립해야 했으니까. 젊을 때는 혼담도 몇 번 들어온 적이 있지만, 역시 내게 야스나리 씨보다 매력적으로 느껴지는 남성은 나타나지 않았어요."

거기서 후지산 이마 씨는 일단 말을 끊더니 눈을 감고 음미하듯이 교반차를 마저 마셨다.

"꿈과 현실이 뒤죽박죽된 머리가 이상한 아줌마라고 웃을지도 모르겠지만, 나, 정말로 야스나리 씨를 사랑했어요. 진심으로. 그 사랑은 지금도 여전하답니다."

자세히 보니, 후지산 이마 씨의 얼굴에는 몇 가닥 잔주름이 져 있었다. 그것은 후지산 이마 씨 인생의 훈장 같은 느낌이었다. 이 길이라고, 자신이 정한 인생을 걸어가는 데는 남 탓을 할 수 없는 만큼 용기가 필요하다. 나는 나의 불량소녀 시절을 돌이켜보면서 그렇게 생각했다. 남들에게 비웃음을 당하고, 손가락질 당해도 자신의 뜻을 관철하려면 부동의 각오가 필요하다고.

후지산 이마 씨는 조용히 말을 계속했다.

"정년퇴직하고 과감하게 가마쿠라로 이사를 왔어요. 공무원 시절에는 멋도 부리지 않고, 그저 검소하게 살아서 돈을 좀 모았죠. 지금은 이렇게 야스나리 씨가 살던 마을에 살며, 같은 경치를 보고 계절을 느낄 수 있어서 행복해요. 조금 이를지도 모르지만, 지난달부터 실버타운으로 옮겼어요. 아직 몸을 움직이는 데 문제가 없지만, 아무래도 가족이 없으니까요. 여차할 때 남한테 폐를 끼치지 않도록 해야겠다 싶어서. 몇 명 차 마시는 친구 정도는 생겼지만 혼자는 역시 외롭네요. 특히 이 나이가 되니까요. 그래서 말인데요, 한 달에 한 통이라도 야스나리 씨의 러브레터를 제 앞으로 써줄 수 없을까 하고 찾아왔답니다."

거기까지 얘기하고, 후지산 이마 씨는 나를 보고 미소 지었다.

처음에는 솔직히 좀 머리가 이상한 사람이지 않을까 경계했다. 하지만 얘기를 듣다 보니 점점 후지산 이마 씨의 마음에 공감이 갔다.

후지산 이마 씨가 손가방을 열더니 안에서 메모 한 장을 꺼냈다. 거기에는 후지산 이마 씨가 거주하는 실버타운 주소와 후지산 이마 씨의 이름이 적혀 있었다.

"엽서 한 장이면 충분합니다. 인생의 마지막 순간에 달콤한 꿈을 꾸게 해준다면, 저는 제 인생을 납득하고, 이것으로 좋았다, 틀리지 않았다고, 고스란히 이 손으로 껴안을 수 있을 것 같아요."

후지산 이마 씨가 그렇게 말하는 것은 아직 망설임이 있기 때문이다. 어쩌면 자신에게 좀 더 나은 인생이 있었을지 모른다고 생각했을지도 모른다. 나 역시 문득 뒤를 돌아보았을 때, 내가 걸어온 길의 어둠에 오싹했던 경험이 있다.

후지산 이마 씨가 츠바키 문구점을 나설 무렵에는 눈도 비도 그쳐 있었다. 색 바랜 노란 카나리아 같은 색의 하늘이 펼쳐졌다. 누구나 바라는 대로의 인생을 선택할 수는 없는 거라고, 후지산 이마 씨의 작은 등이 얘기하고 있다.

뒷모습을 지켜보고 있노라니, 셋타(눈이 올 때 신는 신발. 대나무 껍질로 만든 밑바닥에 가죽을 대고, 뒤꿈치에 쇠붙이를 박은 것—옮긴이)를 신은 후지산 이마 씨의 기모노 자락이 곱게 펄럭거렸다. 후지산 이마 씨의 마음결을 대변하는 것 같았다.

가마쿠라 문학관에 가서 가와바타 야스나리의 친필 원고를 보고 돌아오는 길에 아마나와신메이신사에 들렀다.

내장까지 얼어붙을 듯이 추웠다. 가파른 돌계단을 간신히 올라가서 신전에서 참배를 했다. 이 신사는 가마쿠라에서도 가장 오래된 신사라고 한다.

계단 옆에 벚나무를 발견했다. 다마나와자쿠라(가마쿠라의 플라워 센터에서 독자적으로 육성한 오리지널 벚나무. 2월 중순에 개화하여 한 달 동안 꽃이 피어 있다─옮긴이)라고 한다. 이렇게 추운데 볼록한 봉오리가 사랑스럽다. 그 모습과 후지산 이마 씨의 살아가는 모습이 내 속에서 예쁘게 포개졌다.

휘이 둘러보니 지붕 너머로 바다가 보였다.

가와바타 야스나리도 이곳에서 바다를 바라보았겠지. 가와바타 야스나리가 마지막에 살았던 집이 이 신사 바로 아래에 있다.

후우 하고 숨을 토하니 연기처럼 부옇게 흐려졌다. 너무 추워서 눈물이 찔금찔금 난다.

가와바타 야스나리의 글씨는 기대 이하였다. 모든 글씨가 원고지 칸 오른쪽에 붙어 있어서, 학교 가는 길에 가방 속에서 한쪽으로 기울어진 도시락을 연상하게 했다. 작은 글씨가 칸에 쏙 들어가 있다.

교정지여서 그런가 했더니, 다른 방에 전시된 사적인 엽서도 역시 비슬비슬한 필체로, 자유분방하게 줄기를 뻗어가는 완두콩 같았다. 이 사실을 후지산 이마 씨는 알고 있을까. 거기에 비하면 평론가인 고바야시 히데오 씨 글씨는 그야말로 고바야시 히데오 같은 글씨로 훌륭했다.

너무 추워서 문학관 근처에 있는 스위츠 카페로 달려갔다. 앞을 지날 때마다 이 가게가 궁금했다.

카페 2층에 올라가니, 아무도 없어서 내가 독점한 상태였다. 창가의 테이블 석에 앉아서 얼그레이를 주문했다. 딸기 조각 케이크도 시켰다.

올려다보니 동량이 그대로 노출된 천장이 높고 시원스러웠다. 두 손을 다람쥐처럼 비비고 있으니 조금씩 몸이 따듯해졌다.

가방에서, 오는 길에 사온 규쿄도(긴자에 있는 300년 전통의 문구점—옮긴이)의 엽서와 펜을 꺼내서 테이블에 올려놓았다. 규쿄도의 엽서는 일부러 긴자까지 가지 않아도 가마쿠라의 기노쿠니야에서 살 수 있다.

나는 단숨에 다 썼다. 내용은 아까 유이가하마 거리를 걸으면서 생각했다.

기쿠코 님

며칠 전, 하얀 모자를 쓴 대불은 보셨습니까.

당신이 감기에 걸리지 않기를 바랄 뿐입니다.

평생 단 한 사람이어도 당신 같은 독자를

만난 나는 행복한 사람입니다. 또 쓰지요.

–야스나리

추신. 추위를 이기려면 소고기를 먹는 것이

최고입니다.[20]

기쿠코가 후지산 이마 씨의 본명인지, 아니면 후지산 이마 씨가

직접 지은 가명인지는 모른다. 기쿠코는 가와바타 야스나리가 가

마쿠라를 무대로 쓴 소설『산의 소리』에 등장하는 여성의 이름이

기도 하다.

가와바타 야스나리는『1인의 행복』이라는 짧은 작품 속에서 이

런 대사를 썼다.

'평생 단 한 사람이라도 행복하게 한다면 나는 행복한 사람이

다'라고.

후지산 이마 씨와 가와바타 야스나리가 직접 만난 적은 없겠지

만, 후지산 이마 씨가 가와바타 야스나리의 작품을 진심으로 사랑

하고, 그 작품이 삶의 버팀목이 돼주었다면, 그것은 가와바타 야

스나리에게도 행복한 일이다. 요컨대 후지산 이마 씨는 간접적으로나마 가와바타 야스나리에게 행복을 가져다주었다. 후지산 이마 씨에게 그 사실이 조금이라도 전해졌으면 좋겠다고 생각했다.

우표는 선대의 컬렉션 중에서 오래된 것으로 갖고 왔다.

가와바타 야스나리가 세상을 떠난 것은 1972년 4월 16일. 내가 고른 것은 같은 해 2월에 삿포로에서 개최된 동계올림픽 기념 우표였다. 검은 옷을 입은 남성과 빨간 레오타드 차림의 여성이 피겨 스케이트를 타고 있다. 약동감이 넘쳐서 금방이라도 우표에서 두 사람이 튀어나올 것 같다.

그것을 컵의 물에 손가락을 적셔서 엽서에 딱 붙였다. 그리고 부족한 2엔 분은 옛날의 아키타견 우표로 보충했다. 가와바타 야스나리가 개를 좋아해서 우표도 개로 골랐다.

가와바타 야스나리는 대체 왜 자살을 선택했을까. 유서는 발견되지 않았다.

만약, 만약에 정말로 후지산 이마 씨와 만날 수 있었다면, 그의 고독을 고스란히 후지산 이마 씨가 받아주었더라면, 그의 인생의 결말은 달라졌을지도 모를 텐데.

남은 케이크를 먹으면서 멍하니 그런 생각을 했다.

가게에서 밖으로 나오니 추위가 더 심해졌다. 잔뜩 위축되어 돌아오는 길에는 유이가하마에서 에노덴을 타기로 했다.

나미헤이에서 붕어빵을 네 개 샀다. 세 개와 한 개를 따로 담아 달라고 해서 한 개는 바바라 부인에게 주기로 했다.

주머니에 넣고 걸어가니, 후끈후끈한 게 주머니 난로처럼 따뜻했다. 도중에 발견한 우체통에 후지산 이마 씨 앞으로 쓴 엽서를 넣었다.

에노덴을 타면서 내 몫은 그 자리에서 먹고 싶었지만 꾹 참았다. 이제 맛있는 것을 혼자서 먹을 마음이 들지 않는다. 아무리 양이 적어도 큐피와 미츠로 씨와 셋이 함께 먹는 편이 좋다. 그렇게 같은 음식을 먹으면서 조금씩 서로의 거리가 가까워지고, 점점 닮아가지 않을까 기대한다.

이 년 만에 재개된 가마쿠라 칠복신 순례에는 큐피도 참가했다. 그 대신 남작과 빵티의 아들은 미츠로 씨가 보기로 했다. 빵티는 젖먹이 아기를 남겨두고 자신만 칠복신 순례를 할 수 없다고 참가를 꺼려했지만, 남작이 반강제로 빵티의 손을 끌고 왔다.

참가자들의 스케줄상 지난번처럼 음력설에 가는 건 무리였지만, 음력설에서 제일 가까운 일요일에 유이가하마 역 바로 앞에 있는 펜론에서 집결했다. 이곳은 남작의 단골 중화요리점으로 정말로 유이가하마 역 코앞이다. 역 구내라고 해도 좋을 정도다. 에노덴이 지나갈 때마다 바닥이 살짝 진동한다.

일단은 여기서 배를 채우고 칠복신 순례를 시작할 계획이다.

주문은 남작에게 맡겼다.

전원이 만두를 먹으면서 산라탕면이 나오기를 기다렸다. 이렇게 이 멤버가 얼굴을 마주하는 것은 바바라 부인 집에서 꽃놀이를 한 이후 처음이다.

그때, 다섯 살이에요, 하고 모두의 앞에서 자기소개를 한 큐피는 일곱 살이 됐다. 이제 마요네즈를 뿌리지 않아도 삶은 달걀을 먹는다. 남작과 빵티에게는 아기가 태어났고, 나와 미츠로 씨는 결혼했다. 바바라 부인에게도 어쩐지 최근 새 남자친구가 생긴 것 같다.

칠복신 순례를 재개한 것이 그렇게 기쁜지, 남작은 내내 기분이 좋았다. 빵티가 말리는 것도 듣지 않고 맥주를 더 주문했다.

빵티는 완전히 배짱 두둑한 엄마가 되었다. 그때, 부친이 위독하단 소식을 들은 빵티가 놀라서 보낸 편지를 회수하길 정말 잘했다. 나도 이 나이차 많은 커플 탄생에 일조했다고 생각하면 뿌듯하기 그지없다.

"많이 기다리셨습니다."

기다리고 기다리던 산라탕면 등장이다. 큐피는 밥을 주문해서 산라탕면 국물에 말아 먹었다.

전원이 말없이 면을 후루룩거렸다. 매콤달콤한 국물에 면은 연필심 정도로 가늘고, 건더기가 잔뜩 들어 있다. 큐피에게 조금 맵지 않을까 걱정했지만, 괜찮은 것 같았다. 좀 전까지 식어 있던 몸이 먹는 동안 점점 뜨거워졌다. 빵티가 남작의 이마에 밴 땀을 손수건으로 닦아주었다. 남작은, 왜 이래, 하는 표정을 지으면서도 하는 대로 가만히 있었다.

남작이 털어놓은 얘기를 생각하면 울컥 눈물이 날 것 같아서, 오늘은 그 일을 잊기로 했다. 아무것도 듣지 않은 거라고, 내 자신에게 일렀다.

큐피는 밥만으로는 부족했는지 면도 더 덜어서 다 먹어치웠다. 나는 도중에 배고플 때 먹도록 배낭에 인원수 분의 싱글벙글빵을 챙겨왔다.

"그럼 갈까요."

남작을 선두로 추운 하늘 아래, 우리는 이 년 만의 칠복신 순례를 출발했다. 먼저 하세사(長谷寺)에서 다이고쿠 님의 고슈인(신사나 절에서 도장을 찍고 붓으로 참배 날짜와 신사나 절 이름을 써주는 것—옮긴이)을 받고, 고료신사(御靈神社)로 가서 복록수님에게 참배했다.

큐피에게 복록수가 뭐야? 하는 질문을 받고 대답하지 못하고 있었더니,

"복록수란 행복(福)과 복록(祿)과 수명(壽), 세 가지를 주관하는 장수 신이야."

남작이 도와주었다.

"그럼 수노인(壽老人)과 캐릭터가 겹치네."

"둘 다 장수의 상징이니까."

빵티와 바바라 부인이 각각 한 마디씩 했다.

"장수?"

"응, 오래 사는 걸 장수라고 해요."

큐피에게 가르쳐주자,

"포포쨩, 장수해야 해요."

나를 똑바로 보며 그렇게 말했다.

"다 함께 장수하자~."

감정이 북받치는 것을 꾹 참으면서 나는 말했다.

남작도, 빵티도, 바바라 부인도, 미츠로 씨도, 그리고 큐피도 모두 장수하길 바랐다.

고료신사에 다녀온 후, 감미소(일본식 디저트 가게—옮긴이)에 들어가서 일단 휴식을 취했다.

"어째 계속 먹기만 하네."

남작은 그렇게 말했지만,

"단 음식은 마음의 영양이에요."

빵티가 재빨리 반격했다. 빵티도 오늘만큼은 육아를 잊고, 순수하게 칠복신 순례를 즐겼다.

결국 혼가쿠사(本覚寺)의 에비스 님에게 참배한 것은 절이 문을 닫는 오후 다섯 시 직전이었다. 이것으로 고슈인 수첩에는 칠복신 중 여섯 개가 모였다. 이제 고마치의 묘류사(妙隆寺)만 남았다.

기왕 온 길이니 다섯 시 종소리와 함께 우리는 메밀국수가 맛있는 후쿠야의 카운터 석을 독점했다. 신사와 불각을 도는 시간보다 먹고 마시는 시간 쪽이 압도적으로 긴 하루였다. 그러나 어른의 칠복신 순례이니 이 정도로 됐다. 무엇보다 아내에게 즐거운 추억을 남기고 싶다고 했던 남작의 바람이 이루어져서 다행이다.

도중에 미츠로 씨도 아기를 데리고 뒤풀이 자리에 합류했다. 아기를 안은 미츠로 씨를 처음 보았다. 미츠로 씨와 아기는 하루만에 탄탄한 신뢰관계를 이루고 있었다.

"내가 안으면 울면서."

그렇게 말하며 남작이 살짝 손가락을 깨물 만큼 미츠로 씨의 아빠 모습은 완벽했다. 그리고 빵티가 당당히 카운터에서 수유를 하는 모습도 아름다웠다.

후쿠야를 나와서 마지막에는 미츠로 씨와 아기도 함께 전원이 묘류사까지 걸어가서, 그곳에서 칠복신 순례를 마쳤다. 고슈인은 받지 못했지만, 남작의 소망은 이루었다.

돌아오는 길에는 바바라 부인과 함께 택시를 타고 돌아왔다. 큐피는 과연 지쳤는지, 내게 기대서 잠이 푹 들었다.

지금쯤 남작은 사랑하는 아내와 아들과 밤길을 걸으면서 무슨 생각을 하고 있을까 상상했다. 남작이 하루라도 더 가족과 보낼 수 있기를 기도했다.

멍하니 밤하늘의 별을 보고 있는데,

"포포, 즐거운 하루를 선물해줘서 정말 고마워."

바바라 부인이 숙연하게 속삭였다. 언젠가 먼 미래에서 오늘이라는 날을 돌이켜보면, 분명 엄청나게 특별한 하루일 거란 예감이 들었다. 지금은 아직 '그 안'에 있어서 그걸 잘 모르지만.

편지 공양은 올해도 무사히 끝났다.

대필업은 아메미야 가문의 선조 대대로 이어져온 것도 아니고, 편지 공양도 선대가 고안한 행사여서 이제 그만두어도 좋을지 모른다. 그러나 역시 편지 공양을 그만두는 것은 찜찜하다고 할까, 아깝다고 할까. 이 일이 뭔가 세상에 도움이 될지도 모른다. 공양해주길 바라는 편지가 오는 이상은 계속하자, 계속하는 것이 내 사명이다, 그렇게 생각하기로 했다.

사람에게 혼이 있듯이 말에도 깃들인 영이 있다. 그러니까 그 영을 천국으로 잘 보내는 의식은 필요하다. 소꿉놀이라고 비웃을지도 모르지만.

미즈로 씨의 새 가게도 무사히 개업을 하여, 그 전갱이튀김 카레는 니카이도 카레라는 이름으로 정식 데뷔를 했다. 개업 축하 선물로 나는 가게의 메뉴판과 간판 글씨를 써주었다. 가끔 사소한 일로 부부싸움을 할 때도 있지만, 그럴 때는 큐피가 좋은 중재자가 되어준다.

남작도 건강하게 마음 좋은 할아버지로 잘 지내고 있다. 내가 남작의 대필을 하는 것은 아직 한참 나중의 일이 될 것 같다. 일단 문장은 조금씩 생각하고 있지만, 실제로 그때가 오면 어떻게 바뀔지 모르겠다.

편지지를 넣을 봉투에는 남작이 타자기를 시험 삼아 칠 때 사용한, 물색 어니언스킨 페이퍼를 사용하려고 마음먹었다. 거기에는 남작이 친 'I love you'가 새겨져 있다.

그런 짓을 하면 남작이 나를 끼워 넣다니, 하고 화를 낼지도 모르지만. 운명의 신은 모든 것을 알고 있다. 모든 일은 그 뜻대로 되는 것이니.

조금씩 해가 길어지고, 바바라 부인의 집 뒷산에는 올해도 머위가 나기 시작했다. 일요일 아침, 큐피와 둘이서 머위를 캐러 갔다.

"발밑 조심하고."

바바라 부인이 산길을 올라가는 우리를 웃는 얼굴로 배웅해주었다. 나도 큐피도 장화를 신었다.

자연에 조금 가까워진 것만으로 흙냄새가 물씬 나고, 생물의 숨결이 바로 옆에서 느껴졌다.

"머위, 있다!"

처음에 발견한 것은 큐피였다. 까만 지면에 별처럼 생긴 머위가 나 있었다.

"잘 찾네. 그렇지만 되도록 꽃이 핀 것 말고 봉오리 쪽이 맛있어."

언젠가 선대에게 배운 것을 큐피에게 그대로 전수했다.

"머위 아기?"

"그러네, 머위 아기네."

"그럼 찻잎하고 같네."

"맞아, 맞아. 찻잎도 아기 잎을 땄지."

무심하게 나눈 대화도 큐피는 다 기억하고 있었다.

머위는 여기저기 얼굴을 쏙쏙 내밀고 있었다.

"두더지 같아."

머위를 하나 발견할 때마다 큐피가 사랑스러운 듯이 머위를 쓰다듬었다.

"귀여워."

내 눈에도 머위가 두더지처럼 보였다.

거의 한 시간 동안 뒷산을 돌아다니면서 꽤 많은 양의 머위를 땄다.

"슬슬 집으로 돌아갈까?"

큐피는 아직 머위를 더 따고 싶은 것 같았지만, 많이 따도 다 먹지 못한다. 큐피의 등을 재촉하여 다시 언덕길을 내려갔다.

"발밑 조심해."

그 말이 끝나자마자 내가 굴러버렸다. 몸이 허공에 붕 뜨더니, 떴다고 생각하는 순간 엉덩방아를 쿵 찧었다. 이렇게 크게 구른 건 어린 시절 이후 처음이다.

웃기기도 하고 엉덩이가 아프기도 하고 놀랍기도 하고, 여러 감정이 뒤섞여서 정신을 차리고 보니 깔깔깔 웃고 있었다. 너무 웃어서 눈물까지 쏟아졌다. 실제로는 아주 잠깐 동안 일어난 일일 텐데, 뭔가 연속 촬영을 한 것처럼 기억이 선명했다.

일어서서 돌아보니, 바지 엉덩이가 새까매졌다.

"포포짱, 집에 가면 같이 빨래해요."

큐피한테 이런 말을 듣다니.

아직 엉덩이가 아팠지만, 다친 데는 없어서 안도했다. 큐피와 손을 잡고 한 걸음씩 확인하면서 신중히 걸어서 산을 내려왔다.

집에 돌아와서 옷을 갈아입고, 큐피와 함께 점심을 먹은 뒤, 머위를 물에 담가서 깨끗이 씻었다. 저녁에 튀김할 분량을 남기고, 남은 머위는 머위 된장을 만들었다.

내가 살짝 데친 머위를 뜨거워하며 써는 동안, 큐피가 절구로 호두를 깼다. 선대가 즐겨 썼던 절구를 큐피가 사용하는 것이 신기했다. 피가 한 방울도 섞이지 않았는데, 선대와 큐피는 확실히 이어져 있다. 별것 아닌 절구공이가 릴레이 바통처럼 느껴졌다.

만약 선대가 살아 있었다면 큐피와 어떤 식으로 지냈을까.

위엄 넘치는 할머니일까. 아니면 의외로 증손녀에게는 쩔쩔매는 증조할머니가 됐을까. 큐피라면 선대도 자신의 세계로 불러들여 웃게 만들 것이다.

그러나 한 가지는 확실하다. 나의 이 선택을 선대는 절대 부정하지 않았을 것이다. 표정 하나 바뀌지 않고, "너 좋을 대로 해라. 그러나 도중에 내팽개치면 안 된다." 그런 식으로 말하지 않았을까.

자기가 결정한 일은 끝까지 책임진다. 그것이 선대의 삶의 방식이었다. 아마 선대는 갓 태어난 나를 앞에 두고, 이 아이를 엄하게 키워야지 하고 결심했을 것이다. 그리고 그 자세를 마지막 임종 때까지 관철했다. 그것은 아마 내가 혼자서도 잘 살아갈 수 있길 바라는 애정이었을 것이다.

선대가 세상을 떠나면 내게는 도와줄 사람이 없으니까. 그때, 누구에게 의지하지 않고도 자립할 수 있도록, 그렇게 생각하고 나를 엄하게 대했던 것이다.

지금 같으면 선대의 마음도 조금은 이해된다. 그 시점에서 깨달

왔더라면 그렇게 서로를 상처 입히며 싸우진 않았을 텐데.

정성껏 머위를 썰어서 힘을 주어 꽉 짰다.

프라이팬을 불에 올리고 참기름을 붓는다. 큐피에게 부탁한 호두도 적당히 소금 간하여 다졌다. 예전에는 내가 큐피 역할이었다. 선대 옆에서 혼나지 않도록 열심히 절구공이를 움직였다.

뜨거워진 프라이팬에 다진 머위를 넣자, 부엌 공기가 완전히 봄이 됐다.

"좋은 냄새."

내가 말하자,

"좋은 냄새네요오."

큐피도 어른들 말투를 흉내 내서 말했다.

나는 얼마나 행복한가. 일요일 오후, 이렇게 귀여운 딸과 집에서 머위 된장을 만들다니.

"나중에 바바라 부인에게도 좀 나눠드리러 가자."

프라이팬 내용물을 나무주걱으로 저으면서 나는 말했다. 밖에서는 봄을 알리는 휘파람새 소리가 났다.

그날 밤, 큐피의 몸 상태가 안 좋아졌다.

일요일은 세 식구가 함께 저녁을 먹는 소중한 시간이어서, 나는 평소보다 더 분발해서 오늘 아침에 따온 머위와 집에 있던 채소로

튀김을 했다. 그리고 식후, 바바라 부인에게 얻은 딸기를 디저트로 먹으려고 준비할 때였다.

"속이 울렁거려."

그렇게 중얼거리고 몇 초 뒤, 큐피가 엄청난 구토를 했다. 미츠로 씨가 황급히 볼을 들고 갔지만 늦었다. 순간, 머위에 뭔가 나쁜 균이라도 묻었던 걸까 불안해졌다. 하지만 그럴 리는 없다.

"열이 나. 체온계 좀 갖다줘."

미츠로 씨가 큐피의 이마를 짚어보면서 말했다.

좀 전까지 아무렇지 않게 식사를 했는데, 미츠로 씨 팔에 기댄 큐피는 볼이 빨개져서 축 늘어져 있다.

서둘러 체온계를 갖고 와서 겨드랑이에 끼웠다. 그동안에 큐피 주변의 오물을 깨끗이 치웠다. 열은 39도를 넘고 있었다.

"어떡해."

내가 허둥대자,

"침착해!"

드물게 미츠로 씨의 목소리가 커졌다. 옷이 더러워져서, 일단 큐피의 옷을 갈아입혀야 한다. 그런데 나는 완전히 패닉 상태가 되어 몇 번이고 불필요한 행동을 자꾸 한다. 이렇게 상태가 안 좋은 큐피를 보는 것은 처음이었다.

큐피의 이마에 손을 대니, 정말로 뜨거웠다. 큐피는 추워, 추워,

하고 호소했다. 몸이 달달 떨리고 있었다.

"침대에서 쉬게 하자. 오늘은 일요일이고, 이미 늦었으니 내일 아침에 병원에 데려가는 게 좋겠어."

보통은 반대일 텐데, 라고 생각하면서 미츠로 씨 말을 듣고 있었다. 원래 듬직하게 흔들림 없어야 할 엄마 쪽이 모리카게 가에서는 허둥대고 있다. 미츠로 씨가 큐피를 안고 계단을 올라갔다. 나는 어쩔 줄 모르고 따라 올라갔다.

"어쨌든 한동안 상태를 지켜볼 수밖에 없어. 열이 나는 것도, 토하는 것도, 애들한테는 흔히 있는 일이야."

무사히 큐피를 침대에 눕힌 미츠로 씨가 차분하게 말했다.

"알겠어. 오늘은 나, 이 방에서 잘래."

"오케이. 그렇지만 하토코도 무리하지 마. 하토코까지 쓰러지면 모리카게 가는 파탄이야."

"응, 알아, 괜찮아."

어릴 때, 나는 곧잘 학교에서 열이 났다. 그때마다 선대가 학교까지 데리러 와주었다. 그럴 때도 선대는 조금도 다정하지 않았다. 다정하기는커녕 되레 쌀쌀맞았다. 감기에 걸리거나 몸이 아픈 것은 자기관리를 못한 탓이라고, 몸이 아픈 가운데 설교를 들었다. 선대는 내가 어리광을 부리는 것이 보였을지도 모른다.

큐피의 침대 옆에 이불을 깔았다. 큐피는 얼굴이 벌겋게 달아오

른 채 신음했다. 그런 일이 있길 바라진 않지만, 혹시 밤중에 구급
차를 부를 일이 생겨도 혼란스럽지 않도록 만일을 위해 가방에 보
험증과 지갑, 최소한의 갈아입을 옷 등을 챙겨놓았다. 큐피의 이
마에 열냉 시트를 붙였다.

큐피가 조금 진정된 것을 보고 아래로 내려가니, 미츠로 씨가
부엌 뒷정리를 하고 있었다.

"고마워."

내가 말하자,

"하루나가 처음 열이 났을 때, 둘이 당황해서 허둥대던 생각이
나네."

미츠로 씨가 숙연하게 말했다. 둘이란 미츠로 씨와 미유키 씨
다. 미츠로 씨가 먼저 미유키 씨 얘기를 꺼낸 것은 처음이었다.

"그때는 어땠어?"

지금 내가 제일 보고 싶은 것은 미유키 씨였다. 미유키 씨를 만
나서 이럴 때는 어떻게 대처하면 좋은지 물어보고 싶었다.

"냉장고에 얼음이 없었는데, 그걸 내 탓을 해서 거하게 부부싸
움을 했지. 미유키가 편의점에 뛰어가서 얼음을 사왔던가. 그 일
이 문득 생각났어. 겨우 몇 년 전 일인데 굉장히 오래된 일 같네."

바깥은 눈이 내리는 듯 고요했다. 큐피에게 먹일 물과 컵을 준
비하고 있는데,

"탈수 증세가 일어나면 큰일이니까, 이온 음료 하나 사올게."

미츠로 씨가 말했다.

"그러게, 그 편이 좋겠네. 혹시 바나나도 있으면 사와줘, 부탁할게."

면역력을 높이는 데는 바나나가 좋다고 선대가 말했다.

2층에 물을 갖고 가니, 큐피가 괴로운 듯이 자고 있었다. 금방 옷을 갈아입혔는데 벌써 몸이 땀으로 축축하다.

마른 타월로 땀을 닦았다. 큐피의 몸에 스트로라도 꽂고 아픈 것, 고통스러운 것을 전부 내가 빨아낼 수 있다면 얼마나 좋을까.

그대로 이불에 누웠다. 나는 깨어 있다고 생각하지만, 실제로는 도중에 잠들었을지도 모른다. 몇 번째인가 일어나서 큐피의 열을 쟀다. 조금 내려갔다고는 하지만, 그래도 38도다.

열냉 시트를 새것으로 바꾸고, 땀 흘린 파자마를 갈아입혔다. 뺨에 손을 대보니 아직 화끈거렸다.

힘내, 힘내, 큐피, 힘내.

마음속으로 응원하면서, 잠든 얼굴을 한참 동안 바라보고 있었다. 이렇게 작은 몸으로 정체 모를 무언가와 싸우고 있다.

그러고 보니 나는 딱 한 번 입원한 적이 있다. 어쩌면 지금 큐피와 비슷한 나이였을지도 모른다. 맹장염에 걸려서 수술을 받았다. 그때는 선대도 화를 내지 않았다.

역시 선대는 꾀병과 꾀병이 아닌 것을 정확히 꿰뚫고 있었던 걸까. 지금 돌이켜보면 그렇게밖에 생각할 수 없다.

큐피의 침대맡에 머리를 대고 있다가 어느새 잠이 든 것 같다. 눈을 뜨니, 큐피가 헛소리를 중얼거리고 있었다.

"왜 그래? 괜찮아?"

무서운 꿈이라도 꾼 걸까. 작은 소리로 속삭이듯이 어떤 말을 했다. 나는 귀를 기울여서 그 단어를 들으려고 했다.

"엄마."

분명 그렇게 말했다.

순간, 미유키 씨를 부르는 건가 생각한 내 마음을 찰싹 때렸다. 어느 쪽이든 상관없다. 미유키 씨든 나든 어느 쪽이든 좋다. 중요한 것은 지금 큐피가 엄마를 찾고 있다는 거니까.

"하루짱."

꿈을 꾸고 있는 큐피를 가만히 불렀다.

그 이름은 미유키 씨의 전매특허라고 생각해서 피했다. 큐피를 낳지 않은 나는 그렇게 부르면 안 된다고 사양했다. 배 아파서 낳지 않은 나는 진짜 엄마가 아니지 않을까, 주눅이 들었다. 그러나 아니었다. 잘못된 것은 내 쪽이란 걸 지금 알았다. 큐피는 나를 찾고 있다. 나와 미유키 씨를 찾고 있다. 나는 미유키 씨이고, 미유키 씨는 나일지도 모른다. 큐피에게 그런 건 어떻든 상관없다. 작은 일에 연연했던 자신이 부끄러웠다.

"하루짱."

한 번 더 불러보았다.

설령 꿈속에서라도 엄마라고 불린 것이 기뻤다. 내가 아니더라도 기뻤다. 사실은 나, 그렇게 불려보고 싶었다. 기쁨을 깨닫고, 나는 그제야 내 마음을 알았다. 그런 건 아무렇지도 않다고, 상관없다고 생각한 것은 어린 내가 부린 최대한의 고집이었다.

어쩌면 선대도 내가 할머니, 라고 부를 날을 고대했을지도 모른다.

땀을 많이 흘려서인지, 큐피의 열은 37도까지 떨어졌다.

이른 아침, 아래층에 내려가니 미츠로 씨가 일찍 일어나서 죽을 끓이고 있었다.

"안녕."

뒤에서 가만히 말을 걸자, 놀란 듯이 돌아보았다.

"좀 어때?"

"아까 재보니 열이 꽤 떨어진 것 같아."

"다행이네. 하토코도 좀 잤어?"

"잠깐 잠깐씩 눈을 붙여서 괜찮아. 게다가 오늘은 가게도 노는 날이고."

그렇게 말하면서 나는 주전자에 물을 붓고 교반차를 마실 준비를 했다.

질냄비에서 구수한 죽 냄새가 났다.

"우리 집에 금귤 있었지?"

미츠로 씨가 냉장고 야채실을 들여다보았다.

"있을 거야, 요전에 렌바이에서 사왔으니까."

"있다, 있다."

미츠로 씨가 냉장고에서 금귤 봉지를 꺼냈다.

"근데 그걸 어떻게 하게?"

"죽에 넣으려고. 고구마는 벌써 넣었어."

미츠로 씨가 태연하게 말했다.

"뭐어? 금귤에 고구마? 죽에?"

깜짝 놀라서 미츠로 씨 눈을 쳐다보았다.

"나도 처음에는 깜짝 놀랐어. 그런데 이게 미유키네 친정에서는 몸이 안 좋을 때 먹는 죽 레시피래. 정식으로는 건포도도 들어간다고 하지만, 그것까지는 생략해도 좋을 것 같아서 오늘은 금귤과 고구마로 하려고. 미유키는 이걸 먹을 수 있어서 감기 걸리는 게 기다려졌대. 그래서 큐피가 감기 걸렸을 때도 몇 번 끓여주었어."

"잘 먹었어?"

"본인은 기억하지 못하겠지만, 아주 맛있게 먹었어."

"그럼 만들어줘야지. 미유키 씨의 어머니는 아마 영양분을 챙겨주려고 아이들이 좋아할 만한 달콤한 금귤과 고구마를 죽에 넣으셨나 보다."

찻주전자에 찻잎을 넣고, 주전자의 끓는 물을 부었다. 가을 낙엽 같은 향이 훅 났다. 셋이서 시시마이 계곡에 낙엽을 보러 간 아침이 생각났다.

"마셔요."

잠시 우려낸 뒤, 미츠로 씨 머그컵에 첫 차를 따라서 앞으로 내밀었다. 평소에는 혼자 아침노을 진 하늘을 보면서 마시는 교반차를, 오늘은 미츠로 씨와 마주 앉아서 마시고 있다.

"질문이 있는데."

뜨거운 차를 한 입 마신 뒤, 내가 말했다.

"미유키 씨는 하늘과 바다와 육지 중에 어디를 가장 좋아했어?"

실은 줄곧 궁금했다.

"뭐야, 자다가 봉창 두드리듯이. 자위대 얘긴 줄 알았네."

"아냐, 진지하게 묻는 거니까 숨기지 말고 가르쳐줘. 닳는 것도 아닌데."

미츠로 씨와 둘이서 마시는 교반차는 평소보다 달콤하게 느껴졌다.

"글쎄, 어디 놀러갈까, 하면 바다에 가고 싶다고 할 때가 많았던 것 같지만."

"그렇구나, 그래서 가마쿠라도 좋아했구나."

"난 산 쪽을 좋아해서 가끔은 캠프도 가고 싶다고 생각했어. 하토코는?"

"난 단연 숲이지. 바다는 너무 넓어서 좀 무서워. 산도 갑자기 날씨가 바뀌거나 해서 무섭고. 하지만 숲은 괜찮아. 다정하니까. 초보자도 즐길 수 있잖아."

"근데 왜 갑자기 그런 걸 물어?"

"있잖아, 편지를 쓰려고. 내 마음을 미유키 씨에게 전하고 싶어서. 지금까지 어디로 보내야 할지 몰랐거든. 근데 미유키 씨가 바다를 좋아했다면 바다로 편지를 보낼래."

"오."

미츠로 씨가 팔짱을 끼면서 나를 보았다.

"기왕 쓰는 김에 미츠로 씨도 쓰지?"

그렇게 말했을 때, 드르륵 부엌의 미닫이문이 열리고 큐피가 나타났다.

"나도 쓸래!"

마치 아무 일도 없었던 것처럼 건강한 목소리였다.

"몸은? 배 아프지 않아?"

내가 묻자,

"빨리 학교 가지 않으면 지각이야."

큐피가 울상을 지었다. 지금까지 큐피는 전부 개근이었다.

안색은 꽤 좋아졌다. 이마를 짚어봐도 열은 없는 것 같았다. 하지만 확인을 위해 체온계를 갖고 와서 겨드랑이에 끼웠다. 어젯밤 상태로 봐서는 오늘 학교에 가는 건 상상도 하지 못했다.

체온계를 확인하니 확실히 열도 떨어졌다.

"좋아, 그럼 오늘도 학교에 갈까."

미츠로 씨 말에,

"아싸, 롤 캐비지 먹을 수 있다!"

그렇게 말하고 큐피가 폴짝폴짝 뛰며 기뻐했다. 그렇다, 오늘 급식은 큐피가 제일 좋아하는 롤 캐비지다.

"좋아. 혹시 몸이 안 좋아지면 바로 데리러 갈 테니까."

좀 전까지 숙연했던 분위기가 갑자기 밝아졌다.

큐피는 급히 서둘러서 옷을 갈아입고, 세수를 하고, 책가방에 교과서와 공책을 찔러 넣었다. 그리고 셋이 나란히 죽을 먹었다.

금귤이 들어간 고구마죽은 은근히 달콤새콤하니 맛있었다. 분명히 미유키 씨도 기뻐해줄 것이다. 또 모리카게 가의 새로운 하루가 시작됐다.

미유키 씨에게

처음 편지를 씁니다. 이미 제가 누군지 미유키 씨는

다 알고 있을지도 모르지만, 일단 자기소개를 하겠습니다.

저는 모리카게 하토코라고 합니다.

미츠로 씨의 두 번째 아내가 됐습니다.

미츠로 씨와는 가마쿠라에서 만났답니다. 이웃사촌에서

교제로 발전하여, 작년 봄, 큐피가 초등학생이 된 날

혼인신고를 했어요. 다음 달이면 결혼한 지 일 년이 되는군요.

우리 사이를 이어준 것은 큐피랍니다.

큐피라고 하면 미유키 씨에게는 의아할까요.

큐피는 미유키 씨와 미츠로 씨의

딸입니다. 저는 그 아이를 이렇게 부릅니다.

미유키 씨, 큐피를 낳아주셔서 정말로, 정말로

감사합니다. 일단은 미유키 씨에게 감사를 전하고

싶어서 이 편지를 씁니다.

큐피가 제 인생을 바꿔주었습니다. 그 아이가 저를

밝은 세계로 이끌어주었습니다.

이제 큐피가 없었던 인생을 상상할 수가

없습니다.

그러나 그 사실에 감사하면 감사할수록 미유키 씨에게

미안합니다.

미유키 씨, 정말로 고통스러웠죠. 아팠죠.

그렇게 많은 피를 흘리면서도 마지막까지 큐피를

신경 썼었죠. 큐피를 필사적으로 지켜주셨죠.

엄마인 미유키 씨를 진심으로 존경합니다.

처음 미유키 씨가 쓴 글씨를 보았을 때, 저는 왠지

미유키 씨를 전부터 알고 있었던 것 같은 기분이 들었습니다.

미츠로 씨 빼고, 둘이서 친구가 되고 싶었습니다.

함께 차를 마시고, 여행을 가고, 그러고 싶었습니다.

분명히 우리는 좋은 우정을 키우지 않았을까,

생각합니다. 뭐니뭐니 해도 남자 취향이 같잖아요!

미츠로 씨를 멋있다고 생각한 우리니까 아-주

안목이 뛰어나다고 생각하지 않으세요?

미유키 씨, 제가 큐피를 미유키 씨처럼

하루짱이라고 불러도 괜찮을까요? 제가 진심으로

하루짱의 엄마가 돼도 괜찮을까요?

그렇게 하면 뭔가 모리카게 가에서 미유키 씨를 밀어내는

것 같아서 마음이 괴로웠어요. 그렇지만 나도 제대로 명실공히

'엄마'가 되고 싶구나, 하는 걸, 요전에 아이 간병을 하면서

확실히 깨달았답니다.

부디 제멋대로 하는 저를 용서해주세요.

저는 모리카게 가가 세상에서 제일가는 반짝반짝 공화국이

되도록 열심히 노력하겠습니다. 반짝반짝 공화국을

목숨 걸고 지키겠습니다.

물론 미유키 씨가 돌아올 장소는 언제든 모리카게 가에

준비해두겠습니다. 약속할게요.

그러니까 만약에 언젠가 제가 임신하게 되면 아기를, 낳아도

괜찮을까요?

저는 미유키 씨의 마음을 가장 우선으로 하고 싶습니다.

한 번 더 말하겠습니다. 미유키 씨, 하루짱을 낳아주어서

정말로 고맙습니다.

저, 미유키 씨를 정말 좋아합니다. 앞으로도 줄곧, 줄곧

좋아할 겁니다.

하토코 드림[21]

되도록 글씨를 작게 썼지만, 편지지는 다섯 장이나 됐다. 페이지 번호를 쓰고, 편지지를 둘둘 말아, 보틀레터 주둥이로 쏙 넣었다.

큐피도, 미츠로 씨도 각각 미유키 씨에게 편지를 썼다. 미츠로 씨는 마지막까지 나는 글도 못 쓰고, 글씨도 지저분해서, 라며 쓰

기를 주저했지만, 최종적으로는 어제 고타츠에 들어가서 진지하게 썼다. 큐피는 그림과 함께 메시지를 쓴 것 같다. 서로 어떤 내용인지는 모른다.

4월의 첫 주말, 우리는 아침 일찍 자이모쿠자로 출발했다.

"하나, 둘!"

나는 보틀레터를 바다 위로, 큐피는 풍선을 단 편지를 하늘로 띄워 보냈다. 화사한 봄날의 파란 하늘로 풍선이 점점 빨려 들어갔다.

"풍선 아저씨----!"

큐피가 하늘을 향해 소리쳤다.

나도 편지를 넣은 병의 행방을 끝까지 지켜보았다.

처음에는 좀처럼 파도를 타지 못하고 다시 모래사장으로 되돌아오는 것 같았지만, 보틀레터는 결심한 듯이 거침없이 헤엄치듯 파도 사이로 빨려 들어갔다.

미츠로 씨가 미유키 씨에게 쓴 편지는 표류우체국 앞으로 보냈다. 표류우체국은 수신인을 쓸 수 없는 편지 등을 받아주는 우체국으로, 세도우치카이에 떠 있는 작은 섬, 아와시마 한복판에 있다.

바다에서 돌아오는 길에 미츠로 씨가 불쑥 말했다.

"줄곧 원망해왔어, 범인을. 너도 똑같은 일을 당해서 괴로워하다 죽어라, 줄곧 그렇게 생각했어."

"당연하지."

나는 말했다. 나도 미유키 씨의 목숨을 빼앗은 범인을 증오하고 있다. 실컷 괴로워하다가 지옥에 떨어지기를 바랐다.

"그런데 말이야."

미츠로 씨는 계속했다.

"상대가 불행해진다고 해서 내가 행복해지진 않는다는 걸 깨달았어. 편지를 쓰면서."

미츠로 씨 말은 내게 묵직한 울림을 가져다주었다.

"살아가는 수밖에 없더라. 내가 행복해지는 게 복수라는 걸 깨달았어. 우리가 울고 있으면 상대가 원하는 대로 되는 거야."

바다 쪽에서 부드러운 바람이 불어와 숄처럼 우리를 감쌌다. 바람이, 괜찮아, 하고 속삭였다.

"하루짱."

신호를 기다리면서 나는 말했다.

"태어나주어서 고마워. 나, 하루짱을 낳아주신 어머니한테 진심으로 감사하고 있어."

당사자인 본인은 무슨 말인지 모르는지 멍하니 하늘을 보고 있었지만, 큐피는 큐피대로 그 말을 가슴속에 담아주었을지도 모른다. 그런 것, 새삼스럽게 말할 필요 없는데, 라고 생각하는 얼굴이었다.

신호가 파란불로 바뀌어서 우리는 다시 걷기 시작했다. 지금쯤 보틀레터는 어느 바다를 여행하고 있을까. 후지산이 보이기 시작했을까.

"그러게, 남은 사람은 살아갈 수밖에 없네."

미츠로 씨 말을 곱씹으면서 나는 되풀이했다.

"레이디 바바 씨도 낳을 때는 필사적이었을 거야."

갑작스런 미츠로 씨 말에 놀라 그 자리에 우두커니 멈춰 섰다.

"어떻게, 알아……."

미츠로 씨에게는, 미츠로 씨에게만큼은 레이디 바바 이야기를 입이 찢어져도 할 수 없다고 생각했는데.

"그야 보면 알지. 요전에 가게로 오셨어. 그때, 순간적으로 하토코가 온 줄 알았다니까. 옷이 달라서 다른 사람인 줄 알았지만."

"안 닮았어--."

나는 말했다. 레이디 바바와 닮았다는 말을 듣다니 의외였다.

"닮았다니까. 잘 봐. 물론 그쪽은 화장이 짙어서 알아보기 어렵지만. 눈두덩 느낌이나 입매나 똑같아."

"말도 안 돼……."

미츠로 씨는 레이디 바바가 어떤 사람인지 모르니까 그렇게 말할 수 있다.

"그렇게 몰지 마."

뾰로통해서 말했더니,

"엄마잖아. 엄마하고 사이좋게 지내야지."

큐피가 말했다.

"맞아. 어떤 사람이든 어머니는 어머니야. 하토코는 지금 행복하잖아? 그 행복은 태어나지 않았으면 느끼지 못하는 거잖아. 낳아준 사람은 어머니야. 만약 하토코가 행복하다면 어머니한테 감사해야지, 그러지 않으면 벌 받아. 억지로 좋아할 필요는 없으니까."

미츠로 씨 말에 무릎을 쳤다.

"그렇구나, 애써 좋아할 필요는 없지만 감사는 할 수 있네."

줄곧 가슴에 막혀 있던 무언가가 쑥 내려가는 기분이었다.

하늘을 올려다보니 별이 반짝반짝 빛나고 있었다. 한낮의, 눈에 보이지 않는 별들이 반짝이고 있었다. 그 속에는 선대도, 그리고 미유키 씨도 있다.

반짝반짝, 반짝반짝.

우리는 언제 어디서나 아름다운 빛에 싸여 있다. 그러니까 괜찮다.

내게는 반짝반짝이 있다. (끝)

"이 소설의 다음 이야기를 쓸까 하는 생각을 막연히 하긴 했답니다. 그런데 『츠바키 문구점』을 읽고 독자 분들이 깜짝 놀랄 정도로 많은 편지를 보내주셨어요. '속편을 기대합니다'라는 내용이 압도적으로 많더군요. 편지를 받은 적은 많지만, 이번에는 완전히 규모가 달랐어요. 독자 여러분과 이렇게 행복하게 이어질 기회는 좀처럼 없다고 생각해서, 속편에 도전하기로 했답니다."

손편지를 소재로 한 소설 『츠바키 문구점』이 요즘 같은 이메일 세상에 뜻밖의 히트를 치며 큰 사랑을 받았다(2017 서점대상 4위에 오르고, NHK에서 드라마화되기도 했다). 독자들은 속편을 내달라고 작가에게 열화와 같은 편지를 보내고, 작가는 행복해하며 속편을 썼다. 『반짝반짝 공화국』은 이렇게 아날로그하게 세상에 나왔다(이 작품도 2018 서점대상 10위에 올랐다).

주인공 포포(하토코)는 미혼모의 딸로 태어나 할머니 손에서 자랐다. 사춘기 시절에는 만사 엄격한 할머니에 대한 반감으로 불량소녀 생활도 좀 했다. 이십 대에는 세상을 떠돌며 방황을 하다가 할머니가 세상을 떠난 후에야 고향 가마쿠라에 돌아왔다. 다시 돌아온 고향에서 포포는 할머니가 하던 츠바키 문구점과 대필 일을 이어받아서, 언제 불량소녀 시절이 있었냐는 듯이 성실하게 살아간다. 포포는 사이가 나빠서 생전에 단 한 번도 할머니라고 불러본 적이 없는 할머니를 '선대'라고 지칭한다. 전편인 『츠바키 문구점』에서는 대략 이런 얘기가 펼쳐졌는데, 속편에서는 포포가 갑자기 결혼을 발표하며 등장한다. 『츠바키 문구점』에 나왔던 귀여운 큐피의 아빠 미츠로 씨와. 『반짝반짝 공화국』은 포포와 미츠로 씨와 큐피의 집을 가리키는 말이다.

"전작보다 조금 더 사적인 면에 접근해보았답니다. 포포가 어떻게 성장해나가는지, 저 자신도 쓰면서 정말 기대됐어요. 저는 소설이어도 뭔가 읽는 사람의 생활에 도움이 되는, 넓은 의미에서 실용서였으면 좋겠다는 생각을 항상 했답니다. 그 생각에는 변함이 없어요."

소설이지만 실용서였으면 한다는 작가의 생각은 그동안의 작
품들로 충분히 납득이 된다. 데뷔작이자 초베스트셀러였던『달팽
이식당』을 비롯하여 음식 이야기가 유난히 많은 그녀의 소설은
요리책 기능을 톡톡히 한다.『트리하우스(원제:쓰루가메 조산원)』에
서는 출산에 관한 정보가 알기 쉽게 나와 있다.『츠바키 문구점』과
『반짝반짝 공화국』은 말이 필요 없는 훌륭한 가마쿠라 가이드북
이다. 종이와 문구류에 관한 깨알 같은 정보는 덤이다.

강렬한 유혹을 받고 가마쿠라로 떠나서, 소설에 등장하는 절이
나 가게를 순례하는 독자 분들이 많은 것 같다.『츠바키 문구점』을
읽고 다녀왔으니 이번에는 괜찮겠지 했지만,『반짝반짝 공화국』
에는 또 다른 명소와 가게가 유혹의 마수를 뻗쳤다. 본문에 등장
하는 두부가게 '마스다야' 주인은 두부 판매가 급증하고 있다며,
"오가와 씨 덕분"이라고 찾아온 독자에게 말하더라고 한다.

"아직은 아무것도 구상하지 않았습니다. 그렇지만 여러분이 기다
려주신다면 자연스럽게 앞으로도 계속 써나갈 것 같은 예감은 듭
니다."

벌써 3편을 기대하는 독자의 편지가 날아들고 있다는 오가와 씨. 솔직히 번역을 마치고 그런 예감은 나도 들었다. 이 작가, 이 시리즈 계속 쓰겠구나. 속편이 나왔을 때는 놀랐지만, 속편을 읽고 나니 이 소설은 독자 입장에서는 하염없이 읽고 싶고, 작가는 끝없이 쓰고 싶을 포맷의 이야기라는 생각이 들었다. 전편에서 귀여운 유치원생이었던 큐피가 이번에는 새엄마 포포를 잘 따르는 착한 초등학생으로 나온다. 아마 시리즈로 나온다면 반항하는 사춘기의 큐피, 어른이 되어 대필업을 물려받은 큐피의 얘기까지 나올 수 있지 않을까. 상상을 하다 보니 정말로 3편이 간절히 기다려진다. 다음에는 이 등장인물들이 어떻게 달라져 있을지, 어떤 독특한 의뢰인들이 나올지, 또 어떤 가마쿠라의 맛있는 가게들이 소개될지 궁금하다.

『츠바키 문구점』이 의뢰인의 에피소드에 초점을 맞췄던 것과 달리 이번 편은 작가도 얘기했듯이 포포의 사적인 생활에 초점이 맞춰졌다. 결혼도 하고, 딸도 생기고, 시집 식구도 생기고, 생각지 못한 어떤 인물도 등장한다. 혼자였던 포포에게 가족이 늘어난다. 남편의 전부인까지 가족의 범주에 넣고 사랑하는 포포는 너무 착해서 불편하기도 하지만, 그게 오가와 이토 씨 작품의 특징이기도 하다. 평범한 사람들이 평범한 음식을 먹고 평범한 행복을 느끼며 평범하게 살아가는 이야기를 평범한 문장으로 쓰는 오가와 이토 씨는 『반짝반짝 공화국』에서도 여전히 반짝반짝 빛난다.

2018년 9월

권남희

반짝반짝 공화국

초판 1쇄 발행 2018년 10월 5일 **초판 5쇄 발행** 2023년 7월 20일

지은이 오가와 이토
옮긴이 권남희
펴낸이 이승현

출판1 본부장 한수미
라이프 팀장 최유연

펴낸곳 (주)위즈덤하우스   **출판등록** 2000년 5월 23일 제13-1071호
주소 서울특별시 마포구 양화로 19 합정오피스빌딩 17층
전화 02) 2179-5600 **홈페이지** www.wisdomhouse.co.kr

ISBN 979-11-6220-756-7 03830

ツバキ文具店

포
포
의
편
지

このはる　わたしたちは　かぞくに　なりました

ちいさな　ふねにのり　３にんで　うみへ　こぎだします

どうか　あたたかいめで　みまもって　ください

おかあさんへ
いつも、おいしいお弁当を作ってくれて

どうもありがとう。
おかあさんが僕のおかあさんで、

よかったです。
おかあさん、これからはたくさん

山に登ってください。

あと、ひとつだけお願いがあります。
僕は、来年、中学生です。

ほっぺの チューは、卒業したいです。

多果比古より

静子さんへ

こちらは日に日に風が冷たくなり、そろそろ、お茶の花が咲く季節となりました。静子さんは、お茶の花をご覧になったことがありますか？ 私は、お茶の花が大好きです。秋になると、白くて小さい、椿みたいな花が咲くんです。

おいしいお茶を作るためには、葉っぱが大事ですから、花は切ってしまった方がいいんですってね。でも、私はなかなかそれができません。かわいくて、つい甘やかしてしまうんです。

イタリアにも、お茶の木はありますか？ もし見つけたら、ぜひ作ってみてください。発酵させる手間はかかりますが、紅茶だってできますよ。でも私は日本人なので、やっぱり緑茶党ですが。

忘れないうちに、作り方をざっとメモしておきます。

来春、機会があったらぜひ！
自家製の新茶の味は格別ですョ。

《お茶の作り方》

一、一芯二葉をつむ

二、洗わずに、セイロで少量ずつ蒸す。（だいたい30秒から1分の間）

三、いい香りがしたら火を止め、筵に広げてウチワであおぐ

四、フライパンで空煎りする（弱火でじっくりと）

五、ある程度水分が飛んだら、まな板の上に移して、両手でもむ
（火傷に注意！）

六、四と五を交互に繰り返して、完全に水分を飛ばす

七、乾燥させて、できあがり

カシ子

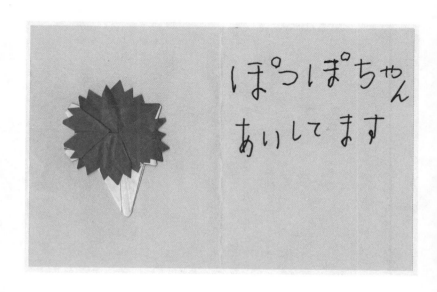

ぽっぽちゃん
あいしてます

04

守景鳩子

もりかはるげ
もり
かげ
はるな

葉子、悪かった。ふがいない夫で、ごめんな。

こんな結果になって、本当に本当に申し訳ないと思っている。

謝まって許されることではないけど、今、とても後悔している。

夫らしいことも、父親らしいことも、何ひとつしてこなかった。

その罰が当たったんだな。自分でも、本当に情けないよ。

お願いだ。今すぐとはいわないが、いつか、再婚してほしい。

そして、今度こそ、幸せな結婚生活を送ってほしい。

俺とは正反対の、良き伴侶と出会えることを、祈っている。

そしていつか、俺の悪口を、娘と笑顔で語ってほしい。

俺のこと、いっぱいののしってくれ。

最後に、今まで本当にどうもありがとう。

こんな自分を最後まで見捨てずにいてくれたことに、心から

感謝している。苦労ばかりかけて、本当に悪かった。

今まで、本当にありがとうございました。

三十年という歳月を、あなたと共に過ごしたことは、

私の人生の誇りです。

あなたのおかげで、私は多くの幸福を味わいました。

子ども達を育てたことは、大きな冒険であり、希望でした。

あなたと出会わなければ、経験できないことばかり。

本当に感謝しています。

けれど、私はもう限界なのです。

これ以上、あなたのそばにいることは、できません。

理由は、わかっていると思います。

私達は、もう十分、お互いのために尽くしました。

これ以上あなたに傷つけられたら、私は生きていけなく

なります。

至らない妻であったこと、どうか許してください。

正直、二十年も一緒にいたので、あなたと離れて生きていけるのか、まだ自信がありません。

でも、そうしなくてはいけないのだと思います。自分のためにも、あなたのためにも。

あなたにとっては、寝耳に水の話かもしれませんが、私は、この選択肢について、長い間、冷静に考えてきました。

今が、その時です。

私達、これからは別々の道を歩みましょう。

そしていつか、お互いがおじいさんとおばあさんになって、それぞれに伴侶をえていたら、その時はまた、笑顔で茶飲み話ができるかもしれません。

離婚届を同封します。

私の方はすでに署名も判も済んでおりますので、あなたの方を書いて提出してください。

よろーくお願いします。

酒は飲んでも、飲まれるな！

わかっちゃいるのに、ついつい楽しくなって、度をこして飲んでしまうんだ。

でも、君が言うように、俺もう還暦間近（還暦間近）だ。暴れて、怪我でもしたり、もしくは誰かに怪我をさせたりしたら、

それこそ君に迷惑をかけてしまう。

自分だけの体ではないことを、ついつい忘れて羽目を外してしまうんだな。

大バカ者だといくら言われようが、俺に弁解の余地は全くない。

いい年したジジイが、酒に飲まれて、愛する妻に暴言を吐いて傷つけるなんて、あってはならない話だ。

この間のことは、本当に反省している。

もう二度とあんな真似はしないと、約束する。

今後酒は、ほどほどに、たしなむ程度にする。

（飲まないとは言いきれない自分が情けない限りだが…

君が再三言うように、俺はもう完全にジジイだ。

若い頃とは違って、モーレツにしている。あんなふうに酒を飲んだら、道端に倒れて頭を打って、悲惨な人生の終わり方をするかもしれない。

今回のことで君がどんなに傷ついたか、本当によくわかった。

だから、離婚というのを、考え直してほしい。お願いだ。

お互い、冷静になろう。

あんなことで、今まで築き上げた三十年が無になってしまうのは、正直、耐えられない。

世間体とか、子ども達のことを考えてそう言っているんじゃない。

俺に、もう一回だけ、チャンスを与えてほしいんだ。

おとおとか、
いもとがほしい。

もりかげはるな
QP

商売繁盛、

子孫繁栄

11

妹様が優勝と. いつまでも.

毎日笑顔で過ごせます
ように。

鴻子

先日、道ばたに咲く吾亦紅を見つけました。

吾亦紅は、いつだったか、あなたが教えてくれた花ですね。

調べると、「吾木香」とか「割木瓜」などと書いたりもする

ようですが、私はやっぱり、あなたが教えてくれた「吾亦紅」

が合っているように思います。

あの時、あなたはとっさに、「吾もまた 紅なりと ひそやかに」

という高浜虚子の句を紙に書いて教えてくれました。

覚えてますか？

あの時のメモを、私はずっと今も大切にしています。

私たちは、お互い背中に殻を背負っている者同士だから、

いつも空が気持ちよく晴れているとは限りません。それでも、

私はこれまで、あなたの優しさに、幾度も幾度も

救われました。

決して饒舌でも、面白い話ができるわけでもない

けれど、ただあなたは私のそばにいて、同じ景色を

見てくれました。

それだけで、私はこの世界で孤独を抱えているのが
自分だけではないのだと、安心できるのです。そして
願わくば自分も、あなたにとっての、居心地のいい
ソファでありたいと思うのです。
最近になって、私はようやく、高浜虚子の読んだ
句の意味を、深いところで理解できるようになった
気がしています。
私も、吾亦紅といっしょです。
人並みに、あなたへの想いで、この胸をあかく
染めているのです。
あなたは、吾亦紅の花言葉を知っていますか？
今の私は、あなたのもとへ、吾亦紅の花言葉を
届けたい気持ちでいっぱいです。
いつか、あなたと、手をつないで森を歩けたら、
どんなに幸せでしょう。

はるちゃんが、全然、おっぱいを飲んでくれない。

どうしたらいいの？

ゆうべははるちゃんが夜泣きをしなかったので、

私もみっちゃんも朝までぐっすり

シュークリームとプリンが食べたいけど、はるちゃんが

卒乳するまで、我慢、我慢！

明日は、みっちゃんのお給料日なので、フンパツして
しゃぶしゃぶにしよう！ お肉（でも牛じゃなくて
ブタさん）と一緒にゴマだれを買ってこなくっちゃ

ミツローさんへ

この間は、一方的にミツローさんを責める形になってしまい、
ごめんなさい。

あの後、家を出てしまったことを、後悔しました。せっかく
家族三人で過ごせるはずだった日曜日の朝を、台無しに
してしまいましたね。

QPちゃんも、朝起きて、みんなでむかごご飯の焼きおにぎり
を食べるのを楽しみにしていたのに、本当に悪いことをしてしまい
ました。あんな身勝手な行動をとった自分を、反省して
います。

でも、今回のことで気づいたこともあります。
やっぱり、私たち、一緒に暮らさなくちゃダメです。
ひとりぼっちがこんなに味気ないものだということを、思い
知りました。

ひとりでいても、自分の体温はわかりません。でも、自分以外
の他の誰かと肌をくっつければ、自分の手があったかいとか、
足先が冷たくなっているとか、感じることができます。
ミツローさんとQPちゃんと家族になれたことが、私の
人生を思わぬ方向に押し広げてくれました。私は今、
魔法のじゅうたんに乗っている気分です。知らなかった

世界を見せてくれて、本当にありがとう。

こうなったら、どこまでも行って、まだ見ぬ世界を見てみよう
と思うのです。

よく考えると、こんなふうに落ち着いてミツローさんに手紙
を書くのは、初めてですね。

プロのシェフが、家で料理しないのと一緒で、私も
日ごろ仕事で手紙を書くことが多いので、プライベートでは、
逆に筆不精になっていました。ごめんなさいね。

でも、本当は私がもっとも手紙を書かなきゃ、いえ、書き
たい相手はミツローさんなんだって、今、手紙を書きな
がら気づきました。

私、ミツローさんが大好きだよ。

そうそう、美雪さんのダイアリーに関しては、私が
ミツローさんから引き継ごうと思います。それで、
どうですか？

そうすれば、ミツローさんは手放せるし、私は手元に
残すことができます。

簡単なことなのに、そこにたどり着くまで時間がかかって
しまいました。

ミツローさんにはちょっと不思議にきこえるかもしれない

けれど、私は、モリカゲ家は、四人家族なんじゃないかと
思うのです。ミツローさんとQPちゃんと私と美雪さん、
四人で暮らしているのです。
ミツローさんにとっては、夢のハーレム状態!
さっき、祖母の仏壇の脇に、美雪さんの仏壇を置く
場所を作りました。
私もミツローさんもQPちゃんも、木の股からある日
とつぜん生まれたわけではないもんね。
そのことを、高知に行ってから、ぼんやり考えるように
なりました。
いつか、こんなふうに、美雪さんにもちゃんと手紙を
書きたい。今はまだ書けないけど、いつか、きっと、
と思っています。
週末、会えるのを楽しみにしています。でもその前に、
引っ越しの荷物を運べそうだったら、いつでも持って
きてください。
早く、かわいいムスメにも会いたいなあ。

喪中につき、年末年始のご挨拶を失礼させていただきます

十月二十日、息子真生(まお)が永眠しました。

たった八日ほどの生涯でしたが、真生は人生を全うし、

天国へと旅立ちました。

真生の誕生を祝福してくださった多くの方々に感謝

を申し上げます

今はまだ、真生との別れを惜しんで悲しみに暮れる

日々が続いておりますが、いつかまた、笑顔で皆様と

再会できる日が来ることを願ってやみません

それまでの間、どうか私たち夫婦を温かい目で

見守っていただけますと幸いです

17

月日の経つのは早いものですね。みずほさんと奈良に旅行したのは、もう何年前になるかしら？　楽しかったわね。

ところで、あの時、私が二人分の往復の新幹線のチケットをまとめて買ったのですが、その分のお代を実はまだいただいていないのです。みずほさん、

あとで銀行に行っておろすわね、っておっしゃって、そのままになってしまったの。

私がきちんとお伝えすればよかったのですが、なんだか、妙に遠慮しちゃって。ケチくさい人間だって思われるのが嫌で、黙ったまま先延ばしにしてしまいました。

あなたがご病気だっていうのを知りながら、こんなタイミングで申し出るのは本当に失礼だと思うのですが、でも私、これからもきちんとみずほさんとお付合いを続けていきたいので、思い切って伝えることにします。

お金のことでうじうじするのは、私も嫌ですし、

あなただって、知らないところでそんなふうに私に思われるのは、本意ではないと思うので。病気が治ることを、切に祈っています。

そして、私にできることがあったら、遠慮なく言ってください。元気になったら、またふたりでどこか温泉にでも行きませんか？

Buongiorno !

鳩子さん、はじめまして！ 静子です。

あなたのおばあさまと、長く文通をしていました。だから、
あなたのことは、幼い頃からなんとなく知っていて、勝手に、
遠い親せきのおじょうさんのような気持ちでおりました。

ご結婚なさったのですね。おめでとうございます！

きっと、天国のおばあさまも 喜んでいらっしゃることでしょう。

手紙にはいつも、鳩子さんのことが書かれてありましたので。

あの手紙が、鳩子さんとかし子さんの関係を取り戻す
お手伝いができたと知り、私もとてもうれしくなりました。

鳩子さんは、あの手紙をもう一度 私の元に戻すべきなのでは
ないかと悩まれているようですが、それには及びません。

あの手紙は私にとっても、大切な人生の記録であることは
確かです。だから、息子に持たせる前に、コピーを取りました。

お心遣い、ありがとうございます。原本(?)は、鳩子さんが
持っていてください。かし子さんも、きっとそれを望んでいます。

かし子さんと文通していた頃は、ミラノに住んでおりましたが、
主人も仕事を引退したので、今は北イタリアにある山あいの
小さな村に暮らしています。娘も息子も独立し、今は
主人とふたり暮らしです。

もうすぐ、長女が出産するので、そうなると、私もいよいよ
おばあちゃん！
これまで、かし子さんには、本当にたくさんの悩みを聞いて
もらいました。主人にも、実の母にも相談できないことも、
不思議と、かし子さんには打ち明けることができたのです。
かし子さんに、どれだけお礼を伝えても足りません。
最後の手紙をいただいてから、私は毎日、祈るような気持ち
で郵便受けをのぞいていました。来る日も来る日も、かし子さん
から次の手紙が来るのを待っていたのです。けれど、ついに
届きませんでした。かし子さんが最後と書いていた手紙は、
本当に最後になってしまったのです。
あの時の寂しさを思い返すと、今でも涙がこぼれます。
かし子さんは、私の心の友でした。
けれど、思わぬ形で、今度はかし子さんが大切に育てられ
たお子さんと、またこうして交通が再開できるとは、なんという
fortuna でしょう！
この年になると、サツバツとした世の中に嘆くことも多くなって
きますが、こんな時代でも、こんなステキなことが起こるん
ですね。
戸棚を探したら、まだエアメール用の封筒がありました。

かし子さんとの文通の際、よく使っていた封筒です。
鳩子さんも、私のことを親戚のおばさんか何かだと思って、
気軽になんでも書いてください。
私達の文通に、イタリアと日本で、共に祝杯をあげましょう。
In bocca al lupo!

Shizuko.

(In bocca al lupo! は、私の大好きな言葉です。
 bocca は口、lupo はオオカミなので、直訳すると、
「(幸運は)オオカミの口の中」です。
 鳩子さんのご多幸を、心よりお祈りしております！)

菊子殿

先日の、白い帽子をかぶった大佛様は、御覧に
なりましたか。あなたが、風邪などひいてゐないか
ことを願ふばかりです。一生のうち、たった一人
でも、あなたのやうな讀者と巡り合へた自分は、
幸せ者です。また書きます。

　　　　　　　　　　　康成

追伸。寒さを乗り切るには、牛肉を食べる
のが一番です。

美雪さんへ

はじめて手紙を書きます。もう、私が誰か　美雪さんには
つつぬけかもしれないけれど、一応、自己紹介をさせて
いただきますね。

私は、守景鳩子といいます。ミツローさんの、二番目の妻に
なりました。

ミツローさんとは、鎌倉で知り合いました。ご近所さんから
交際に発展し、去年の春、QPちゃんが小学生になった日に
入籍しました。来月で、結婚してから一年になります。

私達の間をとりもってくれたのは、QPちゃんです。
QPちゃんといっても、美雪さんにはピンとこないかも
しれません。QPちゃんというのは、美雪さんとミツローさんの

娘です。私は、彼女をこう呼んでいます。

美雪さん、QPちゃんを産んでくださって、本当に本当にありがとうございます。まずは、美雪さんにそのお礼を伝えたくて、この手紙を書いています。

QPちゃんが、私の人生を変えてくれました。彼女が、私を明るい世界へと導いてくれたのです。

もう、QPちゃんと出会わなかった人生を、想像することができません。

でも、そのことに感謝するほど、私は美雪さんに対して、後ろめたさを感じてしまいます。

美雪さん、本当に辛かったね。痛かったでしょう。たくさんの血を流しながらも、最後までQPちゃんのことを

気にかけていたんだよね。QPちゃんのことを、必死で守ったんだよね。

母親として、美雪さんを心から尊敬します。

初めて美雪さんの書いた文字を見た時、私、なんだか美雪さんのことを前から知っているような気持ちになりました。

あー、私この人のことが好きだな、って直感でそう感じたのです。

会いたかったなぁ、美雪さんと会いたかったよ。

ミツローさんを抜きにして、友達になりたかったです。

一緒にお茶を飲んだり、旅行に行ったり、してみたかった。

きっと私達、いい友情を育めたんじゃないか、って、そう思うのです。だって、なんといっても、男の人の趣味が一緒ですから！

ミツローさんをステキだと思う私達って、きっと、すごーく

見る目があると思いません？

美雪さん、私、QPちゃんのこと、美雪さんと同じように、はるちゃん、と呼んでしまってもいいですか？　私が本気で、はるちゃんの母親になってしまってもいいですか？

そうすることは、なんだか美雪さんをモリカゲ家からしめだすようで、心苦しかったの。でも、私もちゃんと、名実ともに「お母さん」になりたいな、って、この間、彼女の看病をしながら、はっきりそう思ったのです。

どうか、私のわがままを許してください。

私は、モリカゲ家が世界一のキラキラ共和国になれるように、精一杯がんばります。キラキラ共和国を、命がけで、守ります。

もちろん、美雪さんが帰ってくる場所は、いつだって、モリカゲ家に用意しておきます。約束します。

これは夢物語かもしれないけれど、もしも美雪さんが、私たちの赤ちゃんになってこっちの世界に戻ってきてくれるなら、

それはもう、大歓迎です！

だから、もしもいつか私が妊娠したら、赤ちゃんを、産んでもいいですか？

私は、美雪さんの気持ちを一番にしたいな、と思っています。

もう一度言います。美雪さん、はるちゃんを産んでくれて、本当にどうもありがとうございます。

私、美雪さんのことが、大好きです。これからも、ずっとずっと好きです。